Contents
目录

序 幕
1

第一部
开 端
11

第二部
边 缘
99

第三部
深 渊
231

第四部
"容我的呼求达到你面前……"
343

The Exorcist
驱魔人

William Peter Blatty

[美] 威廉·彼得·布拉蒂 著

姚向辉 译

北京时代华文书局

献给朱莉

耶稣上了岸，就有城里一个被鬼附着的人迎面而来……原来这鬼屡次抓住他；他常被人看守，又被铁链和脚镣捆锁，他竟把锁链挣断……耶稣问他说："你名叫什么？"他说："我名叫'群'。"这是因为附着他的鬼多。①

——《圣经·新约·路加福音》第 8 章第 27—30 节

---

① 本书中的故事涉及天主教内容，本应采用天主教通用的思高本《圣经》译文，但为使读者查考资料方便，现统一采用中文世界较普遍使用的基督教和合本《圣经》译文。特此说明。

詹姆斯·托雷洛：杰克逊被挂在肉钩子上，这家伙真是胖，肉钩子都被他拉直了。挂了三天他才咽气。

弗兰克·布切里（咯咯笑）：杰基，你可是没瞧见，那厮跟大象似的，吉米拿电棍戳他时……

托雷洛（兴奋地）：他在钩子上扭来扭去，杰基。我们朝他泼水，这样更导电，他嚎得……

——对威廉·杰克逊实施的谋杀，
摘自美国联邦调查局窃听到的黑手党电话录音

达豪

奥斯威辛

布痕瓦尔德[①]

[①] 达豪(Dachau)、奥斯威辛(Auschwitz)和布痕瓦尔德(Buchenwald),三者均为二战中纳粹德国设立集中营的地点,纳粹在此屠杀了数以百万计的犹太人和反法西斯人士。

序　幕

伊拉克北部……

炽烈的日头晒得老人的额头汗出如浆,他却握紧了装热甜茶的杯子,像是要暖手。他无法驱走恶事将临的感觉,这感觉仿佛冰凉的湿树叶贴在他的背上。

挖掘已经结束。老人等一行人详细勘察了台勒①,没有放过任何一个堆积层,找到的物件在细验后被贴上标签,装箱运走:床架和垂饰、石雕、阳具塑像、沾上赭土的磨制石臼、表面抛光的罐子,没什么特别的,还有亚述象牙梳妆盒,和人的骨头。身心上的无尽痛楚一度使他思索:物质是不是摸索着回归上帝的路西法②。可是,到现在他也没有更加清楚。甘草和柽柳的香气引得他望向开满罂粟花的山丘、芦苇丛生的原野、遍布石块的崎岖道路,那道路径直通往忧惧。西北方是摩苏尔,东边是埃尔比勒,南方是巴格达和基尔库克,以及尼布甲尼撒二世的火窟③。他挪动桌子底下的双腿,桌子摆在孤独的路边茶室门口,他低头看看靴子和

---

① 台勒(Tell),也译为圆丘、坡,在中东考古学中,标志着古代城市遗址的隆起土丘。这种土丘一般是平顶斜边,类似圆台。
② 路西法(Lucifer),堕落天使,魔鬼撒旦的别名。此后半句中,这位老人思考的内容,即类似于思考"物质是不是摸索着遁入虚无"这类较为抽象性、哲学性的问题。
③ 据《圣经·旧约·但以理书》,尼布甲尼撒二世造了一尊金像,要众人朝拜,并将不遵从的犹太人投入火窟中。按照《圣经》记载,这个地方在巴比伦省的杜拉平原和

卡其布长裤上的草渍,啜了一口茶。挖掘已经结束,接下来干什么?他细细地想着,仿佛它是新鲜出土却无法归类的文物。

身后的茶室里传来呼哧呼哧的气喘声:干瘪的店东拖着脚朝他走来,店东脚上当作拖鞋趿拉着的俄国皮鞋踢起团团尘土,备受虐待的鞋跟压在脚底下。他的黑影爬上桌子。

"白人,还要茶吗?"[①]

身穿卡其布衣服的老人摇摇头,盯着他脚上那双没有鞋带的破烂鞋子,密密实实覆盖鞋子的都是困苦生活的碎屑。他无可无不可地思索着,构成宇宙的要素是物质,但终究还是属灵的。圣灵和鞋子,对他来说只是某种更加基础又重要之物的两个不同方面,更加原初,彻底异质。

影子动了动。库尔德人守在旁边,活像一笔旧债。穿卡其布衣服的老人抬起头,望着对方的眼睛,湿润的眼珠白蒙蒙的,虹膜上像是贴了一层鸡蛋的壳膜——白内障。换了从前,他肯定不可能去爱这个人。他取出钱夹,从钱夹那些皱巴巴的东西里摸出一枚硬币,那些东西包括几个第纳尔[②]、伊拉克驾驶执照和已经过期了十二年的褪色塑料日历卡。日历卡由耶稣会[③]出资印刷,反面是一段文字:给予贫困者什么,我们死时就带走什么。他付了茶钱,另外还在伤痕累累的桌上留下五十费尔当作小费,桌子是

[①] 此句原文为阿拉伯语。
[②] 第纳尔(Dinar),以及下文中的费尔(Fil),均为伊拉克的货币单位。1 第纳尔等于 1000 费尔。按当时(1971 年)的汇率计算,1 第纳尔约合 2.8 美元。
[③] 耶稣会,天主教的主要修会之一。

阴郁的黑色。

他走向吉普车。钥匙滑进点火开关,咔嗒一声脆响打破了宁静。他坐了一会儿来感受这份沉寂。高耸的土丘之上,埃尔比勒鳞次栉比的屋顶在远处隐隐浮现,落在云朵之中,仿佛一片碎石砌就、糊上了尘土的祝祷群雕。沾在他背后的叶片贴得愈加紧了。

有东西在等待。

"真主与你同在,白人。"①

库尔德人咧嘴微笑,露出一口烂牙,挥手作别。穿卡其布衣服的老人从灵魂深处捞出半点温情,也挤出了笑容并挥了挥手。刚回头,笑容就消失不见了。他发动引擎,拐了个狭长的偏心U字弯,驶向摩苏尔。库尔德人站在那里目送吉普车逐渐加速而去,心底不知为何泛起一阵失落感。是什么离我而去?陌生人在场时他感觉到了什么?那种类似安全感的感觉是什么?他回忆着:受到庇佑之感,平安喜乐之感。现在这感觉随着吉普车的远去而消退。奇特的孤独感笼罩了他。

六点十分,费神费力的清点工作终于结束。摩苏尔的古物研究员是一位面颊松垂的阿拉伯人,他仔仔细细地在分类目录中记下最后一个条目。他停顿片刻,用笔尖去蘸墨水,抬头观察他的朋友。穿卡其布衣服的老人似乎正神游天外。他站在桌边,手插

---

① 此句原文为阿拉伯语。

在口袋里，低头盯着某件已被贴上标签的往昔絮语。研究员一动不动地带着几分好奇打量他，旋即低头继续用极小的整洁字体记录条目。末了，他长出一口气，搁下笔，看看时间。去巴格达的火车八点开出。他收好纸页，问对方要不要喝茶。

穿卡其布衣服的老人摇摇头，眼神锁定了桌上的某样东西。阿拉伯人注视着他，心中略有不安。这是什么感觉？空气中有什么存在。他站起身，走过去；他的朋友终于移动身体，伸手拿起一枚护身符，闷闷不乐地攥在手心，阿拉伯人的脖颈顿时一阵刺痒袭来。这是一块绿色的石头，雕成魔王帕祖祖的头像模样，帕祖祖是西南风的人格化身，头像双耳贯通，佩戴者拿它当作护盾。[①]

"以恶制恶。"研究员喘着气说，他疲惫地用一本法国科学杂志扇风降温，杂志封面上有沾过橄榄油的大拇指指印。

他的朋友没有动弹，也没有回答。研究员侧过脑袋，问："出什么问题了？"

没有回答。

"梅林神父？"

穿卡其布衣服的老人好像还是没听见，注意力投注在护身符上，这是他最近发现的文物。良久，他放下护身符，抬头向阿拉伯人投来探询的目光。他在跟我说话吗？

"没事。"

---

① 帕祖祖（Pazuzu），亚述和巴比伦神话中象征风、干旱和蝗灾的魔王。古代有人用它的雕像做护身符，认为它可以驱逐其他恶魔。

两人低声道别。

到了门口,研究员使劲握住老人的手:"我心里有个愿望,请你不要走。"

他的朋友轻声回答,理由包括茶、时间,还有必须完成的事情。

"不,不,不!我是说回家。"

穿卡其布衣服的老人盯着阿拉伯人嘴角上一块鹰嘴豆的污渍,但眼神显示他依然心不在焉。"回家。"他重复道。

两个字听起来像是一声丧钟。

"美国。"阿拉伯研究员补充道,马上又奇怪自己为什么要这么说。

老人看着研究员那双黑眼睛里透出的关切之情,他始终觉得自己很喜欢这个研究员。

"再见。"他轻声说,然后飞快转身,走进笼罩街道的阴影,踏上归家的旅程,不知为何,旅程的长度似乎难以预料。

"我们明年再见!"研究员在他身后的门口叫道。老人再也没有回头。阿拉伯人注视着他逐渐缩小的身影,老人斜穿过一条窄街,险些撞上飞驰的敞篷马车。车斗里坐着个肥硕的阿拉伯老妇,脸孔藏在垂落的黑色面纱之后。他猜她一定是在赶时间赴约。很快,研究员就看不见他疾步行走的朋友了。

老人着魔似的狂走不休。他把城市抛在身后,离开城郊,跨过底格里斯河。到了遗迹附近,他放慢步伐,因为每走一步,他内心模糊的预感就强了一分,恐怖了一分。

可是，他不得不去了解。他必须有所准备。

一块厚木板跨在混浊的库色河①上充当桥梁，他的体重压得木板吱嘎作响。他终于来到了目的地，站在矗立过十五座大门的尼尼微②的土丘上，此处曾经是令人畏惧的亚述部落的巢穴。这座城池现在应了它的天罚宿命，静静躺在浸血的灰尘之下③。然而他还在这里，空气沉闷，有什么东西蹂躏了他的梦。

一名库尔德守卫恰好拐弯过来，卸下肩上的长枪，开始朝他跑来，忽然又停下脚步，笑着挥挥手表示认出了他，然后继续巡逻。老人在遗迹中徘徊，那波④的神庙，伊斯塔⑤的神庙，他感受着这里的气氛。他在亚述巴尼拔⑥的宫殿驻足，望向一尊留在原处的巨大石灰岩雕像：参差的翅膀，爪状的双足，粗短、鳞茎样的突出阳具，绷紧着露出野性笑容的大嘴。魔王帕祖祖。

他的心底忽然一沉。

他知道了。

它要来了。

他盯着尘土和开始苏醒的黑影。太阳渐渐落到世界的边缘之

---

① 库色河（Khosr River），底格里斯河的支流，流经古城尼尼微。
② 尼尼微（Niveveh），曾为亚述帝国的首都，位于底格里斯河沿岸，与今天伊拉克境内的摩苏尔城相邻。
③ 《圣经·旧约》中多处预言了尼尼微将要衰弱、陷落和覆亡的命运。
④ 那波（Nabu），巴比伦的智慧和书写之神。
⑤ 伊斯塔（Ishtar），巴比伦的丰饶、爱情和战争之神。
⑥ 亚述巴尼拔（Ashurbanipal），亚述国王（前668—前627），古代中东少见的拥有较高文化修养的统治者，曾在尼尼微设立古代西亚第一座有系统、有组织的图书馆。

下。他听见城市边缘传来成群野狗模糊的吠声。一阵冷风忽然吹起,他放下衬衫袖子,扣起纽扣。风来自西南方。

他加快步伐走向摩苏尔去赶火车,他的心脏如坠冰窖,确信古老的敌人即将来纠缠他,他虽然没见过敌人的面容,但他知道对方的名字。

第一部

开 端

第一章

　　新星爆发的烈焰在盲人眼中仅仅是暗淡斑点,恐怖之事的开端也几乎没有引起任何人的注意,更是在嗣后降临的惊惧中被人遗忘,似乎和恐怖之事根本没有关系。究竟如何,难以判断。

　　这是一幢租来的房子,幽暗森然,结构紧凑,殖民时代风格的砖石建筑,外墙覆满了常春藤,位于华盛顿哥伦比亚特区的乔治城。街对面是乔治城大学的校园一角,屋后是陡峭的护堤,紧邻繁忙的 M 街,再远些是肮脏的波托马克河。四月一日的子夜,屋里静悄悄的。克丽丝·麦克尼尔斜靠在床上,练习第二天要拍摄镜头的台词;女儿丽甘在走廊尽头的房间睡觉;中年管家夫妇——威莉和卡尔,睡在楼下食品储藏室旁边的房间。大约十二点二十五分,克丽丝蹙眉抬头,疑惑地将视线从剧本上移开。她听见了轻轻敲击的声音。声音很奇怪,发闷,模糊,有节奏地时断时续,仿佛亡灵敲打出的异界密码。

　　有趣。

　　她听了一会儿,想置之不理,但敲打声持续不断,让她无法集中精神。她使劲地把剧本摔在了床上。

　　天哪,真烦人!

　　她起身去一探究竟。

她走进过道，四处看看。声音似乎来自丽甘的房间。

她在干什么？

她蹑手蹑脚地继续向前走着，敲击声陡然间变得更响更快，她推开门走进房间，声音骤然停歇。

到底发生什么了？

她漂亮的十一岁女儿紧紧抱着硕大的圆眼睛毛绒熊猫，睡得正香甜。熊猫叫普基，被成年累月的抚弄、摔打和亲热的湿吻弄得褪了颜色。

克丽丝悄悄地走近床边，凑近女儿，耳语道："小丽？醒着吗？"

她的呼吸很均匀。深，而且沉。

克丽丝的视线在房间里四处扫视。走廊里透进来的暗淡灯光在丽甘的绘画、雕刻和更多的毛绒动物上投下苍白破碎的光线。

好啦，小丽。老妈已经忙得焦头烂额了。就起来说吧，说我是"愚人节傻瓜"！

可是，克丽丝知道这不像丽甘的行为。这孩子天生羞怯，缺乏自信。那么，到底是谁在搞鬼？难道是自己昏沉沉的意识给暖气或下水管道的咔嗒声赋予了意义？在不丹的群山之中，她曾盯着一位蹲在地上冥想的僧人看了几个小时，最后觉得自己看到对方飘浮起来了，虽说每次讲起这件事，她总是要加上"也许"两个字。她心想，这会儿也许又是我的意识在作祟，这位不知疲倦的幻觉大师，给敲打声填上了细节。

胡说八道！我真的听见了！

她突然望向天花板。又来了！微弱的抓挠声。

阁楼上有老鼠！老天在上，老鼠！

她叹了口气。长尾巴的小家伙。嗒嗒嗒的脚步声。很奇怪，她反而松了一口气。这时，她注意到了寒冷，房间里冷如冰窖。

她悄悄走到窗口。检查窗户，窗户关着。她摸摸暖气片，是热的。

真是热的？

她疑惑地走到床边，伸手碰碰丽甘的面颊。触手之处同她想象中一般柔嫩，还在微微出汗。

肯定是我生病了！

她看着女儿皱起来的小鼻子，长着雀斑的脸蛋，心里忽然泛起暖意，凑上去亲吻女儿的面颊。"我真爱你。"她轻声说，然后回到自己屋里的床上，接着背剧本。

克丽丝读了一会儿。这部音乐喜剧是《史密斯先生到华盛顿》[①]的翻拍版，但加进了讲述校园反叛者的次要情节。克丽丝担纲主演，她的角色是一个心理学教师，与反叛者站在同一阵线。她很讨厌这个情节。愚不可及！整个场景都蠢到了家！尽管她没受过高等教育，但还不至于把口号当真，她就像好奇的蓝松鸦，喜欢凿穿表象，找出亮晶晶的隐藏事实。因此，电影里引发叛乱的原因，在她看来就很"愚蠢"。不可理喻。怎么回事？她琢磨着。代沟？胡扯，我才三十二岁。就是很蠢，没别的了！

冷静。只有一个星期了。

[①]《史密斯先生到华盛顿》(*Mr. Smith Goes to Washington*, 1939)，美国影片，得到第12届奥斯卡金像奖的多项提名，最终获得奥斯卡金像奖最佳原创故事奖。

摄制组在好莱坞完成了内景拍摄,只剩下几个乔治城大学校园的外景了。明天开始,是复活节长假,学生都已离校。

她昏昏欲睡,眼皮直打架。她翻到了一页,这一页的边缘被撕得参差不齐。真好玩,她不禁笑了。那位英国导演特别紧张的时候,他会用颤抖的手从书页边缘撕下细纸条,塞进嘴里咀嚼,一英寸[①]连着一英寸,直到这条纸在嘴里变成一团。

疯子伯克。克丽丝心想。

她打了个哈欠,怜爱地看着剧本边缘,书页像是被啃过一样。她想起了老鼠。**该死的小杂种们**,倒是挺会打拍子的。她在心里记下一笔,明早要让卡尔放几个老鼠夹。

她松开指尖,剧本滑出手中。她任凭它落下去。**愚蠢。真是蠢**。她伸手去摸电灯开关。关掉了。她叹了口气。有一小会儿,她一动不动,几乎睡了过去;旋即抬起腿懒洋洋地踢开被单。

太热了! 简直能热死人。她又想起丽甘的房间冰冷到有些怪异,忽然想到她和爱德华·G.罗宾逊合演电影时的场景,罗宾逊是20世纪40年代一位传奇的演匪徒的电影明星,当时她很奇怪,为什么两人合演的每一幕都冷得她几乎发抖,最后才意识到这位狡猾的老演员总能想办法站到主灯光底下去。不过此刻她只觉得挺好笑的。露水悄悄攀上窗玻璃。克丽丝睡着了。她梦见死亡,清晰得让她惊诧,死亡,她像是从没听说过死亡,有铃声响起,她拼命呼吸,她消散,滑入虚空,一遍又一遍地想,我不会活了,

---

[①] 1英寸等于2.54厘米。

我会死，我将不复存在，永远永远。喔，爸爸，别让他们，喔，别让他们那样做，别让我永远成为虚无，她融化，她解体，铃声，铃声——

电话！

她一跃而起，心脏怦怦直跳，手伸向听筒，感觉胃里轻飘飘的；她的内里没有了重量，她的电话还在响。

她接起电话，是助理导演。

"亲爱的，六点上妆。"

"知道了。"

"感觉如何？"

"好像才刚上床。"

他咯咯笑道："一会儿见。"

"好的，一会儿见。"

她挂断电话，一动不动地坐了几分钟，想着刚才的梦。梦？更像半梦半醒时的思绪。那种恐怖的清晰感。嶙峋白骨。停止存在。无法逆转。难以想象。

上帝呀，不可能！

她沮丧地垂下脑袋。

但确实如此。

她走进卫生间，穿上浴袍，踏着松木楼梯下楼去厨房，走向油煎培根和现实生活。

"啊哈，早上好，麦克尼尔夫人。"

头发花白、面颊下垂的威莉正在榨橙汁，眼睛底下青色的眼袋一览无余。她说话略带口音,卡尔和她都是瑞士人。她拿纸巾擦了擦手,走向炉子。

"威莉,让我来。"克丽丝对他人总是很敏感,她注意到威莉脸色疲倦。威莉咕哝着转身走向水槽,女演员倒出咖啡,然后到早餐桌一角坐下。她低头看着餐盘,露出怜爱的笑容,因为她看见了白瓷盘上有一株红玫瑰。丽甘。**小天使**。许多个早晨,只要克丽丝有工作,丽甘就会偷偷溜下床,来厨房给母亲的餐盘摆一朵花,然后再睡眼蒙眬地回去接着睡。克丽丝摇摇头;她不无后怕地想到自己险些给女儿起名叫贡纳莉①。**真的,千真万确。总得做最坏的打算**。想着想着,克丽丝忍俊不禁。她慢慢喝着咖啡,眼神又落在玫瑰花上,表情有一瞬间变得哀伤,脸色怅然,绿眼睛里透露出痛苦的神色。她想起另外一朵花。她的儿子,杰米。过去很多年了,离世时他才三岁,当时年轻的克丽丝还默默无闻,只是百老汇的一名和声女孩。她发过誓,再也不会像对待杰米——还有他的父亲霍华德·麦克尼尔——那样全情投入了。死亡之梦又随着黑咖啡的蒸汽爬了上来,她从玫瑰花上抬起视线,不再胡思乱想。威莉走过来,把果汁放在她面前。

克丽丝想起了老鼠。

"卡尔呢?"

"夫人,我来了!"

卡尔如猫一般灵巧地钻出餐具室旁边的房门。他这人威严又

---

① 贡纳莉(Goneril),莎士比亚所著悲剧《李尔王》中李尔王长女的名字,是冷酷、不孝的典型形象。丽甘则是李尔王二女儿的名字。

顺从,下巴上刮脸时划破的地方贴着一小片纸巾。"怎么了?"他在桌边低声说,肌肉厚实,眼睛闪亮,鹰钩鼻,光头。

"哎,卡尔,咱们阁楼上有老鼠。去弄几个捕鼠夹来。"

"有老鼠?"

"我说过了。"

"可是阁楼很干净。"

"很好,咱们的老鼠也爱干净。"

"没有老鼠。"

"卡尔,昨天夜里我听见了。"

"或许是水管,"卡尔猜测道,"也可能是楼板。"

"还可能是老鼠!你就别和我吵了,去买几个捕鼠夹行吗?"

他转身就走:"好的,我这就去!"

"用不着现在,卡尔!商店还没开门!"

"还没开门!"威莉跟着叫道。

但他已经不见踪影。

克丽丝和威莉互视一眼,威莉摇摇头,继续低头煎培根。克丽丝喝着咖啡。*奇怪,这家伙真奇怪*。他和威莉一样,勤勤恳恳,很忠心,很谨慎,可不知怎的就是让她隐约有点儿不安。什么呢?一丁点微妙的傲慢?不,是别的,但她很难说清楚。管家夫妇为她工作了近六年,但卡尔依然躲在面具背后——他仿佛是能说话会呼吸但无法解释的象形文字,摆着姿势给她做这做那。面具背后却有暗流浮动;她能听见他的机件嘀嗒作响,就像良心一般。前门吱吱嘎嘎地被打开,随即被关上了。"还没开门。"威莉嘟囔道。

克丽丝咬了几口培根,回到自己房间,换上毛线衫和长裙。她瞥了一眼镜子,然后认真地端详着格外蓬乱的红色短发和干净小脸上的点点雀斑;她做个对眼儿,傻乎乎地咧嘴一笑,说,哎,好哇,隔壁的漂亮女孩!能和您的丈夫说两句吗?情人呢?皮条客呢?哦,你的皮条客进救济院了?这世道!她对自己吐吐舌头,然后忽然有点儿泄气。啊,天哪,什么样的生活!她拿起装假发的匣子,没精打采地下楼,走上生机勃勃、树木林立的街道。

她在门口站了几秒钟,呼吸着满载希望的新鲜晨风,听着每一天世界醒来时的模糊声响。她渴望地望向右手边,住处旁有陡峭的古老石阶通向底下的M街,再走过去些是旧车场的地上出入口,这座建筑物是个洛可可艺术①风格的砖石塔楼,拥有地中海式样的瓦片屋顶。多有趣呀,有趣的街道。她心想,该死,我为什么不留下?买下这幢屋子,开始新的生活?某处响起隆隆钟声——是乔治城大学的塔钟。忧郁的钟声回荡在河流上,渗入她疲惫的心灵。她走向工作,走向滥俗浅薄的表演,走向行尸走肉般的可笑的模仿。

她走进校园正门,沮丧渐渐消退;她看见南边院墙旁边成排停靠的更衣拖车,心情愈加转晴;八点钟,今天的第一个镜头开拍,她已经恢复了自我,挑起了有关剧本的争论。

"喂,伯克,过来看一眼这鬼东西行不行?"

---

① 洛可可艺术,亦称"路易十五式"。指法国国王路易十五统治时期(1715—1774)所崇尚的艺术样式。"洛可可"(rococo)的含义是"贝壳形",源于法文 rocaille。其特征是:具有纤细、轻巧、华丽和烦琐的装饰性;喜用C形、S形或漩涡形的曲线和轻淡柔和的色彩。——节选自《辞海》第6版1489页同名词条

"哦，你还有剧本哪！太好了！"导演伯克·丹宁斯，神经质而淘气，不住抽搐的左眼闪着顽皮的亮光，他伸出颤抖的手指，像做外科手术般精确地从她的剧本上撕下一条纸，笑嘻嘻地说："看来我会吃得很开心。"

他们站在行政大楼门口的草坪上，周围挤满了主要演员、临时演员和剧组的其他工作人员。草坪上三三两两地聚了些观众，多数是耶稣会的教员，还有不少孩子。摄像师百无聊赖地捡起一份《综艺日报》，丹宁斯把纸片塞进嘴里，咯咯直笑，你能从他的呼吸中闻到早上的第一杯琴酒味儿。

"哎呀呀，有人给了你一份剧本，我真是高兴极了。"

导演五十来岁，生性诙谐，身体不怎么好，一口迷人的英伦口音清晰而正宗，连最无礼的恶语听起来都挺优雅的，一喝酒就总处在马上要捧腹大笑的关口，不得不竭尽所能保持平静。

"怎么了，和我说说，我最亲爱的。有什么问题？哪儿不对？"

她觉得有问题的场景里，神学院校长对聚集起来的学生发表演说，意图平息他们想举行的"静坐示威"活动。克丽丝要奔上台阶，跑进门前广场，从校长手中夺过扩音器，指着行政大楼大喊："咱们拆了它！"

"实在不合逻辑。"克丽丝说。

"呃，我觉得蛮好嘛。"丹宁斯显然没说实话。

"哦，真的？伯克老兄，请你给我解释一下，他们倒是为什么要拆那幢楼？有什么理由？你的核心思想是什么？"

"你这是在模仿我？"

"不，只是想知道理由。"

"因为大楼就在那儿，亲爱的！"

"在哪儿，剧本里？"

"不，就在我们面前哪！"

"哎，天哪，伯克，但这实在不符合这个角色。不像是她的性格，她做不出这种事情。"

"当然能。"

"不，不可能。"

"要不要叫编剧来问问？他应该在巴黎！"

"躁我们？"

"干女人！"

他无比清晰地喊出这三个字，声音脆生生地飘向哥特式尖塔，一双顽皮的眼睛在生面团一般的脸上闪闪发亮。克丽丝险些扑倒在他的肩膀上，忍不住笑道："天哪，伯克，该死，你太粗俗了！"

"谢谢，"他谦逊得仿佛三次拒绝加冕时的恺撒，"现在，我们是不是可以开始了？"

克丽丝没听见他说话。她有点儿不好意思地望向附近的一位耶稣会会士，想知道他有没有听见导演的脏话。这位耶稣会会士有一张黝黑而粗糙的脸，像个拳击手，面颊消瘦，四十来岁，眼神不知怎的透着哀伤，或者痛楚，但望向她时又含着温暖和安慰的意味。他微笑着点点头。他听见了。他看看手表，转身离开。

"我说，咱们是不是可以开始了？"

她转过脸，语无伦次道："噢，好，伯克，咱们开始吧。"

"感谢上帝。"

"不，等一等！"

"噢，我的天哪！"

她对这个场景的结束也不满意。她感觉那句台词已经将这一幕推到了最高点，而不是紧接着她跑出大楼正门的那一刻。

"毫无效果，"克丽丝说，"蠢极了。"

"嗯，确实，亲爱的，确实，"伯克真心诚意地赞同道，"但剪辑师这么坚持，"他继续道，"所以就只能这样。明白了？"

"不，我不明白。"

"不明白，你当然不明白，亲爱的，因为你说得很对，确实很傻。你看，接下来的一个镜头，"他吃吃地笑道，"唉，开始于杰德穿过一扇门走进镜头，所以剪辑师觉得，如果之前的一个镜头结束于你穿过一扇门走出镜头，那他就百分之百能提名金像奖。"

"你在开玩笑吗？"

"唉，亲爱的，我同意你的看法。确实很蠢，蠢得没边儿了！但现在咱们先拍了它，请你相信我，终剪时我肯定会删掉的。废胶片嚼起来一定很带劲儿。"

克丽丝不由得大笑，接受了建议。伯克望向剪辑师，那家伙是出了名的喜怒无常和自高自大，和他讨论完全是在浪费时间。他正忙着和摄像师说话，导演松了一口气。

克丽丝站在台阶底下的草坪上，等待聚光灯预热，她看见丹宁斯对着一位倒霉的后台帮工爆粗口，随即又心满意足地一脸笑容。他似乎陶醉在自己的古怪脾气里。但克丽丝也知道,等他喝酒喝到一定程度,他会忽然暴跳如雷,假如他在凌晨三四点发作,他就喜欢打电话给掌权者,为鸡毛蒜皮的小事恶毒地辱骂他们。克丽丝还记得一位制片厂的老板,他的所谓冒犯不过是某次试映时无意提及丹宁斯的衬衫袖口似乎有点儿磨损,结果丹宁斯半夜三点叫醒他,说他是个"婊子养的野人",说他那个制片厂创始人父亲"保准是从疯人院逃出来的"。拍摄《绿野仙踪》时,他"经常亵玩朱迪·加兰①",然后第二天假装忘得一干二净,一边听被侮辱的人详细描述他是怎么说的,一边偷偷露出奸诈的笑容。不过,若是需要,他的记忆力也会很好使。克丽丝微笑着摇摇头,想起某次他喝多了琴酒,在失去理智的狂怒下,把他在制片厂的办公室套间砸了个稀巴烂,事后面对损坏物品清单和毁坏现场的照片时,他笑嘻嘻地说它们"显然是伪造的",因为"我造成的损毁要糟糕得多得多"。克丽丝不认为丹宁斯酒精成瘾或是个无可救药的酒鬼,她觉得他喝酒和举止荒唐是因为大家希望他这样:他要对得起他的传奇名声。

唉,算了,她想,也算是一种不朽吧。

她转过身,扭头去找刚才那位微笑的神父②。他正慢慢走远,消沉地低着头,像是一朵正在寻找大雨的乌云。

她一向不喜欢神父。他们都太笃定,太心安理得了。但这一

---

① 朱迪·加兰(Judy Garland,1922—1969),童星出身的美国女演员,1939 年版《绿野仙踪》中女主角多萝西的扮演者。
② 此处说的神父即是本章前文提到的那位耶稣会会士,克丽丝非教徒,不大会区分此类身份用词。

位……

"克丽丝,准备好了?"丹宁斯说。

"是的,准备好了。"

"好,全场肃静!"助理导演叫道。

"开机。"伯克命令道。

"开机!"

"已经开机了!"

"开拍!"

克丽丝跑上台阶,临时演员欢声雷动,丹宁斯望着她,心里琢磨着她在动什么念头。这场争论里她让步得未免太轻易了。他意味深长地看向对白教练,对白教练立刻尽责地跑过来,打开剧本给他看,仿佛年迈的祭童在庄严的弥撒中为主祭拿起弥撒书。

他们在时有时无的阳光下拍摄。四点钟,天空暗了下来,阴云密布。

"伯克,光线要没了。"助理导演担心地说。

"是呀,他妈的全世界都要熄灭了。"

在丹宁斯的指示下,助理导演宣布今天的拍摄到此为止。克丽丝走向住所,眼睛盯着人行道,感觉非常疲惫。三十六街和O街的交会路口,一位年迈的意大利杂货店店员在门口和她打招呼,请她签名。她在一个棕色纸袋上写下名字和"诚挚祝福"。N街路口,她等着一辆车驶过去,打算穿过马路,这时她望向了斜对角的天主教教堂。圣什么堂,由耶稣会掌管。据说这是约翰·F.肯尼迪和杰姬结婚的地方,他也在这儿做礼拜。她试图想象当时的场面：约翰·F.肯尼迪，沐浴在圣光之下，虔诚的老妇人们；约翰·F.肯尼迪，垂首祈祷；我相信……与苏联人缓和关系；我相信，我相信……在念珠①碰撞声中，阿波罗4号升空；我相信……**复活和永生——**

对，就是这个。这就是他的关键词。

克丽丝望着一辆甘瑟啤酒的运货卡车驶过鹅卵石马路，远处传来的隆隆车声让她开始期待今晚能小酌一杯。

她穿过马路，沿着O街行走，经过圣三一小学礼堂时，一位神父急匆匆地从她背后赶上来，他双手插在尼龙风衣的口袋中。年轻的他看起来很紧张，胡子需要刮了。他在前方右转，拐进教堂后院门口的隔离带。

克丽丝在隔离带前停下，好奇地望着他。他走向一幢白色的框架小屋。一扇古老的纱门吱吱呀呀地拉开，又一位神父出现了。他朝年轻人点点头，没有抬起眼睛，快步走向教堂后门。小屋的门再次从里面被推开。又是一位神父，很像——嘿，就是他！**伯克骂脏话时微笑的那位先生！**只是此刻默然迎接客人的他显得非常严肃，他揽住对方的肩头，动作轻缓，仿佛父辈。他领着年轻人走进室内，门缓缓关上，发出模糊的吱嘎声响。

克丽丝低头看鞋。她迷惑不解。*这是搞什么？耶稣会莫非也有告解？*

一阵低沉的滚滚雷声。她抬头望天。会下雨吗？……复活和

---

① 天主教教徒在祈祷时使用的念珠；肯尼迪是美国第一位信奉天主教的总统。

永生……

是呀，是呀，没错。下周二。闪电在远处落下。别召唤我们，孩子，我们会召唤你。

她竖起外套领子，缓步前行。

她真希望能暴雨倾盆。

没两分钟她就到家了。她冲进卫生间。事后，她走进厨房。

"嗨，克丽丝，还顺利吗？"

一位二十多岁的漂亮的金发女郎坐在桌边。莎伦·斯潘塞，她精力充沛，来自俄勒冈。最近三年她一直担任丽甘的家庭教师和克丽丝的社交秘书。

"唉，还是老样子，"克丽丝踱到桌边，开始翻检信件，"有什么带劲儿的吗？"

"下周想去白宫参加宴会吗？"

"噢，我不知道，玛蒂；你有啥子打算？①"

"吃糖吃到吐。"

"丽甘呢？"

"楼下，游戏室。"

"干什么呢？"

"雕塑。好像在做一只鸟，送给你的。"

"好得很，我最需要了。"克丽丝嘟囔道。她走向炉子，倒了一杯热咖啡。"白宫晚宴不是开玩笑的吧？"她问。

---

① 电影《君子好逑》（*Marty*，1955）中的著名台词。

"不，当然不是，"莎伦答道，"星期四。"

"大型宴会？"

"不，我估计顶多五六个人。"

"哈，太好了！"

她很开心，但并不惊讶。各色人等都想要她作陪：出租车司机、诗人、教授、国王，他们看上她哪一点了？她的生活不成？克丽丝在桌边坐下："课上得怎么样？"

莎伦点起一根香烟，蹙眉道："数学又碰到问题了。"

"真的？这就奇怪了。"

"是呀，我知道，数学是她最喜欢的科目。"

"唉，什么'新数学运动'[①]，天哪，我都快不知道怎么找零钱去坐公共汽车了，要是——"

"嗨，妈妈！"

克丽丝的小女儿蹦蹦跳跳地跑进门，伸出细瘦的胳膊。她的红发绑成马尾辫，光滑的小脸蛋上满是雀斑。

"嘿，你好哇，小讨厌！"克丽丝绽放笑容，使劲抱住女儿，啧啧有声地亲吻女儿的面颊。她无法压抑洪水般涌来的爱意。"嗯——嗯——嗯！"又亲了几下，她松开女儿，渴望地看着女儿的面容："今天都干了什么？有什么带劲儿的吗？"

"嗯，各种事情。"

"什么样的事情？是好事吗？"

---

① 新数学运动是美国 20 世纪 60 年代发起的数学教育改革运动，主旨是数学内容的现代化，但内容过于新颖，导致父母和教育机构无法跟上，最终以失败而告终。

"噢，让我想想，"她的膝盖贴着母亲的腿，身体轻轻地前后摇摆，"嗯，当然，我念书了。"

"嗯哼。"

"我还画画了。"

"画了什么？"

"噢，嗯，花，你知道。雏菊？只用了粉红色。然后，然后——哦，对了！一匹马！"她忽然兴奋起来，圆睁双眼，"那男人有一匹马，知道吗，在河边？我们走路，明白吗？妈妈，然后这匹马跑来了，真美呀！啊，妈妈，你真该看看，男人让我骑马！真的！我是说，骑了整整一分钟！"

克丽丝暗暗觉得很好玩，冲莎伦使个眼色。"他本人？"她挑起一侧眉毛。自从她们搬来华盛顿拍电影，这位金发秘书——她现在已经算是家庭成员了——就住在这幢屋子里，她睡楼上的客房，直到在附近的养马场遇到那位"骑手"为止，然后克丽丝就认为莎伦需要独处的空间，请她搬进豪华酒店的套房，而且坚持替她付账。

"对，他本人。"莎伦报以微笑。

"是一匹灰马！"丽甘继续道，"妈妈，咱们能养一匹马吗？我是说，可以吗？"

"呃，宝贝，这个要看情况了。"

"我什么时候能有一匹马呢？"

"拭目以待。你做的那只鸟呢？"

丽甘先是一愣，然后对莎伦咧开嘴，露出嘴里的牙齿矫正器，羞怯地指责道:"是你说的!"然后转身面对母亲,吃吃笑着说:"本来想给你一个惊喜的。"

"你是说……"

"它有个长鼻子,可好玩啦,你最喜欢的!"

"啊,丽甘,你太贴心了。能给我看看吗?"

"不行,还要涂颜色呢。晚饭在哪儿,妈妈?"

"饿了?"

"要饿死了。"

"天哪,还没到五点。午饭几点吃的?"克丽丝问莎伦。

"十二点左右。"莎伦答道。

"威莉和卡尔几时回来?"今天下午她给他们放了假。

"估计七点吧。"莎伦说。

"妈妈,咱们去火热小亭好吗?"丽甘恳求道,"去吧去吧?"

克丽丝抓起女儿的手,怜爱地笑着亲了亲,然后答道:"快上楼换衣服,咱们这就走。"

"噢,我爱你!"

丽甘跑出房间。

"亲爱的,穿那条新裙子!"克丽丝在她背后喊道。

"想重新回到十一岁吗?"莎伦笑着说。

"难说。"

克丽丝拿起邮件,漫无目的地翻看各种奉承话:"带着我现在的脑子,还有全部的记忆回到十一岁?"

"当然。"

"没门儿。"

"再想想吧。"

克丽丝扔下信件,拿起一个剧本,规整的夹在封面上的那封附信来自经纪人贾里斯:"我好像跟他说过了,最近不想接剧本。"

"你应该读一读这个本子。"莎伦说。

"是吗?"

"对,我早上读过了。"

"很好?"

"我认为简直伟大。"

"我要扮演修女,然后发觉自己是同性恋,对不对?"

"不,你什么都不用演。"

"见鬼,电影业真是一天比一天好了!你到底在说什么,莎伦?笑成那样干什么?"

"他们要请你当导演。"莎伦带着诱惑的口吻说道,并吐出一口烟。

"什么?!"

"读信。"

"我的天,小莎,你开玩笑吧?"

克丽丝睁大眼睛,一目十行地读信:"……新剧本……三段式……制片方邀请斯蒂芬·穆尔爵士出演……接受了提出的角色——"

"我导演他的部分!"

克丽丝展开双臂,欣喜若狂,嘶哑地尖叫了一声,然后用双手把信压在心口。"啊，斯蒂芬，真是天使，你还记得！"在非洲拍电影时，两人喝醉了坐在各自的折椅里，望着一天结束时金红色的落日。"唉，这个行当就是胡扯！斯蒂芬，对演员来说什么都不是！""什么？我挺喜欢。""狗屁！知道这个行当谁是老大吗？导演！做导演后你才能做出点东西来，做出点属于你自己的东西；我说的是有生命力的东西。""嗯，那就做呀，亲爱的，做呀！""唉，我试过了，斯蒂芬。我试过了，他们不答应。""为什么？""天哪，省省吧，你知道为什么：他们觉得我没有这个指挥能力。""嗯，我觉得你可以。"

温暖的回忆，温暖的笑容，亲爱的斯蒂芬……

"妈妈，我找不到那条裙子！"丽甘在楼梯上嚷嚷。

"在壁橱里！"克丽丝答道。

"我找过了！"

"我这就来！"克丽丝回答道。她翻看着剧本，忽然停下，有点儿泄气地说："我打赌肯定很烂。"

"我不这么认为，克丽丝。不！我真的觉得很不错！"

"哦？可你还觉得《惊魂记》①需要一条笑声音轨②呢。"

"妈咪！"

"来了！"

"有约会吗，小莎？"

"没错。"

---

① 《惊魂记》(*Psycho*, 1960)，希区柯克导演，著名惊悚片。
② 笑声音轨（Laugh Track），即将事先录好的观众笑声在"观众应该笑"的地方播出。

克丽丝用信件打了个手势:"那你就去吧。咱们明早继续。"

莎伦跟着起身。

"啊,不,等一下,"克丽丝反悔道,"有封信今晚必须寄出去。"

"好的。"秘书去拿记录本。

"妈——妈——!"楼上传来不耐烦的喊声。

克丽丝吐出一口气,起身说:"一分钟就好。"她看见莎伦低头看表,又停下脚步,问道:"怎么了?"

"天哪,到我冥想的时间了,克丽丝。"

克丽丝眯起眼睛,投去一半溺爱一半恼怒的眼神。过去这六个月,她眼看秘书忽然成了"内心宁静的追寻者"。刚开始在洛杉矶只是自我催眠,后来发展到念经。莎伦寄居在楼上客房的最后三周,整幢屋子都飘着熏香的味道,还会在最不合适的时候响起单调的"南无妙法莲华经"念诵声("听我说,克丽丝,你就一直念这句话,就这么简单,愿望便会实现,你能心想事成……"),通常还是在克丽丝研读台词的时候。"你可以打开电视,"莎伦有一次"宽宏大量"地告诉老板,"没关系。旁边有什么乱七八糟的声音我都能念。"

近来更是弄出了什么超觉冥想。

"小莎,你确实觉得这些东西对你有好处吗?"

"能让我内心平和。"莎伦回答。

"好得很。"克丽丝干巴巴地说,转身准备上楼,嘴里嘟囔着"南无妙法莲华经"。

"连念十五到二十分钟,"莎伦对她喊道,"对你也许就能见效。"

克丽丝停下脚步,琢磨一句够分量的回答,想了想又放弃了。她上楼进了丽甘的卧室,径直走向壁橱。丽甘站在房间中央,抬头看着天花板。

"怎么了?"克丽丝边找裙子边问。淡蓝色的棉布礼服裙,几周前买的,她记得自己挂在了壁橱里。

"有怪声。"丽甘说。

"嗯,我知道,咱们有伴儿了。"

丽甘抬头看她:"什么?"

"松鼠,亲爱的,阁楼上有松鼠。"她的女儿特别爱干净,最怕老鼠,连小耗子也能吓住她。

寻找裙子的行动以失败告终。

"妈妈,找不到了吧。"

"是呀,我明白了。大概是威莉拿去洗了。"

"不见啦。"

"是不见了,好吧,就穿海军蓝那条吧。那条也很漂亮。"

她们在乔治城的一家艺术影院看了秀兰·邓波儿的《威莉·温基》,然后驱车过基桥①到弗吉尼亚州罗斯林镇的火热小亭吃饭。克丽丝吃了一份沙拉,丽甘则是汤、两个面包卷、一份炸鸡、一份草莓奶昔和一份蓝莓馅饼配巧克力冰激凌。*这些东西她都吃到哪儿去了*,克丽丝心想,*手腕里*?这孩子苗条得像个转瞬即逝

---

① 基桥(Key Bridge),1923 年竣工,华盛顿特区的标志性建筑之一,1996 年入选美国国家史迹名录。

的希望。

克丽丝喝着咖啡,点燃香烟,望向右边窗外,看着乔治城大学的尖顶,又向波托马克河投去忧郁又深沉的视线,水面看似平静,底下却水流湍急。克丽丝稍微动了动。在夜晚柔和的光线下,河面显得死气沉沉,突然让她觉得像是有什么正在搞的阴谋。

正在等待。

"妈妈,我吃得很开心。"

克丽丝扭头看着女儿的笑脸,和以前无数次一样,她险些轻声惊呼,因为忽然在女儿的脸上看见了霍华德,被突如其来的揪心疼痛刺了一下。肯定是灯光角度,她每次都这么想。之后视线落向丽甘的盘子。

"馅饼吃不完了?"克丽丝问她。

丽甘垂下眼睛:"妈妈,吃饭前我吃了点糖。"

克丽丝按灭烟头,微笑道:"那就走吧,小丽,咱们回家。"

她们不到七点回到家里。威莉和卡尔已经回来了。丽甘冲向地下室的游戏房,迫不及待地去完成雕塑送给母亲。克丽丝去厨房拿剧本。威莉正在煮咖啡——大粒、开着壶盖煮,她看起来气冲冲的,脸色阴沉。

"威莉,怎么样?玩得开心吗?"

"别提了。"她向沸水里加了个鸡蛋壳和一撮盐。威莉解释道,他们去看电影,她想看披头士,卡尔却坚持看什么讲莫扎特的艺术电影。"太难看了,"她把炉子关成小火,忍住怒气,"大傻瓜!"

"真是同情你,"克丽丝把剧本夹在胳膊底下,"对了,威莉,看没看见我上周给丽甘买的那条裙子?蓝色棉布的那条?"

"见过,就在她的壁橱里。"

"你放到哪儿去了?"

"就在那儿啊。"

"没有不小心送去洗?"

"肯定在。"

"洗衣房?"

"壁橱。"

"没有,不在。我找过了。"

威莉抿紧嘴唇,皱起眉头,她正要说话,卡尔走进了厨房。

"晚上好,夫人。"

他走到水槽边,用玻璃杯接水。

"夹子放好了?"克丽丝问。

"没有老鼠。"

"有没有放好?"

"当然放好了,但是阁楼很干净。"

"来,卡尔,告诉我,电影好看吗?"

"激动人心。"他的声调和面容一样,都是读不懂的空白。

克丽丝哼着一首披头士唱红的歌曲,准备离开厨房,忽然停下转身。

最后一击!

"卡尔,买夹子没遇到什么麻烦吧?"

卡尔背对着她："没有，夫人，完全没有。"

"早上六点？"

"二十四小时营业的超市。"

克丽丝轻拍额头，盯着卡尔的背影看了几秒钟，然后转身走出厨房，轻声嘟囔道："狗屁。"

克丽丝泡了个又久又舒服的澡，然后去自己卧室的壁橱里取浴袍，却看见丽甘那条失踪的裙子被乱糟糟地扔在壁橱的地面上。

克丽丝拾起裙子，标价签都还没扯掉。

怎么会在这儿？

克丽丝努力回想，终于记起买这条裙子的时候，她也给自己买了两三样东西。

肯定是混在一起了。她得出结论。

克丽丝拿着裙子走进丽甘的卧室，用衣架撑开，挂进衣橱。她叉着腰，欣赏着丽甘的行头。真漂亮，多好的衣服。没错，丽甘，看这儿，别管那个不写信也不打电话过来的爹地。

她从壁橱前转身，脚趾重重地踢在五斗橱的底座上。噢，天哪，太疼了！她抬脚按摩脚趾，注意到五斗橱离原位足有三英尺①。

难怪我会撞上，肯定是威莉吸尘时搬开的。

她带着经纪人寄来的剧本下楼走进书房。

这套房子的客厅很宽敞，观景窗能看见基桥横跨波托马克河

---

① 1英尺等于0.3048米。

通往对岸的弗吉尼亚州；但书房就不一样了，书房空间私密又紧凑，就仿佛是有钱的叔伯们共有的秘密：垫高的砖砌壁炉、红木墙板和交错梁桁，木料像是来自某座古老的吊桥。房间里只有几样东西能说明你身处当代：现代主义的吧台、绒毛沙发上的玛莉美歌靠枕。克丽丝拿着经纪人寄来的剧本在沙发上躺下。经纪人的信夹在剧本里。她取出来重新阅读。信、望、爱：这部电影分为三个段落，分别交给不同的演员和导演。她的部分是"望"。她喜欢这个题目。或许有点儿无趣，她想，但很精练。只是搞不好最后会变成"美德也摇滚"①什么的。

门铃响了，来的是伯克·丹宁斯。这个孤独的男人经常到访。克丽丝听见他冲着卡尔恶狠狠地骂脏话，他似乎非常厌恶卡尔，总喜欢取笑卡尔；克丽丝不禁摇头，无奈地笑笑。

"哈啰，酒在哪儿？"他存心刁难地喊道，进了房间就走向吧台，避开克丽丝的视线，两只手插在皱皱巴巴的雨衣口袋里。

他暴躁地在高脚凳上坐下，目光扫来扫去，像是受了挫折。

"又去寻找猎物？"克丽丝问。

"这话是什么意思？"他嗤之以鼻。

"你不就是那个表情嘛。"有一次他们在洛桑合作拍戏，克丽丝见过这种表情。他们住在一家俯瞰日内瓦湖的幽静旅馆，到那儿的第一天夜里，克丽丝睡不着。凌晨五点，她跳下床，决定穿好衣服下楼去大堂，想喝杯咖啡或者找个伴儿。在走廊里

---

① 原文为 Rock Around the Virtues，名字戏仿摇滚名曲 *Rock Around the Clock*。

等电梯的时候,她望向窗外,见到导演艰难地走过湖畔,双手深深地插在外套口袋中,以抵抗二月的寒风。克丽丝来到大堂,他刚好走进旅馆。"一个妓女也看不见!"他恶狠狠地说,看也不看克丽丝就走了过去,径直乘电梯回房间睡觉。事后,她笑呵呵地说起当时的情形,导演暴跳如雷,说她产生了严重的幻觉,而人们总是会相信她产生的这些幻觉,只因为她是明星,还说她"疯到了骨子里"。接下来,为了安抚她的情绪,他又轻描淡写地说她"也许"确实看见了什么人,只是错把那人看成了他。"说起来,"天晓得他从哪儿冒出这么一句,"我的曾曾祖母凑巧就是瑞士人。"

克丽丝踱到吧台里面,再次提起那件事情。

"对,伯克,就是那个表情。你已经喝了几杯金汤力?"

"天哪,够了,你别犯傻了!"丹宁斯吼道,"事实上我一整个晚上都在茶会上,他妈的教员茶会!"

克丽丝抱着胳膊趴在吧台上。"你去了那儿?"她怀疑地问。

"噢,对,尽管嘲笑我吧!"

"你和一帮耶稣会会士在茶会上喝醉了?"

"不,神父很清醒。"

"他们没喝?"

"你疯了吗?他们那叫牛饮!这辈子都没见过有人这么能喝!"

"喂,伯克,收敛点儿,别嚷嚷!丽甘在家!"

"对,丽甘,"丹宁斯压低声音,耳语道,"太对了,请问我的酒呢？"

克丽丝微微摇头表示不满，她直起腰去拿酒瓶和杯子："能不能说说你怎么会去参加教员茶会？"

"为了他妈的公共关系，应该是你去的。明白吗？我的天，因为我们玷污了他们的领地，"导演假装虔诚地嘟囔道，"天，你就使劲笑吧！对，你最擅长这个，还有露一点屁股。"

"我只是站在这儿随便笑笑。"

"哈，你演戏倒是确实有一套。"

克丽丝伸出手，轻轻抚摸丹宁斯左眼上方的伤疤，这是他拍上一部电影时合作的动作明星查克·达伦在最后一天拍摄时给了他一拳而留下的。"变白了。"克丽丝关心地说。

丹宁斯阴森地垂下眉毛："我保证他永远接不到重要角色了，我已经放出话了。"

"天哪，算了吧，就为了这个？"

"那家伙是疯子，亲爱的！他妈的疯得厉害，很危险！天哪，他就像一条总在太阳下打盹的老狗，突然有一天跳起来猛咬过路人的腿！"

"而他丧失理智和你当着整个剧组说他的表演'烂得让人都不好意思说，操蛋得比相扑都差两级'没有任何关系？"

"亲爱的，太粗鲁了，"丹宁斯从她手中接过一杯金汤力，反唇相讥道，"亲爱的，我说'操蛋'完全没关系，但你这么一个美国甜心可不行。来吧，我会唱歌跳舞的超级新星，跟我说说你怎么样？"

她耸耸肩，露出沮丧的表情，抱着胳膊在吧台上撑住身体。

"说吧，亲爱的，你心情不好？"

"我也不知道。"

"来，跟叔叔好好聊一聊。"

"妈的，我也该喝一杯了。"她突然直起腰，伸手去拿伏特加和酒杯。

"哈，太好了！真是个好主意！来，我的好宝贝，说吧，你到底怎么了？"

"想过死亡吗？"克丽丝问。

丹宁斯皱起眉头："你说'死亡'？"

"对，死亡。伯克，有没有认真思考过死亡？死亡的含义？实实在在的含义？"

她向酒杯里倒伏特加。

他有点儿不耐烦了，用刺耳的声音说："没有，亲爱的，我没想过！我根本不去想这件事，该死就死了呗。老天在上，你怎么忽然提起死亡？"

她耸耸肩，拈起冰块丢进酒杯。"我也不知道，是我今天早上想到的。嗯，也不完全是想到的，算是快睡醒的时候梦到的，吓得我发抖。伯克，我突然意识到了死亡的含义。明白吗？终结，伯克，真正的终结，就好像我以前从没听说过死亡似的。"她摇摇头。"天哪，真是吓坏我了！感觉就像正以每小时一点五亿英里[①]

---

① 1英里等于1.609344千米。

的速度从这该死的行星飞出去。"克丽丝拿起酒杯,"这杯我就什么都不加了。"她喃喃道,喝了一口。

"噢,狗屁,"丹宁斯嗤之以鼻,"死亡不过是长眠。"

克丽丝放下酒杯:"对我来说不是。"

"哎呀,你可以通过你留下的作品、通过你的子孙后代永远活在世间。"

"天哪,少胡扯了!我的孩子又不是我。"

"噢,感谢天主,你这样的一个就够了。"

克丽丝探出身子,一只手拿在酒杯腰部,精致的脸蛋写满了忧虑:"我是说,你想想看,伯克!永远、永远不存在了——"

"天哪,你就少说这种傻话吧!下星期的教员茶会来露露你那两条人人喜欢的大长腿!说不定神父们能安慰一下你!"

砰的一声,他放下酒杯:"再来一杯!"

"说起来,我不知道他们还能喝酒。"

"嗯,因为你很笨。"导演乖戾地说。

克丽丝看着他。他是不是快喝到临界点了?还是她的话刺激到了他的某条神经?

"他们有告解吗?"她问。

"谁?"

"耶稣会。"

"我怎么知道!"丹宁斯爆发道。

"呃,你上次不是说你在学习当——"

丹宁斯一巴掌拍在吧台上,打断了克丽丝的话:"别废话,**该**

死的酒在哪儿？"

"我还是给你倒杯咖啡吧？"

"别做梦了，亲爱的！我要喝酒。"

"你只能喝咖啡。"

"天哪，该死的，求求你，"丹宁斯突然换上温柔的声音，"喝完这杯我就上路？"

"林肯高速公路？"

"这就说得太难听了，亲爱的。真的。不像你。"丹宁斯郁闷地把杯子向前推。"'慈悲不是出于勉强'，"他吟诵道，"而是从天上降下尘世，仿佛甘美的戈登干琴酒，求求你，再给我一杯，我保证立刻消失。"

"真的最后一杯？"

"以荣誉和决死起誓！"

克丽丝打量着他，然后摇摇头，拿起琴酒的酒瓶。"对了，那些神父，"她一边倒酒，一边心不在焉地说，"看来我应该请一两位过来。"

"来了就别想要他们走，"丹宁斯吼道，忽然眯起发红的眼睛，每只眼睛都是一个特别的地狱，"他们是该死的抢劫犯！"克丽丝拿起金汤力的瓶子，但丹宁斯气冲冲地挥手。"不，老天在上，我喝纯的，你就永远也记不住吗？第三杯永远是纯的！"克丽丝看着丹宁斯拿起酒杯，一饮而尽后放下，低下头盯着酒杯，他嘟囔道，"没脑子的贱人！"

克丽丝警惕地看着他，对，他开始发酒疯了。她连忙把话题从神父改成她受邀去做导演的事情。

"噢,真好,"丹宁斯咕哝道,还是盯着酒杯,"了不起!"

"可是,实话实说,我很害怕。"

丹宁斯立刻抬起头看着她,表情变得真诚而慈爱。"胡扯!"他说,"听我说,亲爱的,关于导演,最困难的就是得让别人觉得这件事真他妈难。我第一次执导演筒的时候屁也不懂,可瞧瞧现在,明白了吧。这里面没有什么魔法,亲爱的,只有踏踏实实做事,还有就是从拍摄的第一天就不停提醒自己,你这是揪住了一头西伯利亚虎的尾巴。"

"是呀,这个我知道,伯克,但现在梦想成真,他们给了我这个机会,我却不知道我能不能指导我奶奶过马路。我是说,这里有那么多技术活。"

"哎呀,别吓唬自己!狗屁技术活就留给剪辑、摄像和剧本监督好了。找几个能干的,我向你保证,他们能帮你一路笑到最后。重点在于调教演员,指导他们表演——这方面你肯定会非常出色,我的小美人,因为你不止可以告诉他们你要什么,你可以直接展示给他们看。"

她还是很犹豫:"哦,好吧,可是……"

"可是什么?"

"嗯,还是技术方面的问题。我是说,我必须理解技术。"

"好吧,你举个例子。来,给你的导师举个例子。"

接下来,她花了近一个小时了解各种琐碎细节。有许多书专门讲述导演的技术窍门,但阅读书本总会耗尽克丽丝的耐性,因此她改为阅读他人。她喜欢刨根问底，能把别人的知识榨得一干二净。可是，你无法强迫书本开口。书本说话转弯抹角，书本说"故而"，说"显然"，其实却一点儿也不显然，再说你也不能质疑书本的曲折迂回。哪怕你委屈地说："等等，我这人反应慢。能再说一遍吗？"书本也不会从头给你解释清楚。你不能咬住书本不放，书本不会拍你的马屁，你把它撕成碎片也没用。

书本就像卡尔。

"亲爱的，你需要的只是一位好剪辑师，"导演说着说着笑出了声，"我指的是真懂门道的剪辑师。"

他渐渐变得兴高采烈，讨人喜欢，似乎已经熬过了危险的爆发点——直到卡尔的声音忽然响起。

"请原谅我的打扰，夫人，您需要什么吗？"

卡尔满脸殷勤地站在书房门口。

"哎呀，哈啰，桑代克，"丹宁斯笑嘻嘻地和他打招呼，"还是海因里希[①]？我实在记不清你的名字。"

"卡尔，先生。"

"啊，对。看我这记性。来，告诉我，卡尔，你在盖世太保手底下负责的是公共关系还是社区关系？两者好像有区别来着。"

卡尔彬彬有礼地答道："都不是，先生。我是瑞士人。"

导演狂笑道："哈哈当然了。卡尔，对，你是瑞士人！从来没

[①] 桑代克和海因里希都是常见的德语人名。

和戈培尔①打过保龄球！"

"够了，伯克！"克丽丝斥责道。

"也没和鲁道夫·赫斯②一起飞过！"丹宁斯又说。

卡尔还是那么冷静，丝毫不为所动，视线转向克丽丝，淡然道："夫人要什么？"

"伯克，喝杯咖啡吧？怎么样？"

"噢，算了，去他妈的！"导演挑衅地叫道，忽然从吧台前起身，梗着脖子、攥紧双拳，大踏步走出房间。过了一会儿，前门砰然关上。克丽丝面无表情地转向卡尔，用单调的声音说："拔掉所有电话。"

"好的，夫人，还有别的吗？"

"嗯，好吧，煮一壶脱咖啡因咖啡。"

"这就来。"

"小丽呢？"

"楼下游戏室。要我叫她吗？"

"对，该睡觉了。哦，等一等，卡尔！别管了，我自己下去找

---

① 约瑟夫·戈培尔（Joseph Goebbels, 1897—1945），法西斯德国战犯。1921年获海德堡大学哲学博士学位。次年加入纳粹党。1926年起主持柏林地区党务。1929年任纳粹党宣传领袖。1933年纳粹党执政后任国民教育和宣传部长。鼓吹战争，宣传种族主义和法西斯侵略思想。柏林被攻陷前夕追随希特勒自杀。有《戈培尔日记》。——引自《辞海》第6版0694页同名词条

② 鲁道夫·赫斯（Rudolf Hess, 1894—1987），法西斯德国战犯。1920年加入纳粹党。1923年参加啤酒店暴动，后协助希特勒写作《我的奋斗》一书，1933年纳粹党执政后任元首代表，主管党内事务。1941年5月秘密驾机飞往英国，试图与英国单方面媾和，遭拒被扣。德国战败后，被纽伦堡国际军事法庭判处无期徒刑。后自杀于西柏林狱中。——引自《辞海》第6版0880页同名词条

她。"她想起那只鸟,走向通往地下室的楼梯,"我回来喝咖啡。"

"好的,夫人。交给我了。"

"还有,天晓得多少次了,我替伯克向你道歉。"

"我根本不在意。"

克丽丝站住,半转过身:"对,我知道。最让他生气的其实就是这个。"

克丽丝转回去,走到屋子的门厅,拉开一扇门,下楼梯走向地下室:"嘿,小讨厌!在底下做什么呢?给我的鸟做好了吗?"

"啊,好了,妈妈!快来看!快下来!全好了!"

游戏室镶有墙板,装饰色调明快。有画架、几幅油画和一台电唱机。有几张用来玩游戏的桌子和一张用来做雕塑的台子。上一家房客有个十来岁的儿子,办派对时留下的红白彩带还留在房间里。

克丽丝接过女儿递过来的雕塑,惊呼道:"哎呀,亲爱的,太可爱了!"雕塑还没干透,有点儿像那只"烦心鸟"[①],全身涂成橘黄色,只留下鸟喙斜涂成绿白相间的条纹,头顶用胶水粘了一撮羽毛。

"你真的喜欢吗?"丽甘笑得很灿烂。

"噢,宝贝,我喜欢,真喜欢。它有名字了吗?"

丽甘摇头道:"还没有。"

"有什么想法?"

"不知道哇。"丽甘摊开手掌,耸耸肩。

---

① 原文为 Worry Bird,P-51 野马战斗机的俗称,外形流畅而美观。

克丽丝用指甲轻叩牙齿，夸张地皱起眉头沉思。"让我想想，让我想想，"她柔声说，沉吟片刻，突然眼睛一亮，"咦，'傻鸟'怎么样？你说呢？你怎么看？就普普通通地叫它'傻鸟'！"

丽甘本能地抬手捂住牙套，吃吃笑着，使劲点头。

"好，'傻鸟'全票通过！"克丽丝举起雕像，凯旋般地高喊。她放下雕像，说道："先留在这儿晾几天，干透了就放进我的房间。"

克丽丝把鸟儿放在几英尺外的一张游戏桌上，忽然注意到了旁边的灵应盘①。她都忘了自己曾经买过它。她对自己的好奇心和对别人的好奇心一样重，买这东西是想知道能不能通过它一窥自己的潜意识——没用，不过她和莎伦一起玩了一两次，和丹宁斯玩了一次，丹宁斯存心操纵塑料乩板（"亲爱的，是你在动吧？对不对？"），拼出的所谓"灵界信息"全都很下流，事后他把责任全推给了"操蛋的邪灵"。

"小丽我亲爱的，是你在玩灵应盘？"

"嗯，对。"

"你知道怎么玩？"

"噢，是呀，当然了。来，我玩给你看。"

丽甘走过去坐在桌前。

"呃，宝贝，似乎需要两个人才能玩。"

"不，妈妈，不需要的，我一直在玩。"

克丽丝拉开椅子："好，咱俩玩一把试试？"

---

① 灵应盘，一种带有迷信色彩的游戏盘，玩法类似于中国的碟仙、笔仙。由一块写着字母符号的木板和一个乩板组成，据说能写出潜意识的或超自然的启示。

丽甘犹豫片刻，然后说："嗯……那好吧。"她用指尖轻轻按住乩板，克丽丝伸出手正要按住，乩板忽然一动，移到了板上标着"不"的地方。

克丽丝对女儿顽皮地笑笑："'妈妈，我想自己来。'是这个意思吧？不想和我一起玩？"

"不，我想的！说'不'的是豪迪上尉。"

"什么上尉？"

"豪迪上尉。"

"亲爱的，豪迪上尉是谁？"

"嗯，你知道的。我提问，他回答。"

"哦，真的？"

"真的，他人很好。"

克丽丝尽量不皱起眉头，模糊但确实存在的担忧浮上心头。丽甘很爱她的父亲，但直到现在她也没有对父母的离婚表现出哪怕最细微的反应。也许丽甘会在房间里偷偷哭，谁知道呢？克丽丝害怕女儿压抑着愤怒和痛苦，而堤坝有朝一日总会崩溃，情绪将以某种未知的有害方式突然爆发。克丽丝抿紧嘴唇。幻想的玩伴，听起来不太健康。还有，为什么要叫他"豪迪"？因为她的父亲霍华德吗？听起来很接近。

"亲爱的，你连给那只笨笨鸟起个名字都不行，怎么忽然弄个'豪迪上尉'吓唬我？小丽，为什么管他叫'豪迪上尉'？"

丽甘咯咯笑道："因为他就叫这个名字呀。"

"谁说的？"

"他呀。"

"唉,好吧,这倒肯定是。"

"那是当然。"

"他还跟你说什么了?"

"事情。"

"什么事情?"

丽甘耸耸肩,望向别处:"就是事情呗。"

"比方说?"

丽甘转回头:"好吧,我让你看看。我来问他几个问题。"

"让我看看。"

丽甘用手指按住乩板,聚精会神地瞪着木板:"豪迪上尉,你说我妈妈漂亮吗?"

五秒钟过去。十秒钟过去。

"豪迪上尉?"

毫无动静,克丽丝很吃惊。她原以为女儿会把乩板滑到"是"的位置。唉,这算什么?她不安地想道:潜意识里的敌视?她怪我害她失去了父亲?天哪,不可能吧!

丽甘睁开眼睛,凶巴巴地责怪道:"豪迪上尉,你可不太礼貌哇。"

"亲爱的,他也许睡着了。"克丽丝说。

"你这么觉得?"

"我觉得你也该睡觉了。"

"不要哇,妈妈!"

克丽丝站起身:"来吧,亲爱的!快起来!跟豪迪上尉说晚安。"

"不,我不说。他很坏。"丽甘郁闷地嘟囔道。

克丽丝拽着女儿上床,然后坐在床沿上:"宝贝,星期天我休息,想去玩玩吗?"

"当然,妈妈。比方说呢?"

刚到华盛顿的时候,克丽丝费了许多心思给丽甘找玩伴,结果只找到一位,是个叫朱迪的十二岁女孩。可是最近朱迪全家出门过复活节去了,克丽丝担心丽甘没有同年龄的伙伴会寂寞。

克丽丝耸耸肩。"嗯,我也不知道,"她说,"反正总得去玩玩。开车在城里兜风如何?可以看纪念碑什么的。嘿,对了,樱花,小丽!太对了,今年的樱花开得早!想去看看吗?"

"好哇,妈妈!"

"那就说定了。明晚看电影去?"

"妈妈我爱你!"

丽甘抱住她。克丽丝多加了几分爱意抱回去,悄悄说:"噢,宝贝,我太爱你了。"

"你要是想带上丹宁斯先生也行。"

克丽丝抽身后退,好奇地看着丽甘:"丹宁斯先生?"

"是呀,妈妈,没关系的。"

"天哪,当然有关系,"克丽丝吃吃地笑道,"亲爱的,我为什么要带上丹宁斯先生?"

"因为你喜欢他呀。"

"嗯,我确实喜欢他,亲爱的。你不喜欢他?"

丽甘低下头，没有回答她。克丽丝担心地看着女儿："亲爱的，到底怎么了？"

"妈咪，你要嫁给他，对吧。"

这不是疑问句，而是一个闷闷不乐的陈述句。

克丽丝忍不住哈哈大笑："噢，我亲爱的，当然不会！你在胡说什么呀？丹宁斯先生？你怎么会有这种想法？"

"可你喜欢他呀，你自己说的。"

"我喜欢比萨，难道就要嫁给比萨？丽甘，他是我的朋友，只是个疯疯癫癫的老朋友！"

"你不像喜欢爸爸那样喜欢他？"

"我爱你爸爸，亲爱的。我会一直爱你爸爸。丹宁斯先生经常来是因为他很孤独，没别的了。他只是个朋友，一个孤独的、傻乎乎的朋友。"

"可我听说……"

"你听说什么了？听谁说的？"

丝丝疑惑在她眼里打转，片刻犹豫之后，她耸耸肩表示算了。"我也不知道，"丽甘叹道，"只是有这个想法。"

"唉，傻念头，快忘了吧。"

"好的。"

"现在乖乖睡觉。"

"能看会儿书吗？我不困。"

"当然了。读你那本新书，困了再睡。"

"谢谢，妈咪。"

"晚安，宝贝，好好睡觉。"

"晚安。"

克丽丝在门口给女儿一个飞吻，关门下楼回书房。孩子！孩子的念头都从哪儿来的！天晓得丽甘会不会把丹宁斯和她提出离婚扯到一起。其实霍华德也早有此意。两人长期分居，身为女明星的丈夫，自尊心慢慢受到伤害，他另觅新欢。但丽甘对此一无所知，只知道提出离婚的是克丽丝。天哪，别玩这些业余心理分析的把戏了。说真的，想办法多陪陪她！

回到书房，克丽丝坐下继续读《望》的剧本。看到一半，她听见脚步声，抬起头见到丽甘睡眼惺忪地走向她，边走边用指节揉眼睛。

"咦，亲爱的！怎么了？"

"妈妈，我又听见奇怪的声音了。"

"你的房间？"

"对，我的房间。像是在敲东西，我睡不着。"

老鼠夹子都去哪儿了！

"亲爱的，你到我的卧室睡觉，我去看看到底是怎么回事。"

克丽丝带着女儿去主卧室，安顿她睡下。丽甘问："能看会儿电视吗，到我睡着？"

"你的书呢？"

"找不到了。能看电视吗？"

"好吧，行。"

克丽丝拿起床头柜上的遥控器，打开电视选了个频道："声音够响吗?"

"够了,妈妈。谢谢。"

克丽丝把遥控器放在床上。

"好了,亲爱的。看得想睡了就关掉,好吗?"

克丽丝关掉灯,顺着走廊走到通往阁楼的楼梯口,爬上铺着绿色地毯的狭窄楼梯。她打开阁楼的门,摸到电灯开关,打开灯,走进没有什么装饰的阁楼。她向前走了几步,停下环顾四周。松木地板上放着几箱剪报和信件。她没看见其他东西,只有老鼠夹子。一共有六个,上了饵。阁楼干净得一尘不染,连气味也都清洁凉爽。阁楼没有暖气,没有管道,没有加热器。屋顶上没有能进出的小窟窿。克丽丝向前走了一步。

"什么也没有!"背后传来一个声音。

克丽丝吓得跳了起来。"我的天!"她惊呼道,飞快转身,按住狂跳不已的心脏,"上帝保佑,卡尔,你别这么吓我!"

卡尔站在离阁楼两级台阶的地方。

"实在对不起。但您也看见了,夫人?这儿非常干净。"

克丽丝的呼吸有点儿急促,她无力地说:"谢谢你告诉我,卡尔。对,非常干净。谢谢。真的太好了。"

"夫人,也许猫更适合。"

"更适合什么?"

"抓老鼠。"

没等她回答,他转身就走了,很快离开了克丽丝的视线。克丽丝瞪着门口看了一会儿,心想卡尔是不是在跟她摆脸色。她拿不准。她转过身,继续思考敲打声是从哪儿来的。她望向屋顶的斜面。街道两旁巨树成荫,树木多有节瘤,藤蔓纠缠。有一棵高大茂盛的菩提树已经碰到了三楼。也许是松鼠?克丽丝心想。肯定是。甚至只是树枝而已。最近夜里经常刮风。

"也许猫更适合。"

克丽丝继续瞪着门口。嘴皮子挺利索嘛,卡尔老兄?她心想。她忽然哑然失笑,那样子格外顽皮。她下楼走进丽甘的卧室,捡起某样东西爬上阁楼。一分钟以后,她回到自己的房间,丽甘已经沉沉睡去。克丽丝将女儿抱回她的房间,送她上床,再下楼回到自己的卧室,关掉电视,倒头便睡。

那天夜里,屋里格外安静。

第二天早晨,克丽丝吃着早饭,若无其事地说起夜里好像听见夹子响过一声。

"愿意上去瞧瞧吗?"克丽丝问,喝一口咖啡,假装被《华盛顿邮报》吸引住了。卡尔一声不吭,去阁楼查看情况了。几分钟以后,他下楼的时候,克丽丝在二楼走廊里和他擦肩而过。卡尔直视前方,面无表情,手里拎着个硕大的米老鼠玩具。他刚才从捕鼠夹里解放出了米老鼠的鼻子。

克丽丝经过他的时候,她听见卡尔嘟囔道:"有人真好笑。"

克丽丝走进卧室,脱掉睡袍,换衣服准备去工作。她轻声说:"对呀,也许猫——更合适。"她微笑的时候,整张脸都绽放着光芒。

那天的拍摄很顺利。临近中午,莎伦来到现场,趁着切换场景的间隙,克丽丝和她在移动更衣室里处理各项事务:给经纪人回信(她愿意考虑那个剧本);对白宫说"好的";给霍华德发电报,提醒他在丽甘生日打电话来;打电话给财务顾问,问她能不能休息一年不拍戏;最后为四月二十三日的餐会制订计划。

黄昏时分,克丽丝带丽甘去看电影。第二天,克丽丝开着红色捷豹XKE①带女儿游览城中胜景:国会大厦,林肯纪念堂,樱花。之后随便吃点东西。接着,她们过河去阿灵顿公墓和无名烈士墓。到了无名烈士墓,丽甘的面色开始变得阴沉;后来到了约翰·F. 肯尼迪的墓碑前,她似乎越来越恍惚和悲伤。她望着长明灯看了一会儿,然后悄悄拉住克丽丝的手,用喑哑的声音问:"妈妈,人为什么一定会死?"

这个问题刺入克丽丝的灵魂深处。**天哪,小丽,你怎么也想到这个了? 天哪,不! 可是,我该怎么告诉女儿? 撒谎? 不行。**她望着女儿仰起的面庞、泪水蒙眬的眼睛。难道是她感应到了我的思想? 她以前确实经常这样。"亲爱的,那是因为人累了。"她柔声答道。

"上帝为什么让人受累?"

克丽丝看着女儿,愣住了。她不知该怎么回答。她是无神论者,从没教过丽甘有关宗教的东西,她认为宗教是不诚实的。"是谁和你说上帝的?"她问。

"莎伦。"

---

① 捷豹汽车公司推出的经典跑车系列。

"噢。"

她必须找莎伦聊聊。

"妈妈,上帝为什么让我们受累?"

克丽丝望着女儿敏感双眼里的痛楚,只好认输,她无法告诉女儿自己到底信什么:"嗯,上帝过一阵就会想念我们,小丽。他希望我们回去。"

丽甘陷入沉默,回家路上一个字也没有说。那天剩下的时间和整个星期一,她的情绪都低落得让人不安。

星期二是丽甘的生日,奇异的沉默魔咒和哀伤开始消散。克丽丝带她去拍片现场,当天的拍摄结束后,剧组和工作人员唱起"祝你生日快乐",搬出插着十二支蜡烛的大蛋糕。丹宁斯清醒时一向颇为仁爱友善,他吩咐灯光师重新开灯,高喊"试镜",拍摄丽甘切蛋糕的样子,许诺要捧她当明星。她看起来很开心,甚至兴高采烈。但吃完饭,开始拆礼物的时候,她的好心情似乎又渐渐消失了。霍华德没有消息。克丽丝给他在罗马的住处打电话,旅馆前台说他离开好几天了,也没有留下转接的号码。他好像上了什么游艇。

克丽丝找借口搪塞女儿。

丽甘点点头,没有多少反应;克丽丝提议去火热小亭喝奶昔,她却摇头拒绝。她一个字也不说,下楼进了地下室的游戏房,一直待到上床时间。

第二天早晨,克丽丝睁开眼睛,发现丽甘半梦半醒地躺在身旁。

"咦,这是……丽甘,你在这儿干什么?"克丽丝笑嘻嘻地问女儿。

"妈妈,我的床在摇晃。"

"天哪,小傻瓜!"克丽丝亲亲她,拉好被子,"睡吧,时间还早。"

此刻看似是清晨,其实却是无尽长夜的开始。

第二章

他站在空旷的地铁月台的边缘,期待听到列车的隆隆声,希望那隆隆声能平息时刻伴随他的痛苦。就仿佛脉搏,只有在寂静中才能听到。他换了只手拎包,望着隧道。一个个光点延伸进黑暗之中,像是通往绝望的向导。

咳嗽了一声之后,他扭头去看左边。一个白胡子拉碴的流浪汉,刚才还不省人事地躺在自己的一摊尿里,这会儿正要坐起来,一双黄眼睛瞪着神父消瘦、哀伤的面容。

神父转开视线。他会上前,他会恳求。能帮一把我这年老的祭童吗,神父?能帮一把吗?沾着呕吐物的手会按上他的肩头,另一只手会在口袋里翻找圣章。比得上一千次告解产生的恶臭呼吸,夹着酒精味、大蒜味和多年来犯下的罪孽同时涌出,透不过气……让我透不过气……

神父听见流浪汉起身。

不要过来!

听见脚步声。

啊,上帝呀,发发慈悲!

"嘿,你,神父。"

他身子一颤,垂下肩膀。他无法转身,无法耐住性子,再次在恶臭和空洞的眼神中寻找基督，在脓血与排泄物中寻找基督，寻找不可能存在的基督。他茫然地抚摸着自己的袖筒，仿佛那里有看不见的黑纱。他隐约想起了另一位基督①。

"我是天主教徒，神父！"

耳边响起了列车接近的微弱隆隆声，然后是踉跄走路的声音。他回头去看，流浪汉步履蹒跚，意识模糊。神父一时间也没多想，过去扶住流浪汉，将他拖向靠墙的长凳。

"我是天主教徒，"流浪汉喃喃道，"天主教徒。"

神父扶他坐下，帮他放好手脚。他看见地铁来了，连忙从皮夹里抽出一块钱硬币，放进流浪汉的外衣口袋。转念一想——流浪汉多半会弄丢，便换成钞票，塞进流浪汉被尿打湿了的裤子口袋里，随后拿起包，登上列车，找个角落坐下，假装睡觉。到了终点站，他走上去往福德姆大学的漫长道路。那一块钱本来是要叫出租车用的。

来到访客宿舍，他在登记处签下自己的名字。达明·卡拉斯，他这样写道。然后又仔细看看，有什么地方不对。他厌倦地想了起来，又添上了"耶稣会"的缩写字母 S.J.。他的房间在魏格尔楼，一小时后他终于睡着了。

第二天，他参加了美国精神病学会的一场会议。他是主讲人，提交的论文名为《灵性提升的心理学环节》。工作结束后，他和另外几位精神病学家喝了几杯，吃了些东西。对方付账。他早早离

---

① 即敌基督。《圣经》中曾多次提到敌基督一词，指假冒基督的身份暗地里敌对或意图取代真基督的人。

席,因为他要去探望母亲。

他从地铁站步行到曼哈顿东二十一街,走向那幢破败的褐砂石公寓楼。经过通向黑色橡木大门的台阶时,他看了一眼门廊上的孩子们,蓬头垢面,衣衫褴褛,无处可去。他记起了那次最后导致他离开家的羞辱:陪七年级的可爱女孩回家,却遇到自己的母亲在街角满心期待地翻着垃圾箱。卡拉斯慢慢爬上台阶,闻到了烹饪的味道,温暖、潮湿、腐烂的甜味。他记起常拜访母亲的乔瑞理夫人,她和十八只猫住在一套狭小的公寓里。他抓住楼梯栏杆,开始上楼,克制住心头忽然滋生的疲惫感,他知道疲惫感来自负罪感。他不该丢下她,不该让她独自一人。到了四楼,他从口袋里摸出钥匙,插进母亲居住的4C公寓的锁眼。开门就像是在抚摸脆弱的伤口。

母亲的拥抱很热烈。一声惊呼,一个吻。她冲进厨房去煮咖啡,黑咖啡。她两腿粗短,皮肤松弛。他坐在厨房里,听她絮絮叨叨,污秽的墙壁和肮脏的地板,慢慢渗进他的骨头。这公寓简直不是给人住的。她靠社会保障金过活,还有一个兄弟每月接济的几块钱。

她坐在桌边,说说这个夫人,聊聊那个伯伯,说话间还带着移民的口音。他不敢和她对视,她的眼睛如同哀伤的深井,年复一年地盯着窗外。

我不该丢下她。

她既不会说也不会写英文,所以他替母亲写了几封信,然后又修理了那台裂壳的塑料收音机的调谐器。那是她的全部世界,新闻、林赛市长[①]。

他去了趟卫生间。瓷砖上铺着泛黄的报纸。浴缸和水槽中都是水锈的痕迹。地上有件年代久远的紧身内衣。神召的诱因。他因为这些躲避进大爱之中,但现在大爱开始冷却。半夜里,他听见它在心房间呼啸,仿佛一阵迷途的、哀伤的冷风。

差一刻十一点,他亲吻母亲,和母亲告别;他答应一有时间就来探望。

他伴着收音机播报的新闻声离开了。

回到魏格尔楼的房间,他认真思考要不要写信给马里兰教省的耶稣会首脑。这种事他已经干过一次,当时他请求调至纽约教省,以便照顾母亲;请求卸下咨询师的职务,调任教师职务。请求调任教师时,他将"不适宜"目前的工作当作原因之一。

马里兰教省的大主教对乔治城大学进行年度视察时,找他深入讨论了这件事,所谓年度视察,大抵等于军队里的监察长秘密聆听冤屈和抱怨。谈到达明·卡拉斯的母亲,大主教点头表达他的同情;但谈到他的"不适宜",大主教认为并不符合卡拉斯的履历。卡拉斯不愿放弃,他找到乔治城大学的校长汤姆·伯明翰。

"汤姆,这不只是精神病学的问题。你也清楚,有些人的问题究其根本来自神召,关系到他们的人生意义。汤姆,事情并不总是和性有关,而往往关系到他们的信仰,我实在应付不了,汤姆,太难了。我必须退出。"

[①] 约翰·林赛(John Lindsay),1971年的纽约市市长。

"你的问题是什么?"

"汤姆,我认为我已经失去了信仰。"

伯明翰没有追问他为何会有此疑虑,卡拉斯对此心怀感激。他知道他的答案听起来像是发了疯:用牙齿撕碎食物,然后排泄的需求。我母亲的九个首瞻礼六[①]。臭袜子。反应停婴儿[②]。报纸的一则文章,说一名年轻的祭童在公共汽车站等车,被陌生人围攻,淋上煤油烧。不,不,太情绪化了。过于模糊,过于存在主义。更符合逻辑的是上帝为何沉默。世界上存在邪恶,而许多邪恶是疑惑的结果,是心怀善意者发自内心的不解。上帝若是有理性,为何不肯结束这一切?为何不肯显现于世间?为何不肯开口?

"主呀,给我一个启示……"

拉撒路[③]的复生是遥远过去的传说,没有哪个活人听过他的笑声。

启示为什么还不来?

卡拉斯时常希望自己生活在耶稣的时代,能亲眼见到耶稣,受到耶稣的触碰,凝视他的双眼。啊,我的主,让我见到你!让我知道你的真理!请你进入我的睡梦!

[①] 天主教将每月第一个星期五称作首瞻礼六。据说1687年10月13日,耶稣显现给圣女玛加利大说:"因着我圣心的极度仁慈,我许下:我必以我全能的圣爱赏赐给那些连续在九个首瞻礼六上,为了爱慕我心的缘故而领圣体的人以善终之恩:他们必在死前妥当领受圣事,我的心将是他们终期的护卫。"后来守九个首瞻礼六成为一种仪式。

[②] 反应停是一种镇静剂,妊娠期服用可引起严重的新生儿畸形,尤其是短肢畸形,形同海豹。该药曾在二十世纪六十年代初制造成了大量新生儿畸形。

[③] 出自《圣经·新约·约翰福音》第11章,耶稣使死人拉撒路复活。

渴求吞噬了他。

此刻,他坐在书桌前,钢笔悬在纸上。或许让大主教闭口不谈的并不是时机,或许他明白所谓信仰无非有没有爱。

伯明翰答应考虑他的请求,想办法说服大主教,但直到今天还没有任何回音。卡拉斯写完信,上床睡觉。

清晨五点,他懒洋洋地爬起来,去魏格尔楼的礼拜堂取了份圣体①,回到房间念诵弥撒。他带着痛苦低声祈祷:"容我的呼求达到你面前②……"

他举起圣体献祭,烦闷地想起这个仪式曾带给他的莫大欢乐;每天早晨他行仪式的时候,都有同样的感受,不经意间发现大爱早已远逝的那种痛楚。他在圣餐杯上方掰开圣体。"我留下平安给你们;我将我的平安赐给你们……③"他将圣体塞进嘴里,咽下那白纸般绝望的味道。弥撒结束后,他小心翼翼地擦净圣餐杯收进包里。他跑着去赶七点十分回华盛顿的火车,黑色手提包里装的都是痛苦。

---

① 圣体,一般为无酵饼,象征着耶稣。
② 出自《圣经·旧约·诗篇》第102篇第1节。
③ 出自《圣经·新约·约翰福音》第14章第27节。下文是:"我所赐的,不像世人所赐的。你们心里不要忧愁,也不要胆怯。"

第三章

四月十一日清晨，克丽丝打电话给她在洛杉矶的医生，请他帮忙为丽甘介绍一位华盛顿的精神科医生。

"天哪！怎么了？"

克丽丝向他解释。丽甘过生日，霍华德没有打来电话，从第二天起，她就注意到女儿的行为和性情起了翻天覆地的变化。失眠，好争吵，一阵一阵发脾气，乱踢东西，乱扔东西，尖叫，不肯吃饭。还有，她异乎寻常地有活力，不停地动来动去，四处乱摸，不停地转身、敲打、奔跑、乱跳。作业完成得很差，有幻想玩伴，会做奇怪的事情吸引别人的注意力。

"比方说？"医生追问道。

她从敲打声说起。自她查看阁楼的那个晚上开始，她又听见两次敲打声。她注意到，这两次丽甘都在她的房间里。克丽丝一进女儿房间，敲打声就会中止。她还告诉医生，丽甘的房间会"丢"东西：一条裙子、她的牙刷、书籍、鞋子。她抱怨说"有人搬动了"她的家具。更有甚者，去白宫参加宴会的隔天早晨，克丽丝看见卡尔在丽甘的房间里，忙着把五斗橱从房间中央拖回原处。克丽丝问他在干什么，他只是重复那句"有人真好笑"，接下来就什么也不肯多说了，可是没过多久她就在厨房里听见丽甘抱怨，说有人在半夜趁她睡觉搬动了她所有的家具。

克丽丝说,正是这次事件,终于让她确定了自己的怀疑。很明显,这些事情都是她女儿做的。

"你是说梦游症?她在睡梦中做的?"

"不,马可,是她醒着的时候。为了吸引别人的注意力。"

克丽丝又提到床摇晃的事情,这事情发生了两次,过后丽甘都坚持要和母亲睡。

"呃,可能是生理反应。"医生猜测道。

"不,马可,我没有说床在摇晃。我说的是她说床在摇晃。"

"你确实知道床没有摇晃?"

"不。"

"嗯,有可能是阵挛性痉挛。"他嘟囔道。

"那是什么?"

"阵挛性痉挛。发烧吗?"

"不。听我说,你怎么看?"她问,"该带她去看心理医生还是什么?"

"克丽丝,你提到她的家庭作业。她的数学怎么样?"

"问这个干什么?"

"究竟怎么样?"他逼问道。

"一塌糊涂。我是说,忽然间一塌糊涂。"

"我明白了。"

"问这个干什么?"克丽丝重复道。

"嗯,这是综合征之一。"

"综合征？什么综合征？"

"没什么严重的。我还是不在电话里乱猜了。有铅笔吗？"

他想介绍华盛顿的一位内科医生给克丽丝。

"马可，你不能亲自来看看吗？"克丽丝想起了杰米和他的慢性感染。克丽丝当时的医生开了一种新的广谱抗生素。在当地药房按处方补药的时候，药剂师心生警觉。"夫人，我不想吓唬您，不过这个药……这个药刚刚上市，在佐治亚州发现它导致男性儿童的再生障碍性贫血……"杰米走了，死了。从那以后，克丽丝再也没有信任过医生。只有马可除外，而信任他也是数年累积的结果。"马可，你能来吗？"

"不，我来不了，不过别担心。我推荐的这位老兄很厉害，是顶尖高手。快去找铅笔吧。"

她犹豫片刻，然后说："找到了，他叫什么？"

她记下名字和电话号码。

"打电话请他检查一下丽甘，然后叫他打电话给我，"医生布置道，"暂时先别考虑精神科医生。"

"你确定？"

他恶狠狠地发表了一通宏论，说大众动辄觉得病人患了精神疾病，殊不知现实恰恰相反：身体的疾病往往是疑似精神疾病的根源。

"你给我下个诊断，"他举例道，"如果你是我的医生——上帝保佑——我告诉你说我头痛、常做噩梦、反胃、失眠、视线模糊；同时我感觉身心失调，对工作忧心得要死要活。你会不会说我有神经官能症？"

"马可，你问错人了；我知道你本来就有神经官能症。"

"克丽丝，我说的这些症状，大脑肿瘤也一样会造成。检查身体，这是首要任务。然后再说别的。"

克丽丝给那位医生打了电话，约定下午去看病。最近她可以自由支配时间了。电影拍摄已经结束，至少对她来说如此。伯克·丹宁斯还在忙碌，有一搭没一搭地监督"第二摄制组"做事，所谓"第二摄制组"，乃是一队相对便宜的人马，拍摄相对次要的场景，比方说乘直升机绕着城市航拍外景，还有特技镜头和没有主要演员出场的场景。不过，丹宁斯希望每一寸胶片都拍得完美无缺。

医生在阿灵顿，名叫塞缪尔·克莱因。丽甘闷闷不乐地坐在检查室里，克莱因让克丽丝在办公室坐下，大概听了听病情。她告诉医生问题何在。他边听边点头，做了详细的笔记。听她说起床铺的摇晃，医生怀疑地皱起眉头。克丽丝没有理会，继续说道：

"马可似乎觉得丽甘数学不好特别重要。这是为什么？"

"你说的是家庭作业吗？"

"是的，家庭作业，但特别提到数学。这是什么意思？"

"嗯，麦克尼尔夫人，我觉得还是先检查再说。"

他离开房间，带着丽甘去做全面体检，包括取尿样和血样。尿样是为了看她的肝肾功能；血样是为了好几种检查：糖尿病、甲状腺功能、红细胞计量（看是否贫血）和白细胞计量（看是否有血液方面的特异疾病）。

结束之后,他坐下同丽甘聊天,观察她的行为举止,然后回到办公室,提笔开药方。他边写边对克丽丝说:"看起来,她应该是得了多动症。"

"那是什么?"

"一种神经系统的失调症,至少我们认为是这样。我们还不知道具体机理,但病症常见于青春期早期。她表现出了所有的症状:活动过度、脾气暴躁、数学能力差。"

"对,数学。为什么是数学?"

"因为多动症影响注意力。"他从蓝色小本子上扯下处方,递给克丽丝,"这是哌甲酯的处方。"

"什么药?"

"哌甲酯。"

"噢。"

"一次十毫克,一日两次,我推荐上午八点一次,下午两点一次。"

她盯着处方看个不停。

"这是什么药?镇静剂?"

"不,兴奋剂。"

"兴奋剂?她已经兴奋得要飞起来了。"

"她的症状和表观状况不同,"克莱因解释道,"多动症是一种过度补偿,是对抑郁的过度反应。"

"抑郁?"

克莱因点点头。

"抑郁。"克丽丝重复道。她别开视线,若有所思地望向地面。

"嗯,你提到过她的父亲。"克莱因说。

克丽丝抬起头:"你认为我应不应该带她去看心理医生?"

"不用。我认为应该先等一等,看看哌甲酯的作用。我觉得这就是答案了,咱们等两到三周再说。"

"这么说,你认为问题都出在神经系统。"

"应该是的。"

"那么她为什么撒谎呢?吃药能停止撒谎吗?"

他的回答让她迷惑不已,因为他问克丽丝有没有听见过丽甘骂人或者说脏话。

"问得真有意思。不,从来没有。"

"好吧,你要知道,这和她撒谎非常类似——就你的描述而言,完全不符合她的性格,但某些神经失调症有可能——"

"停,等一等,"克丽丝打断他的话,"你怎么会认为她有可能说脏话?我是说,这是你刚才的意思对吧?还是我理解错误了?"

他好奇地打量着克丽丝,然后小心翼翼地答道:"对,我确实提到她说脏话。你不知道?"

"我现在还是不知道你到底在说什么。"

"麦克尼尔夫人,刚才我给她做检查的时候她可说了不少。"

"你在开玩笑对吧,医生?比方说?"

他似乎不想深谈:"就这么说吧,她的词汇量相当丰富。"

"什么?举例来说呢?我说真的,学一句给我听听!"

他耸耸肩。

"你是指'妈的'这种?"

他放松下来。"对,她确实用了这种词。"他说。

"她究竟说了什么?你具体点。"

"具体来说,麦克尼尔夫人,她请我把我天杀的手指拿得离她的屁远点儿。"

克丽丝吓得倒吸一口凉气:"她用了这些字眼?"

"对,但不算非同寻常,麦克尼尔夫人,我希望你别太担心,这只是综合征之一。"

她低头盯着鞋子,摇头轻声说:"实在难以置信。"

"听我说,我觉得她恐怕并不理解自己在说什么。"

"唉,希望如此,"克丽丝喃喃道,"确实有可能。"

"试试哌甲酯,"克莱因建议道,"然后看后续发展。我想在两周后给她复诊。"

他翻开台历:"让我看看,就定在二十七号星期三。方便吗?"

"行,没问题,"克丽丝失魂落魄地答道,她站起身,接过处方塞进大衣口袋,"好的,二十七号肯定可以。"

"我一直是您的崇拜者。"克莱因笑着打开通往走廊的房门。

她在门口停下,心烦意乱,用指尖压着嘴唇。她抬头看着医生:"所以,你认为不需要找精神科医生?"

"不确定,但最好的解释往往是最简单的那个。先看看,咱们先等等看,"他露出鼓励的笑容,"还有就是别太担心了。"

"怎么可能不担心?"

开车回家的路上,丽甘问医生是怎么说的。

"医生说你就是太紧张了。"

克丽丝决定不提脏话方面的问题。伯克,肯定是从伯克那儿学的。

不过,稍晚时候她还是找莎伦聊了聊,问她有没有听到过丽甘说那种脏话。

"天哪,没有,"莎伦说,但忽然想起了什么,"从来没有——我是说,直到最近都没有。不过,你这样一说,我记得她的艺术老师提过。"

"你是说最近?"

"上个星期。不过那女人特别死板。我认为丽甘大概说了'该死'或者'狗屎'。你知道,就是这种类型的。"

"说起来,小莎,你有没有和她谈过宗教?"

莎伦顿时脸红。

"嗯,一丁点儿吧,没多少。我是说,很难避免。克丽丝,她有那么多问题,而且——嗯……"她绝望地微微耸肩,"实在很难。我是说,我该怎么回答才能不告诉她,我觉得人生只是一场大骗局。"

"多给她几个选择。"

预备宴会之前的几天里,克丽丝花了最大的努力盯着丽甘按时按量吃哌甲酯。可是,直到宴会的那天晚上,她还是没能看见丽甘有任何值得注意的改善。实际上,一些细节却表明状况在继续恶化:健忘越来越严重,不注意整洁,还有一次抱怨说反胃。作为吸引注意力的招数而言——熟悉的那些并没有重现——接下来的又是一桩新鲜事:丽甘说卧室里有难闻的、讨厌的"臭味"。

在丽甘的坚持下，克丽丝某天去嗅了一遍，但是什么也没有闻到。

"你闻不到？"丽甘困惑地说。

"你是说现在就能闻到？"克丽丝这样问她。

"对，当然！"

"亲爱的，像是什么味道？"

丽甘皱起鼻子："像是有东西烧着了。"

"是吗？"克丽丝再次吸气，这次吸得更加用力。

"你真的闻不到？"

"有，现在我闻到了。咱们打开窗户，换换空气吧。"

事实上，克丽丝什么也没闻到，但她决定要顺着女儿的意思，至少得熬到下次看医生为止。她心里还装着几件别的事情，其中之一是宴会安排，另一件和剧本有关。尽管她非常期待执导演筒，但天生的谨慎却让她无法尽快下决心。与此同时，她的经纪人每天给她打来电话。她说她把剧本给了丹宁斯看，希望他能提点儿意见；他最好是在读剧本，而不是在嚼纸。

克丽丝的心事里，第三件是最重要的一件，即她的两次商业投机均以失败告终：一是用预付利息购入可兑换的债券；一是在利比亚南部投资的石油钻井项目。两者均是为了避税所做的投资，以免被课重税。真是屋漏偏逢连夜雨：利率最近飞涨，债券恐怕只能尽快转手；油井打到头是一口干井。这些正是心情沉重的财务顾问搭飞机来谈的问题。他周四抵达华盛顿，周五克丽丝看他画图表、听他解释。最后，她决定采取顾问眼中较为明智的路线。听她说起想买一辆法拉利，顾问皱起眉头。

"你是说,一辆新的?"

"不行吗?你知道,有次我在电影里开过一辆。要是写信给厂商,跟他们提上一提,他们多半会给个好价钱。你不这么觉得?"

他不这么觉得,而且提醒她,再买新车是一种浪费。

"本,我去年挣了八十多万,你却觉得我连一辆该死的车都不能买!不觉得很荒唐吗?钱都去哪儿了?"

他提请克丽丝注意,她的大多数财产都变成了投资。他接着列举耗尽她的钱财的细目:联邦所得税,预留联邦所得税,州税,地产税,10%给经纪人的佣金,5%给他的佣金,5%给公关专员的佣金,1.25%缴给了电影福利基金,用于追赶潮流的置装费,威莉、卡尔、莎伦、洛杉矶房屋的看管人的工资,多项交通支出,最后,还有她的月度杂项消费。

"今年还接电影吗?"他问。

她耸耸肩:"不知道。一定要接吗?"

"对,我认为你最好接一部。"

克丽丝的胳膊肘撑着膝盖,她用双手捧着渴望的脸,可怜巴巴地看着财务顾问:"一辆本田总可以吧?"

他没有回答。

那天晚上,克丽丝尽量抛开一切烦恼,为第二天的晚宴做准备,努力转移自己的注意力。

"别让大家坐着吃,提供咖喱自助餐如何?"她问威莉和卡尔,"咱们可以在客厅的一头放张台子,怎么样?"

"很好,夫人。"卡尔立刻答道。

"威莉,你觉得呢?鲜果沙拉当甜点?"克丽丝接着问。

"好,棒极了,夫人!"卡尔回答。

"谢谢,威莉。"

她邀请的人五花八门。除了伯克("该死,来的时候清醒点儿!")和年轻的二组导演之外,还有一位参议员(携夫人)、一位阿波罗飞船的宇航员(携夫人)、两位乔治城大学的耶稣会成员、隔壁邻居,还有玛丽·乔·佩林和埃伦·克利里。

玛丽·乔·佩林身材丰满,头发花白,是华盛顿当地的灵媒,克丽丝在白宫宴会上和她相遇,立刻就喜欢上了她。她原以为对方会性格严峻、难以亲近,可是,"原来你根本不是那个样子!"克丽丝这么对她说。她性格热情,毫不矫饰。

埃伦·克利里人到中年,是国务院的秘书,克丽丝游览俄罗斯的时候,她正好在驻莫斯科的美国领事馆工作。她费了许多力气、经过许多周折,帮克丽丝从旅行时遇到的许多困局和险境中脱身——这位红发女演员的大嘴巴引来的麻烦还不止这些。事隔多年克丽丝依然记得她的恩情,来华盛顿的时候找到了她。

"嘿,小莎,"她问道,"来的是哪两位神父?"

"还不确定。我邀请的是校长和教务长,但我认为校长不会亲自来。他的秘书今天快到中午时给我打电话,说校长有可能要去外地。"

"替他来的是谁?"克丽丝带着几分有保留的兴趣问。

"让我看看。"莎伦在纸堆里翻找,"找到了,克丽丝。他的助理,约瑟夫·戴尔神父。"

"噢。"克丽丝有点儿失望。

"小丽呢？"克丽丝问。

"楼下。"

"说起来，或许你可以把打字机搬下去，你说呢？我是说，打字的时候你可以看着她。行吗？我不喜欢经常让她一个人待着。"

"好主意。"

"谢谢，明天好了。现在回家吧，小莎，可以冥想了，也可以和马玩玩。"

筹划和准备告一段落，克丽丝不由得越来越担心丽甘。她想看电视，但集中不了精神。她感到不安，屋子里有一种怪异感，仿佛寂静正在沉降，尘埃有了重量。

午夜时分，屋里的一切都沉沉睡去。

没有喧哗扰动。那天晚上没有。

第四章

克丽丝在门口迎接客人,穿酸橙绿的钟形袖派对礼服和长裤,鞋子很舒适,可以看出来她对这个晚上很期待。

首先到的是玛丽·乔·佩林,她带着十几岁的儿子罗伯特一同赴宴。最后到的是面颊绯红的戴尔神父。他很年轻,个头不高,钢丝边的眼镜后是一双淘气的眼睛。他在门口为迟到致歉。"找不到合适的领带①。"他面无表情地告诉克丽丝。克丽丝茫然地瞪着他,旋即捧腹大笑。她持续终日的抑郁心情开始转好。

酒精发挥了作用。十点差一刻,他们在客厅边吃晚饭,边三三两两地谈天说地。

克丽丝用热气腾腾的自助餐填满盘子,在房间里寻找玛丽·乔·佩林。找到了——她和耶稣会大学的教务长瓦格纳神父坐在沙发上聊天。克丽丝和瓦格纳神父简单聊过几句。他的秃头上布满晒斑,举止冷静而温和。克丽丝踱到沙发旁,坐在咖啡桌前的地板上,灵媒乐得合不拢嘴。

"噢,少来了,玛丽·乔!"教务长微笑着叉起一大块咖喱塞进嘴里。

---

① 天主教神父穿正式服装时佩戴罗马领,不需要系领带。

"没错，少来了。"克丽丝跟着说。

"噢，你好！咖喱好吃极了！"教务长说。

"不太辣吧？"

"一点儿都不辣，恰到好处。玛丽·乔正和我说，曾经有位耶稣会会士同时也是灵媒。"

"而他居然不相信我！"女灵媒还在乐。

"啊，我要纠正一下①，"教务长说，"我只是说很难相信。"

"你说的是灵媒没错吧？"克丽丝问。

"当然了，"玛丽·乔说，"这有什么，他还曾经浮空过！"

"浮空，我每天早上都要浮。"教务长平静地说。

"难道说他还召开降神会？"克丽丝问佩林夫人。

"嗯，没错，"她答道，"他在十九世纪非常有名。实际上，他大概是那个时代里唯一没有被确认是骗子的巫师了。"

"如我所说，他不是耶稣会的。"教务长发表他的意见。

"噢，天哪，但他确实是！"她大笑道，"二十二岁那年，他加入耶稣会，发誓从此不再做灵媒，结果他被驱逐出了法国，"她笑得更加厉害了，"因为他在杜乐丽花园弄了好大一场降神会。知道他干什么了？降神会开到一半，他告诉皇后，她即将被一位完全显形的灵体孩童触摸，旁边的人突然点亮全部灯光，"她笑得喘不过气来，"却发现他坐在那儿，光着的脚丫子放在皇后的胳膊上！天哪，你们能想象吗！"

---

① 此半句原文为拉丁语。

教务长微笑着放下盘子:"买赎罪券①的时候别想打折了,玛丽·乔。"

"噢,少来了,谁家没有一两个败类?"

"我们可正在推美第奇三教皇②特别版。"

"说起来,我曾经有过一次体验。"克丽丝开口说。

教务长打断道:"你不是要告解吧?"

克丽丝笑笑,说:"不,我不是天主教徒。"

"噢,没错,耶稣会也不是。"佩林夫人笑个不停。

"都是多明我会③造的谣,"教务长反唇相讥,他继续对克丽丝说,"对不起,亲爱的。你接着说。"

"嗯,我只是想说,我见过有人浮空。在不丹。"

她把故事讲了一遍。

"你觉得可能吗?"最后她说,"我是认真的,真的想知道。"

"谁知道呢?"他耸耸肩,"谁知道重力究竟是什么。还有物质,谁又知道物质是什么。"

"要我的意见吗?"佩林夫人忽然插嘴道。

"不,玛丽·乔,"教务长说,"我发过清贫誓④的。"

---

① 赎罪券,以金钱购得的大赦证明书。中世纪晚期,天主教罗马教廷授权神职人员前往欧洲各地售卖赎罪券,大肆敛财,后引发宗教改革,并最终导致基督新教的产生。天主教于1567年正式取消了赎罪券。

② 美第奇三教皇,美第奇家族是意大利著名的贵族,家族内共出过三位教皇(利奥十世、克莱蒙七世与利奥十一世)和两位皇后。

③ 多明我会,又译为道明会,天主教依靠捐助生存的修会之一。会士均披黑色斗篷,因此被称为黑衣修士。多明我会以布道为宗旨,着重劝化异教徒皈依和排斥异端,故而与较为宽松的耶稣会常有冲突。

④ 清贫誓,基督教神职人员对保持清贫、不追求物质享受的誓言。

"我不也是？"克丽丝喃喃道。

"你说什么？"教务长凑近她。

"噢，没什么。打听一下，有件事情我一直想问你来着。你知道教堂背后的那幢小房子是干什么的吗？"她指着大概的方向说。

"圣三一堂？"他问道。

"啊，对。嗯，里头是做什么的？"

"嗯，我知道，是他们行黑弥撒用的。"佩林夫人说。

"黑什么？"

"黑弥撒。"

"那是什么？"

"她在说笑。"教务长说。

"啊，我懂了，"克丽丝说，"我反应慢。说起来，黑弥撒是什么？"

"噢，基本上，那是对天主教弥撒的歪曲模仿，"教务长娓娓道来，"与魔鬼崇拜有关。"

"说真的？你是说，世上真有这种东西？"

"这我就说不上了。但我听过一个统计数字，说巴黎城每年有差不多五万场黑弥撒。"

"你指的是现在？"克丽丝不敢相信。

"只是传闻而已。"

"没错，当然了，来自耶稣会谍报机构。"佩林夫人打趣道。

"才不是，是老天带话给我的。"教务长不甘示弱。

"你知道,在洛杉矶,"克丽丝说,"有好多好多故事传来传去,说有巫术邪教什么的。我经常想那是不是真的。"

"如我所说,我真的不知道,"教务长说,"不过我告诉你谁懂——乔①·戴尔。乔那家伙呢?"

教务长四下里寻找乔。

"噢,看见了。"教务长冲另一位神父点点头,他背对着他们站在餐食前,正在往盘子里堆第二轮咖喱,"嘿,乔?"

年轻的神父转过身,面无表情:"尊敬的教务长,您叫我?"

教务长勾勾手指。

"稍等片刻。"戴尔答道,转身继续对咖喱和沙拉发起进攻。

"神职队伍里唯一的矮妖精②。"教务长带着几分喜爱的情绪说,他喝了一口葡萄酒,"圣三一教堂上周发生了几起渎神事件,乔说其中一起让他想起黑弥撒仪式里的什么东西,所以我估计他对此略知一二。"

"教堂发生什么事了?"玛丽·乔·佩林问。

"哎,真的很恶心。"教务长说。

"别卖关子,我们都吃过饭了。"

"不,算了吧。实在有点儿过分。"他继续拒绝。

"天哪,你就说说吧!"

"玛丽·乔,言下之意是你读不到我的思想?"他问。

---

① 约瑟夫的昵称。
② 矮妖精(Leprechaun),爱尔兰民间传说中小精灵的一种,可以向抓住它的人指示隐藏的宝藏。此处是打趣对方的身材。

"当然可以，"她微笑道，"但我觉得自己不配进入至圣所[1]！"

"哎，真的很恶心。"教务长说。

他描述了几起渎神事件。第一起，年老的圣器保管人在圣体盒[2]正前方的祭坛罩上发现一团人类的排泄物。

"天哪，这个确实够恶心。"佩林夫人做了个鬼脸。

"对，但还比不上另一起。"教务长说，然后尽量委婉地——还用了一两个隐语——讲述如何在祭坛左侧的基督雕像上找到一只用胶水粘着的硕大阴茎雕塑。

"够恶心吧？"最后他这样说。

克丽丝发现玛丽·乔看起来是打心底里觉得难受，玛丽·乔说："唉，够了，别说了。真对不起，我不该问的。咱们换个话题吧。"

"别，我正着迷呢。"克丽丝说。

"哎呀，这是当然。我这人最迷人了。"一个声音说。

说话的是戴尔神父。他一只手端着个垒得满满的盘子，站在她身旁，庄重地说："听着，给我一分钟，我马上回来。我觉得我快要跟宇航员谈出点儿结果了。"

"比方说呢？"教务长问。

戴尔神父抬抬眉毛，一脸无辜的表情。"您敢相信吗，"他问，"月球上的第一次传教？"

---

[1] 至圣所，广义上指所有神圣的场所；狭义上指犹太教寺院的内殿，或具体指耶路撒冷神殿中圣幕后的至圣所，约柜保留的地方。
[2] 圣体盒，教堂圣坛上装献祭的圣体及圣餐酒的盒子或箱子。

几个人哈哈大笑,只有戴尔除外。

他的喜剧技巧依赖于面无表情。

"你体型正好,"佩林夫人说,"能把你塞进登月舱。"

"不,不是我,"他严肃地纠正道,然后对教务长解释说,"我正努力让埃默里去。"

"埃默里是学校的律法师,"戴尔对两位女士解释道,"天上一个人也没有,正合他的心意;他喜欢安静的环境。"

戴尔依然不动声色,望向房间另一头的宇航员。

"请原谅。"戴尔说完就走开了。

"我喜欢他。"佩林夫人说。

"我也是。"克丽丝赞同道,她转向教务长,"你还没有告诉我那间小屋里有什么呢。"她提醒教务长,"大秘密?我好几次在那儿看见一位神父,他是谁?有点儿阴沉,像个拳击手。知道我说的是谁吗?"

教务长点点头,垂下脑袋。"卡拉斯神父,"教务长压低声音,带着一丝惋惜说,"昨天夜里他过得很艰难,可怜的人。"

"啊,怎么了?"克丽丝问。

"他母亲过世了。"

难以解释的哀伤情绪涌上心头,克丽丝轻声说:"天哪,真抱歉。"

"他似乎受了很大的打击,"戴尔神父接着说,"她独自居住,好像死了几天才被发现。"

"太惨了。"佩林夫人喃喃道。

"谁发现的?"克丽丝正色说。

"公寓楼的管理员。我估计本来还发现不了,要不是……唉,隔壁邻居投诉说收音机一直响个没完。"

"太可怜了。"克丽丝悄声说。

"夫人,对不起,打扰一下。"

她抬起头,看见卡尔端着一个摆满小高脚杯和烈酒的托盘。

"好的,就放这儿吧,卡尔,不用你管了。"

克丽丝喜欢亲自为客人斟酒。她觉得这能缩短彼此的距离,让仆人来就没这个效果了。"嗯,让我看看,先从你们开始吧。"她对教务长和佩林夫人说,为他们倒酒。接下来她走遍房间,询问要求,替每一位客人奉上美酒;即将轮完一圈的时候,客人们的小团体已经改换成了新的组合,除了戴尔和宇航员,他俩似乎黏得更紧了。"不,我根本不是神父,"克丽丝听见戴尔一本正经地说,他搂着宇航员笑得不住抽动的肩膀,"其实我是一名超级前卫的拉比[①]。"

克丽丝和埃伦·克利里站在一起,回想莫斯科的时光,她突然听见厨房传来一个熟悉的声音在愤怒地叫嚷,很刺耳。

天哪!是伯克!

他扯着嗓子在骂脏话。

克丽丝连忙告退,快步走进厨房,丹宁斯在恶毒地咒骂卡尔,莎伦怎么都拦不住他。

---

① 拉比(Rabbi),犹太人中的一个特别阶层,主要为学者。

"伯克！"克丽丝吼道，"给我闭嘴！"

导演对她置之不理，继续怒骂，嘴角冒出星星点点的唾沫；卡尔抱着胳膊，一声不响地靠着水槽，脸上波澜不惊，双眼直勾勾地盯着丹宁斯。

"卡尔！"克丽丝叫道，"你快出去！出去！没看见他什么样吗？"

但瑞士人动也不动，克丽丝只好动手把他推出门外。

"纳、粹、猪！"丹宁斯冲着卡尔的背影大叫，然后笑嘻嘻地转向克丽丝，搓着双手，和善地说，"甜点呢？"

"甜点？"克丽丝用掌根猛拍额头。

"是呀，我饿了。"他哀怨地说。

克丽丝转向莎伦："喂饱他！我去送丽甘上床。还有，伯克，老天在上，您能不能稍微收敛点？外面有神父在呢！"

他皱起眉头，双眼忽然间放出极感兴趣的光芒。"咦，原来你也注意到了？"他一本正经地说。克丽丝侧着头长出一口气："我受够了！"然后大步走出厨房。

克丽丝下楼去游戏室找丽甘，女儿在底下待了一整天。她发现女儿在玩灵应盘，神情阴郁、呆滞而漠然。*好吧，至少不暴躁*，克丽丝心想。她想逗女儿开心，于是带着丽甘去宴会厅，介绍她认识各位宾客。

"哎呀，她真可爱！"参议员夫人说。

丽甘表现得格外有礼貌，但在面对佩林夫人时除外，她既不肯说话也不愿意同佩林夫人握手，女灵媒对此一笑了之："她知道我是个冒牌货。"她笑着对克丽丝使了个眼色，但还是带着一种想看个究竟的好奇心，她伸手握住丽甘的小手，略略用上一点力气，像是要检查丽甘的脉搏。丽甘飞快地甩掉她的手，怨毒地瞪着她。

"她最近不太舒服。"克丽丝喃喃道歉，低头看着丽甘，"感觉怎么样，亲爱的？"

丽甘没有吭声，只是盯着地板。

只剩下参议员和佩林夫人的儿子罗伯特还没做过介绍，克丽丝觉得最好还是不要继续下去了。她带丽甘上楼，服侍女儿上床。

"觉得能睡着吗？"克丽丝问。

"不知道。"她迷迷糊糊地回答。她翻了个身，盯着墙壁，脸上一副拒人千里的神情。

"要我念书给你听吗？"

摇头。

"那算了。好好睡吧。"

她凑上前亲吻女儿，回身走到门口，关掉电灯。

"晚安，我的宝贝。"

克丽丝就要走出门的时候，听见丽甘在背后轻轻说话："妈妈，我这是怎么了？"真叫人心碎。语气如此绝望，与病况是那么不相称。有一瞬间，克丽丝感到天旋地转，不知所措。但她很快就挺了过来。"嗯，我告诉过你了，亲爱的，只是神经系统的小问题。你只需要再吃几个星期的药，保证到时候你就能恢复正常。现在，你好好睡吧，亲爱的，好吗？"

没有回答。克丽丝等着。

"好吗？"她又问一遍。

"好的。"丽甘用小小的声音说。

克丽丝忽然发觉自己前臂起了好些鸡皮疙瘩。她揉着胳膊。我的乖乖，房间里可真冷。寒气是从哪儿来的？

她走到窗前，检查窗框，一切正常。她转身问丽甘："够暖和吗，宝贝？"

没有回答。

克丽丝站在床头。"睡着了吗？"她轻声问。

丽甘闭着双眼，呼吸深沉。

克丽丝踮起脚尖，走出房间。

她在走廊里就听见了歌声，下楼梯时，她不胜欣喜地看见年轻的戴尔神父在客厅观景窗前弹奏钢琴，其他人围着钢琴合唱欢快的歌曲。她走进客厅，《待到重逢时》一曲恰好结束。

克丽丝正要加入人群，却被参议员和夫人拦住了，他们手里拿着外套，看上去有点儿不安。

"这么早就要走？"克丽丝问。

"噢，真是对不起，亲爱的，今天晚上过得开心极了，"参议员一口气说下去，"但是可怜的玛莎头痛。"

"噢，真是抱歉，可是我实在不舒服，"参议员的妻子呻吟道，"请原谅，克丽丝。您的宴会太让人愉快了。"

"二位要早走，我更加觉得抱歉。"克丽丝答道。

她送两人出门，背后传来戴尔神父的声音："谁记得《东京玫瑰，我敢打赌你后悔了》的歌词？"回客厅的路上，她遇见莎伦悄悄走出书房。

"伯克呢？"克丽丝问她。

"里头，"莎伦朝书房点点头，"睡着了。对了，参议员有没有说什么？"

"没有，他们刚走。"

"我猜也是。"

"怎么了，莎伦，到底是怎么了？"

"唉，是伯克。"莎伦叹道。她仔细挑选字眼，描述参议员和导演的会面。丹宁斯看似随意地自言自语道："我的琴酒里似乎漂着一根移民的阴毛。"然后扭头对着参议员的妻子，带着几分责备的语气说："我这辈子都没见过这种事！你见过吗？"

克丽丝惊叫一声，然后咯咯笑着翻了个白眼，莎伦继续描述参议员的尴尬反应如何激发了丹宁斯的狂暴怒叱，他表达了他对无耻政客存在于世的"无尽感激"，因为若是缺了他们，"要知道，谁又能分辨出哪位是正派的政治家呢？"

参议员板着脸恼怒走开，导演骄傲地对莎伦说："看见了吗？我没有骂人。你不觉得我为人处世很严肃吗？"

克丽丝忍不住大笑："天哪，就让他睡吧。不过你最好看着他点儿，免得他醒来闹事。可以吗？"

"当然，没问题。"

回到客厅，玛丽·乔·佩林独自坐在角落里沉思，看上去心神不定，不太自在。克丽丝打算过去和她聊聊，可忽然想到一件事情，便走向钢琴和戴尔。戴尔停止演奏，抬头和她打招呼。"你好，年轻的女士，有什么可以效劳的？我们的连九祷①正在打折促销。"

克丽丝和大家一起笑得前仰后合。"我想我更愿意听听黑弥撒是怎么回事，"她说，"瓦格纳神父说您是专家。"

钢琴旁的众人顿时有了兴趣，都安静了下来。

"我算不上什么专家，"戴尔轻轻地敲了几个和弦，"但你为什么要问起黑弥撒？"

"噢，是这样的，刚才我们几个谈到——嗯……圣三一堂遇到的那些事情，然后——"

"噢，你指的是渎神事件？"戴尔打断她的话说。

"我说，谁能给我们说说，到底发生什么了？"宇航员急切地问。

"我也是，"埃伦·克利里说，"什么也听不懂。"

"是这样的，前面那家教堂里出了些渎神的事情。"戴尔解释道。

"比方说？"宇航员问。

"别多问了，"戴尔神父建议大家，"我只想说很淫邪，就不具体描述了。"

"瓦格纳神父说你告诉他，情况很像黑弥撒，"克丽丝接口道，"所以我想问问黑弥撒究竟是怎么一回事。"

---

① 连九祷，罗马天主教的一种仪式，即连续九天为了特定目的而进行的祷告式。

"噢，其实我知道的也不多，"戴尔说，"事实上，绝大多数我都是从另外一位老耶那儿听来的。"

"老耶是什么？"克丽丝问。

"耶稣会会士的简称。卡拉斯神父是我们在这方面的专家。"

克丽丝忽然警醒："咦，那位圣三一堂的深肤色神父吗？"

"你认识他？"戴尔问。

"不，只是听瓦格纳神父提到过。"

"好吧，我记得他写过这方面的论文。明白吗？仅从精神病学的角度探讨。"

"什么意思？"克丽丝问。

"什么意思是什么意思？"

"你难道在说他是精神病学专家？"

"是呀，当然了。天哪，抱歉。我还以为你知道呢。"

"喂，就不能爆点猛料吗？"宇航员乐呵呵地说，"黑弥撒搞的究竟是什么名堂？"

"姑且就说反常吧，"戴尔耸耸肩，"猥亵行为。侮辱神圣。黑弥撒是对天主教弥撒的恶意戏仿，我们礼拜上帝，他们尊崇撒旦，有时拿活人献祭。"

埃伦·克利里勉强笑笑，摇头走开："对我来说太恐怖了。"

克丽丝没理睬她。"可你怎么知道的呢？"她问年轻的神父，"就算真的存在黑弥撒，谁又会告诉你仪式上有什么？"

"嗯，"戴尔答道，"大部分事实应该是被抓住的人坦白的。"

"算了吧，"教务长说，他刚才悄悄地加入了人群，"那些坦白一文不值,他们受到了严刑拷打。"

"不,只有最傲慢的才被拷打。"戴尔淡然地说道。

众人发出有点儿紧张的笑声。教务长看看手表。"好了,我得走了,"他对克丽丝说,"明早我要主持达尔格伦礼拜堂①的六点弥撒。"

"而我要主持班卓琴弥撒②。"戴尔笑嘻嘻地说,视线转向克丽丝身后的某处,忽然流露出震惊的眼神,收起了笑容,"麦克尼尔夫人,我们好像有客人了。"他提醒道,摆摆脑袋要她看。

克丽丝转过身,吓得惊呼起来,她看见身穿睡袍的丽甘站在那里,尿液沿着大腿流到了地毯上,眼睛死气沉沉地盯着宇航员,用毫无生机的声音说:"你会死在天上。"

"天哪,我的孩子!"克丽丝喊道,冲过去搂住女儿,"天哪,小丽,亲爱的!来,跟我来!咱们回楼上去!"

克丽丝抓住丽甘的手,领着女儿离开,匆忙间扭头向面色惨白的宇航员道歉:"天哪,真是对不起!她最近身体不好,肯定是在梦游!她都不知道自己说了什么!"

"老天,我看咱们该走了。"她听见戴尔对某人说。

"不,不,别走,"克丽丝扭头喊道,"没事的!我马上就回来!"

克丽丝在厨房停了停,请威莉去清理地毯,以免污渍以后无法收拾,然后带丽甘上楼进了卫生间。她给女儿洗澡,换了一身睡袍。"亲爱的,为什么那么说?"克丽丝一遍遍问女儿,但丽甘

---

① 达尔格伦礼拜堂(Dahlgren Chapel),位于乔治城大学校园内,建于1893年。
② 弥撒仪式上使用的是管风琴。

似乎听不懂,她眼神空洞,嘴里叽里咕噜地吐出没有意义的字眼。

克丽丝送女儿上床,丽甘几乎立刻陷入昏睡。克丽丝等在旁边,听了几分钟女儿的呼吸,然后悄悄离开房间。

走到楼梯底下,她遇见莎伦和二组的年轻导演扶着丹宁斯走出书房。他们叫了出租车,送丹宁斯回他在乔治城假日酒店的套房。

"悠着点。"克丽丝对架着丹宁斯的二人说。丹宁斯半梦半醒地说:"去他妈的。"然后融入雾气,坐进等候在外的出租车。

克丽丝回到客厅,客人都没走,纷纷表示同情,她大致说了说丽甘的病情。她说到敲打声和其他"吸引他人注意力的"现象,她发现佩林夫人直勾勾地瞪着自己。克丽丝望着佩林夫人,希望她能说点什么,但她没有开口,克丽丝只好继续。

"她经常梦游吗?"戴尔问。

"不,今晚是第一次。或者说,至少是我知道的第一次,我猜是因为那个什么多动症。你们觉得呢?"

"我不清楚,"神父答道,"听说梦游常见于青春期,不过——"他耸耸肩,没说下去,"我说不清,你还是去问问医生吧。"

接下来的谈话中,佩林夫人始终保持沉默,目不转睛地盯着客厅壁炉里的火光。克丽丝还注意到宇航员也很消沉,他盯着手里的酒,偶尔咕哝一声,表示听得有趣。计划中他今年要飞一趟月球。

"好啦,我明早真的要主持弥撒。"教务长说,起身准备离开。有他带头,大家纷纷告辞。他们纷纷起身,感谢今天的晚餐和派对。

戴尔神父在门口留步，他握住克丽丝的手，郑重其事地看着她的眼睛，问道："你觉得有没有可能在你的电影里安排一位会弹钢琴的矮子神父？"

"哈，就算没有，"克丽丝笑道，"神父，我也可以请他们为你写一个。"

克丽丝真心诚意地祝他晚安。

最后离开的是玛丽·乔·佩林母子。克丽丝和他们在门口闲聊。她觉得玛丽·乔心里有话，却留着没说。为了让她多留几分钟，克丽丝向她征询意见：丽甘经常玩灵应盘，对豪迪上尉有着不同寻常的依恋。"你认为会有坏处吗？"她问。

克丽丝本以为会听到大而化之的宽心话，却惊讶地看见佩林夫人皱起眉头，低头看着台阶。她似乎在思考，她以同样的姿势走出大门，来到门廊上的儿子身旁。

她终于抬起头，两眼被黑影笼罩。

"如果是我，一定会从她身边拿走灵应盘。"她平静地说。

她将车钥匙递给儿子。"博比，去发动引擎，"她说，"引擎是凉的。"

他接过钥匙，对克丽丝说他喜欢克丽丝出演的全部电影，然后飞快走向停在街边的破旧野马轿车。

他母亲的眼睛依然被黑影笼罩。

"不知道你怎么看我，"她说得很慢，"许多人以为我能招魂，但那是错的。没错，我确实有天赋，但和神秘学无关。事实上，对我来说完全符合自然。我是天主教徒，相信我们每个人都脚踏两界。我们能觉察的是现时现世。但偶尔也有我这种的怪人瞥见一两眼另外那只脚踩着的地方；而那个地方，我认为……就是永世。怎么说呢，永世不存在时间。未来就是现在。因此偶尔我的另一只脚有感觉的时候，我相信我就能看见未来。不过也难说。"她耸耸肩，"谁知道呢？可是，说到神秘学……"她停下，寻找合适的字眼，"神秘学就是另一码事了。我尽量远离那些东西。我认为涉足那个领域会很危险，而其中就包括摆弄灵应盘。"

克丽丝一直以为对方只是个声名显赫又睿智的顾问，但她此刻的神情却让克丽丝非常不安。她竭力想摆脱这种感觉。

"哎呀，算了吧，玛丽·乔。"克丽丝笑着说，"你难道不知道灵应盘是什么原理吗？不就是反映一个人的潜意识吗？没什么了不起。"

"对，也许是，"佩林答道，"也许不是。也许全是暗示的力量。可是，我听过许多有关降神会和灵应盘的事情，似乎都和打开一扇门之类的有关系。嗯，克丽丝，我知道你不相信灵界，但我相信。如果我没有弄错，也许两个世界之间的桥梁正是你刚才所说的潜意识。我只知道这种事情经常发生。还有，亲爱的，全世界的精神病院里都关着乱碰超自然的家伙。"

"哎呀，你开什么玩笑，玛丽·乔。说真的，是在开玩笑吧？"

沉默。黑暗中继续传来她柔和的嗓音："一九二一年，巴伐利亚有一家人，我不记得姓氏了，总之这家人有十一口。估计查报纸应该能找到。某次尝试降神后没多久，他们全都疯了。所有人，十一个人。他们在自己家里纵火狂欢，烧光家具之后，开始折磨最年幼的女儿,一个三个月大的婴儿。最后邻居破门而入,制止了他们。全家人,被关进了精神病院。"

"我的天!"克丽丝想到豪迪上尉,不由得长吸了一口气。仔细想来,他确实有几分险恶的色彩。精神疾病,难道是精神疾病?有可能。"就知道我该带小丽去看精神科!"她心想。

"唉,老天在上!"佩林夫人走进灯光里,"别在意我说的,你听医生的话就对了。"听得出她想让克丽丝安心,克丽丝却觉得没有什么说服力。"我对预知未来有一套,"佩林夫人笑着说,"对现世就束手无策了。"她在皮包里翻找,"咦,我的眼镜呢?你瞧我这记性。放哪儿去了?啊,原来在这儿。"她在外套口袋里找到了眼镜。"多漂亮的房子,"她戴上眼镜,打量着房屋临街的一面,"让我有温暖的感觉。"

"我真是如释重负,"克丽丝说,"刚才有一瞬间我还以为你要说我家闹鬼哩!"

佩林夫人看着她,没有笑容:"我怎么可能对你说这种话?"

克丽丝想到一个朋友,著名的女演员,她卖掉了贝弗利山的豪宅,只是因为坚信家里住了个喧哗鬼①。"我也不知道,"她无力地笑笑,"开玩笑而已。"

"这幢屋子很好,很'友善',"佩林夫人用平静的语气安慰她,"我来过这儿,知道吗?来过很多次。"

"真的?"

---

① 喧哗鬼(Poltergeist),民间传说中通过发出声响和制造混乱来显示其存在的鬼。

"对，以前的房主是我的朋友，一位海军上将，时不时给我写封信。他们把他送回大海了，可怜的人儿。不知道我怀念的究竟是他还是这幢房子。"她微笑着说，"以后还能请我做客吗？"

"玛丽·乔，你肯来我太高兴了。我是说真的，你实在很有意思。听着，给我打电话。下周给我打电话好吗？"

"当然好，到时候给我说说你女儿的状况。"

"有我的号码？"

"有，家里本子上记着呢。"

有什么不对劲？克丽丝思忖着。她的语气里有什么地方不对劲。

"那好，晚安，"佩林夫人说，"再次感谢这个美好的晚上。"没等克丽丝回答，她就快步走上了街道。

克丽丝目送她离去，慢慢关上门，疲惫感铺天盖地而来。这个晚上真是够受的，她想，够受的。

她回到客厅，在威莉身旁停下，威莉蹲在尿渍前，洗刷地毯上的细毛。

"用了白醋，"威莉低声说，"擦了两次。"

"干净了？"

"应该吧，说不准，等着看吧。"

"是呀，不干透确实看不出来。"

了不起，真是棒极了，说得好。真是好眼力。圣徒犹大在上，小山羊，睡觉去吧！

"行了，威莉，就这么放着好了。去睡吧。"

"不，让我弄完。"

"随你吧。谢谢。晚安。"

"夫人,晚安。"

克丽丝迈着沉重的步伐爬上楼梯。"对了,威莉,咖喱很好吃,"她冲着楼下喊道,"大家都喜欢。"

"夫人,谢谢夸奖。"

克丽丝去看丽甘,发现女儿还在睡觉。她想起灵应盘,应该藏起来还是干脆扔掉?朋友,佩林碰到这种事总是很啰唆。但另一方面,克丽丝也觉得幻想出来的玩伴既病态又不利于身心健康。对,确实应该扔掉。

可是,克丽丝还是犹豫了。她站在床前,看着丽甘,想起女儿三岁时的一件事:某天晚上,霍华德认为女儿年纪够大了,不必再抱着奶瓶睡觉,而是该及早学会自立。那天夜里他拿走了奶瓶,丽甘一直哭闹到凌晨四点,然后好几天举止异常。克丽丝害怕再发生类似的事情。还是等等吧,等我找个心理医生谈谈。再说还有哌甲酯呢,她心想,也许尚未见效。

最后,她决定等一等再说。

克丽丝回到自己的房间,筋疲力尽地倒在床上,几乎立刻坠入了梦乡。接下来,她被摩擦着意识边缘的歇斯底里的恐惧叫声惊醒。

"妈妈,快来,快来呀,我害怕!"

"我来了,小丽,我来了!"

克丽丝跑过走廊,冲进丽甘的房间。抽泣声,哭叫声,还有床垫弹簧上下快速震动的声音。

"噢，我亲爱的，怎么啦？"克丽丝伸手打开电灯，急切地问道。

神圣的基督在上！

丽甘绷紧身体躺在床上，满脸眼泪，面容被恐惧扭曲，她抓住小床两侧死也不松手。

"妈妈，床为什么在摇晃！"她叫道，"让它停下！天哪，我害怕！让它停下！妈妈，求你让它停下！"

床垫正在疯狂地前后摇晃。

第二部

边 缘

无法忘记的痛苦，会在我们的睡梦中一滴滴落在心上，直到我们陷入绝望，而智慧，违背我们的意愿，经由上帝可畏的恩典而来。

——埃斯库罗斯[①]

[①] 埃斯库罗斯（Aeschylus，前525—前456），古希腊三大悲剧作家之一。引文出自他的剧作《阿伽门农》（*Agamemnon*）。

第一章

他们为她在一处拥挤不堪的墓地觅得归宿,这里塞得太满,墓碑都没了喘息的空间。

弥撒仪式和她的生活一样孤独。她从布鲁克林赶来的兄弟们。曾经给她赊账的街角杂货店老板。望着他们将她沉进没有窗户的黑暗世界,达明·卡拉斯流露出久违的悲伤情绪,开始啜泣。

"唉,迪米①,迪米……"

某位舅父搂住他的肩头。

"别太伤心,迪米,她进天堂了,她会开心的。"

上帝呀,请让她上天堂!上帝呀!求你了!上帝呀,求你让她上天堂!

他在墓地徘徊,不肯离去,其他人等在车里。他想到要撇下她一个人就无法忍受。

回纽约宾夕法尼亚州车站的路上,他听着几位舅父用移民腔很重的蹩脚英语描述各自的病痛。

"肺气肿……得戒烟了……去年险些死掉,知道吗?"

阵阵怒火挣扎着想突破他的嘴唇,又被他一次次强压回去,

---

① 迪米,达明的昵称。

他为自己感到羞愧。他望向窗外：他们经过家庭救济站，隆冬时节每逢周六早晨，她都会来这儿领取牛奶和成袋的土豆，而他在床上安睡；中央公园动物园，夏天她把他留在这儿，自己去广场前的喷泉附近乞讨。经过旅馆，卡拉斯涕泗横流，因为回忆而哽咽，痛悔如针刺，令他泪如泉涌。他心想，爱为什么非要在阴阳永隔后才来到，在他最不需要感悟的时候降临，当联系的限隔与人性的降服终于缩减成钱包里的一张印刷弥撒卡片大小之时：追思……

他知道，这份伤痛来得太迟。

在晚餐时间回到了乔治城大学，他却没有半点胃口。他慢慢走进屋子。教会里的朋友前来表示哀悼，只逗留了片刻，允诺替他祷告。

十点过了不久，乔·戴尔带着一瓶苏格兰威士忌现身。他骄傲地拿给达明看："芝华士！"

"你从哪儿弄来这么多钱——捐款箱里偷的？"

"别这么混账，那么做会打破我的清贫誓。"

"到底从哪儿弄来的？"

"偷的。"

卡拉斯不由得笑了，他摇摇头，一边拿起一个玻璃杯和一个白镴咖啡杯，到狭小的卫生间水槽里洗干净，一边说道："我相信你。"

"就没见过比你更坚定的信徒。"

卡拉斯感到熟悉的痛楚袭上心头。他没有理会，拿着杯子回去，戴尔坐在他的床上开酒瓶。他在戴尔旁边坐下。

"现在赦免我还是等会儿再说?"

"倒酒吧,咱们互相赦免。"

戴尔倒满玻璃杯和咖啡杯。"校长不该喝酒,"他小声嘟囔道,"会成坏榜样的。我这是替他除去危险的诱惑。"

卡拉斯喝着威士忌,没搭理戴尔的话头儿。他太熟悉校长了。校长为人机智而敏感,总是转弯抹角地表达意思。他知道戴尔来探望他既是以朋友的身份,也是作为校长的代表。

戴尔对他是一剂良药,尽量逗他开心。描述派对和克丽丝·麦克尼尔。讲述耶稣会律法师的新轶事。他喝得不多,一次次斟满卡拉斯的酒杯,他看到卡拉斯已经昏昏欲睡,就从床上起身,搀扶卡拉斯躺下,自己靠坐在书桌上继续唠叨,直到卡拉斯闭上眼睛,只能含混地咕哝回答。

戴尔站起来,解开卡拉斯的鞋带,替他脱鞋。

"连我的鞋子也要偷?"卡拉斯大着舌头说。

"才不是呢,我看鞋面的褶皱能预知未来。现在给我闭嘴睡觉。"

"你是耶稣会飞贼。"

戴尔轻笑两声,从壁橱里拿出外套给他盖上:"听着,有人得成天操心付账单。你们这些人呢,就好好把玩念珠,替 M 街的嬉皮士多祷告几句吧。"

卡拉斯什么也没说,他的呼吸深沉而均匀。戴尔轻手轻脚地走到门边,关掉电灯。

"偷窃是罪。"卡拉斯在黑暗中嗫嚅道。

"Mea culpa①。"戴尔柔声回答。

他静候片刻,确定卡拉斯已经入睡,这才离开房间。

卡拉斯在半夜醒来,泪流满面。他梦到母亲。他站在曼哈顿高处的窗口,看着母亲走出马路对面的地铁售货亭。她站在路边,拎着一个棕色购物纸袋,正在找他。他向母亲挥手,母亲没有看见,她蹒跚着穿过街道。公共汽车、卡车、毫不友善的人群,她越来越害怕。她反身走向地铁,开始走下台阶。卡拉斯惊慌失措,他奔向大街,呼喊她的名字,开始哭泣。他找不到母亲,他想象着母亲在地下迷宫里是多么无助,多么困惑。

他等待啜泣平息,起身找到苏格兰威士忌。他摸黑坐在床上喝酒。眼泪打湿了面颊,没有停止的意思。这么沉痛的悲伤,仿佛回到了儿时。

他记起舅父打来的电话:

> 迪米,水肿影响到她的大脑。她不许医生近身,只会乱喊乱叫,还跟该死的收音机说话。迪米,我觉得该送她进贝尔维②,普通医院治不了她。我估计在那待上几个月她就能好得和原来一样,到时候再接她出来。你觉得呢?听我说,迪米,我告诉你,我们已经处理好了。今天早上给她打了一针,然后救护车把她拉走了。我们不想打扰你,只是有个聆讯会要你参加,你还得签几张表格。什么?去私人诊所?迪米,

---

① 拉丁语,意为:我有罪。
② 贝尔维医疗中心,美国最老的公立医院,中心里的精神病院最为有名。

谁有那么多钱？你？

他不记得自己是什么时候睡着的。

醒来时他感觉昏昏沉沉的，记得在梦中他被打开大脑放血。他跌跌撞撞地走进卫生间，淋浴、剃须、穿上教士袍。五点三十五，他打开圣三一堂的大门，套上法衣，在左侧圣坛前开始念弥撒。

他凄凉又绝望地祷告："求你垂念你的仆人，玛丽·卡拉斯……"

透过神龛的门，他却看见了贝尔维接待处护士的面容，再次听见隔离室里的嘶喊声。

"你是她儿子？"

"是的，我叫达明·卡拉斯。"

"好吧，换了是我肯定不进去，她正在发作。"

他隔着门上的观察口张望那个没有窗户的房间，天花板上吊着一个没有灯罩的白炽灯泡；墙壁衬着软垫；除了她身下的小床，没有任何家具。

"我等向你求祷，许她一个休憩、光明、安平的场所……"达明说道。

两人对视，她忽然安静下来，爬下床，慢慢走到圆形的小观察口前，表情困惑而受伤。

"为什么这么待我，迪米？为什么？"

这双眼睛比羔羊更加谦顺。

"上帝的羔羊①……"他低头捶胸,悄声说道,"神的羔羊,你担当世人的过犯,求赐她安息……"片刻之后,他闭上眼睛,举起圣体,见到自己的母亲坐在聆讯室里,互握的双手搁在膝头,表情温顺而困惑,法官向她解释贝尔维的精神科医生提交的报告。

"玛丽,你能听懂吗?"

她点点头,不肯张嘴,医院取走了她的假牙。

"那么,玛丽,你有什么要说的?"

她自豪地答道:

"我的儿子,他替我发言。"

卡拉斯发出愤怒的呻吟声,他对着圣体低下头,用力捶胸,仿佛胸口是他希望能扭转的多年时光,他低声祷告:"主,我当不起。你只要说一句话,我的灵魂就会痊愈。②你只要说一句话,我的灵魂就会痊愈。"

违背一切理性,违背一切知识,他用心祷告,希望真有神灵能听见他的呼求。

但他认为并不存在。

弥撒过后,他回到房间,想睡个回笼觉,却睡不着。

上午晚些时候,一位他没见过的年轻神父忽然来访。他敲敲门,走进打开的房门。

"忙吗?能打扰你几分钟吗?"

他眼里是不肯安歇的重负,声音透着诚挚与恳切。

---

① 此句原文为拉丁语。连同下文,是弥撒曲《羔羊经》的一部分。
② 此句原文为拉丁语。连同下一整句,都是弥撒中领圣体前的一部分祷词。

卡拉斯一时间很恨他。

"请进。"他轻声说。他有一部分性格让自己很窝火，时常使得他在面对恳求时陷于无助，但他又控制不住。它仿佛绳索，在他心里缠绕纠结，时刻准备对恳求做出回应，害得他不得安宁，哪怕睡着了也不行。在他梦境的边缘永远有个声音，像是绝望者微弱、短暂的呼喊；而每次刚醒来时的前几分钟，他总会有那种尚有重任未曾完成的焦虑感觉。

年轻的神父手足无措，支支吾吾，看上去很羞怯。卡拉斯耐心地引导他；给他香烟，速溶咖啡；强迫自己表现得感兴趣，听烦恼的年轻访客慢慢展开那个熟悉的问题：神父群体所有的无边孤寂感。

卡拉斯对这个人群所有的焦虑早有了解，这位神父的问题也不例外。远离家庭，远离女性①，许多耶稣会会士也害怕对其他神父表达友情，不敢结下深厚友爱的友谊。

"比方说，我喜欢搂别人的肩膀，但又害怕对方认为我是同性恋，明白吗？你肯定也听过那些理论，说很多潜在同性恋受神职工作吸引什么的，于是我决定不再这么做。我甚至不去别人房间听音乐，不聊天，不一起抽烟。并不是因为我害怕别人，而是害怕别人会害怕我。"

卡拉斯感觉到重负逐渐从年轻神父那里转到自己肩上。他听其自然，让年轻人继续说。卡拉斯知道他还会来，从孤独中解脱

---

① 耶稣会的会规要求其修士立绝财、绝色、绝意的誓愿。

出来，和卡拉斯交朋友。等他意识到他可以不带着害怕和怀疑与人交往时，也许就会开始在其他人之中寻找朋友。

卡拉斯越来越疲惫，陷入自己的哀恸之中。他望向去年圣诞收到的铭碑。兄弟之痛。我亦身受。见主于他。可惜相见不欢，他责备自己。他将其他人受到的折磨绘成地图，却从没有走过那些街道，至少他这么认为。他相信他体会到的痛苦只属于自己。

客人低头看表，该去校园餐厅吃午饭了。他起身要离开，一转头看见了卡拉斯桌上的小说。

"噢，你有这本《阴影》。"他说。

"读过吗？"卡拉斯问。

年轻神父摇摇头："还没有。好看吗？"

"说不准。我刚读完，不确定我有没有看懂，"卡拉斯撒谎道，他捡起书递过去，"拿去看看？说起来，我确实想听听别人的看法。"

"噢，好，多谢，"年轻神父说，查看封套侧边的文字，"过几天就还你。"

他的情绪似乎好了些。

纱门在他身后吱吱呀呀地关上了，卡拉斯终于得到了片刻宁静。他拿起每日颂祷书，进了庭院，慢慢走着，念着日课经文。

下午，又有一位客人：圣三一堂年长的主任司铎[①]。他拉开桌边的椅子坐下，向卡拉斯母亲的逝世表示哀悼。

[①] 主任司铎（Pastor），天主教中指在教区主教的权下，负责堂区训导、圣化、治理事务的牧者。

"我为她念了几遍弥撒,达明,也为你念了一遍。"他气喘吁吁地说,带着轻快的爱尔兰土音。

"劳您费心了,神父。非常感谢。"

"她多大年纪?"

"七十。"

"唉,也该休息了。"

卡拉斯看着主任司铎带来的经牌①。这是弥撒使用的三张卡片之一,塑料覆膜,印着神父领念的祷词片段。卡拉斯心想:司铎拿这东西来做什么。答案立刻揭晓。

"呃,达明,今天又出了那种事。教堂里,你知道,又发生了一起渎神事件。"

一尊摆放在教堂后侧的圣母马利亚雕像被涂抹成了娼妓的模样,主任司铎告诉他。说完,他将经牌递给卡拉斯。"这个是那天早上你去纽约之后,星期六对吧?对,周六。唉,你看看吧。我刚和一位警官谈过,他——唉,你先看看卡片,达明,看看吧!"

卡拉斯端详着卡片,主任司铎解释说,有人在原本的卡片和塑封之间插了一张打印的纸。模仿经文而写,尽管有几处打字修正和不少拼写错误,却基本上是流畅通顺的拉丁文,绘声绘色地描述了一段臆想的同性性爱,两位主角是圣母马利亚和抹大拉的马利亚②。

---

① 经牌,弥撒中祭台上所放的卡片,上面印有弥撒常用的经文。
② 抹大拉的马利亚(Mary Magdalene),耶稣的女追随者。罗马天主教、东正教和圣公会教会都把她当作圣人。

"太过分了，告诉你，没必要仔细读完。"主任司铎说，一把夺回卡片，仿佛害怕它会让卡拉斯犯下罪孽，"说真的，这拉丁文不错。有风格，教会拉丁文的风格。嗯，警官说他和什么人——什么心理学家——聊过，心理学家说干这些事情的人，或许是一名修士，你知道，非常病态的修士。你觉得呢？"

卡拉斯想了想，点点头："对，是的，有可能。有可能是表达反抗的愿望，但意识处于深度梦游状态。难说，但是有可能，确实有可能。"

"达明，能想到可能是谁吗？"

"我不明白。"

"嗯，我是说，他们迟早会来找你看病，你觉得呢？我指的是有病的人——如果学校里有这种人的话。你知道谁比较像吗？我指的是有那种病态的人。"

"不，神父，我不知道。"

"唉，也对，我想你也不会告诉我。"

"是的，我不会告诉你。但首先我要说，神父，梦游是意识在想办法处理任意数量的心理矛盾，结果往往具有象征意义，所以我真的不知道。另外，假如确实是梦游，那个人很可能对他的行为一无所知，就算是他自己也完全不知情。"

"你会怎么劝告他呢？"主任司铎狡猾地说。他轻轻揉着耳垂，这是他的习惯动作。卡拉斯早就注意到了，每次他在算计别人的时候就会这样。

"我实在不知道谁符合这些描述。"卡拉斯答道。

"好吧,我明白了,就知道你会这样说。"司铎起身,蹒跚着走向房门,"知道你,你们心理医生像什么吗?就像神父!"

卡拉斯不禁微笑,司铎转身将经牌扔在他的书桌上:"你不妨仔细看看,你说呢?看看吧。"说着他转过身,继续走向房门,年纪使得他佝偻着肩膀。

"验过指纹了吗?"卡拉斯问。

主任司铎停下脚步,扭头道:"噢,估计没有。再怎么说也算不上刑事犯罪,你说呢?看起来更像某个教区居民发了疯。达明,你怎么看?你认为会不会是教区里的人?知道不,我觉得是。根本不是什么神父,而是教区居民。"他又在拉耳垂了:"你怎么想?"

"我实在是不知道。"他说。

"唉,好吧,就知道你不肯说。"

那天下午,卡拉斯神父得到调令,暂时卸下辅导员职务,转到乔治城大学医学院担任精神病学讲师,给他的命令是"休息"。

第二章

丽甘躺在克莱因的检查台上，双臂双腿蜷曲着朝外展开。医生握住她的一只脚，弯向她的脚踝。他略略用力，将这样的姿势保持了几秒钟，然后突然松手。她的脚又恢复到了正常的位置。他如此重复了几次，结果却没有变化。他似乎不太满意。丽甘忽然坐起身，朝着他的脸吐口水。他请护士留在房间里，自己回办公室找克丽丝谈话。

那天是四月二十六日，周日和周一他都不在华盛顿，克丽丝直到今天早上才找到他，一五一十地将派对上的事情和床铺的摇摆告诉了他。

"真的在动？"

"确实在动。"

"持续了多久？"

"不确定，估计有十秒，或许十五秒。我的意思是说，我只看见了那么久。接着她身体一挺，尿了床。也可能之前已经尿过，我不确定。但是，忽然间她又'睡死'过去，一直到第二天下午才醒来。"

克莱因医生沉思着走进办公室。

"好吧,到底是什么问题?"克丽丝愈发焦虑。

克丽丝第一次来的时候,他认为床铺的摇晃疑似源自阵挛性收缩发作,这是一种肌肉松弛与收缩交替出现的症状。他告诉她,这种症状若是长期出现,通常是脑损伤的表征。

"不过,检查结果是否定的。"他开始解释刚才的检查:假如真是阵挛,那么对脚部多次弯曲、放松就会触发阵挛性收缩。克莱因医生坐回办公桌前,看上去忧心忡忡:"她以前跌倒过吗?"

"你是说撞到头吧?"

"嗯,是的。"

"没有,就我所知,没有。"

"幼年疾患呢?"

"普通的那些而已。麻疹、腮腺炎、水痘。"

"梦游病史呢?"

"之前没有过。"

"什么意思?派对那天梦游是第一次?"

"是的。她对那晚自己做了什么一无所知。还有其他的事情,她完全忘记了。"

丽甘在睡觉。霍华德打来越洋电话。

"小丽好吗?"

"她生日那天的电话呢?真是多谢你了。"

"我被困在游艇上了。老天在上,你就放过我吧。我一回酒店就给她打电话了!"

"哦,对,是呀。"

"她没告诉你?"

"你和她通过话了?"

"当然,所以我才觉得该给你打个电话。克丽丝,她究竟是怎么了?"

"什么意思?"

"她骂我'狗杂种',然后就挂了电话。"

克丽丝向克莱因医生讲了这件事,然后说丽甘终于醒来之后,对父亲的来电和派对那晚的任何事情都没有半点记忆。

"移动家具那件事,她会不会并没有撒谎?"克莱因提出假设。

"我听不懂。"

"唉,这么说吧,家具确实是她自己搬动的,但她当时也许并不知道自己在做什么。所谓的自动状态,和恍惚状态有点儿像。患者既不知道也不记得做了什么。"

"可是呀,医生,被搬动的是个又大又重的柚木柜,至少有半吨。我想说的是,她怎么可能搬动那东西?"

"异乎寻常的力量在病理学上很常见。"

"哦,真的?怎么可能?"

医生耸耸肩。"谁知道呢。除了你已经告诉我的那些,"他继续说道,"还注意到她有什么异常举止吗?"

"呃,她变得非常邋遢。"

"异常。"他重复道。

"对她来说足够异常了。对了,还有一件事!记得她经常玩的那个灵应盘吧?豪迪上尉?"

"幻想玩伴。"内科医生[①]点点头。

"现在她能听见他说话了。"克丽丝说。

医生向前俯身,两臂叠放在桌上,眯起眼睛,神情警觉:"能听见?"

"对,昨天早上的事情,我听见她在卧室和豪迪聊天。我的意思是,她说话,然后等待,我以为是在摆弄灵应盘。我透过门缝偷看,却没有看见灵应盘。只有小丽一个人,她使劲点头,医生,就好像是在赞同豪迪说的什么话!"

"她能看见他吗?"

"我认为看不见。她当时将头部侧向一边,就像在听音乐。"

医生若有所思地点点头:"好,好的,我明白了。还有其他症状吗?看见幻觉?闻到气味?"

"对,气味,"克丽丝记了起来,"她总说在卧室里闻到了难闻的气味。"

"是烧焦的味道吗?"

"就是!你怎么知道?"

"这个症状代表的有可能是大脑电化学活动失调。就你女儿而言,应该是颞叶,这儿,"他用食指点着自己头部的前侧,"大脑前部的这个位置。虽然罕见,但它确实会导致她出现异常的幻觉,而且往往是在痉挛发作之前。我认为这大概就是它常被误认为是精神分裂症的原因,但它确实不是精神分裂症。起因是颞叶

[①] 此处提到的这个内科医生指的就是克莱因。

损伤。阵挛检查的结果不能算是定论,麦克尼尔夫人,我想给她做个 EEG——脑电图检查,能让我们看到脑波的模式。对机能异常的患者来说是非常准确的检查。"

"你真认为是那个?颞叶损伤?"

"麦克尼尔夫人,她确实有相应的症状,比方说邋遢、好斗、导致社交尴尬的行为,还有自动症。对,还有使得床铺摇晃的抽搐。紧接着往往是尿床或呕吐,或两者都有,然后进入深度睡眠。"

"想现在就给她做检查?"克丽丝问。

"是的,我认为应该马上做,但检查前要用镇静剂。要是她乱动挣扎,结果就不准确了,所以,能允许我给她用——我想想——二十五毫克氯氮①吗?"

"天哪,该怎样就怎样吧。"她无所适从地说。

她陪着医生走进检查室;丽甘看见医生准备注射,开始拼命号叫,污言秽语滚滚而来。

"啊,亲爱的,是为你好!"克丽丝恳求道。她按住丽甘,克莱因医生给丽甘打针。

"我很快回来。"克莱因说,他要出去照看其他的病人,护士将脑电波设备推进房间。克莱因很快就回来了。氯氮还没有起效,他大吃一惊。"剂量已经很大了。"他对克丽丝说。

克莱因又打了二十五毫克;离开;回来;丽甘已经驯良温顺。他将泡过生理盐水的金属电极附在丽甘的头皮上。"一边四个,"

---

① 氯氮,具有镇静、抗焦虑、肌肉松弛、抗惊厥作用。

他向克丽丝解释道,"这样我们可以同时获得大脑左右半边的脑电波读数,然后加以比较。为什么要比较?嗯,偏差也许能帮助诊断。举例来说,我有过一个出现幻觉的病人,幻视和幻听。我对比他左右大脑的脑电波,发现存在偏差,据此确定他的幻觉只出自一侧大脑。"

"了不起。"克丽丝赞叹道。

"确实。左眼和左耳正常,但右眼幻视,右耳幻听。好了,咱们来看一看。"他打开机器,指着荧光屏上的波形解释道,"这是两侧脑电波合在一起的样子,我现在要找的是尖峰。"他用食指在空中比画,"尤其是每秒四到八次震荡的特高波。要是存在,那就能确定是颞叶损伤了。"

他仔细查看脑电波图形,但就是找不到节律失调,没有尖峰,没有平顶拱丘。他将仪器调到对比模式,依然一无所获。克莱因皱起眉头,难以理解。他重复整个流程,但结果毫无区别。

他召唤护士陪丽甘,自己和克丽丝返回办公室。克丽丝坐下:"好了,怎么说?"

医生抱起手臂,面色沉重地靠在桌沿上:"按理说脑电波能证明她有没有得病,但是没有发现节律失调,也不能证明她没有病。也有可能是癔症,但她痉挛前后的波形确实非常惊人。"

克丽丝皱起眉头:"说起来,医生,你一直在说的那个——'痉挛',是这种疾病的名称吗?"

"噢,痉挛并不是疾病。"他静静地说。

"那么,医生,它的正式名称是什么?"

"你更熟悉的名称是癫痫。"

"上帝呀!"

"你先别着急,"克莱因安慰道,"看得出你和大众一样,对癫痫的印象过于夸张,甚至都变成传说了。"

"癫痫难道不是遗传的吗?"克丽丝惊道。

"这正是传说之一,"克莱因冷静地说,"至少,大多数医生并不这么认为。你要明白,实际上每个人都有可能痉挛。但是,大部分人发生痉挛的阈值较高,但有小部分人比较低;因此你和癫痫患者之间的区别不过是度而已。没别的了。只是度的问题而已,根本不是一种疾病。"

"那么,该死的幻觉又是怎么一回事呢?"

"是一种机能失调,而且可以得到控制。麦克尼尔夫人,失调的类型五花八门数不胜数。比方说,你坐在这儿,忽然有了一秒钟空白,怎么说呢?我说的话你有一小段没听见。好,麦克尼尔夫人,这就是一种形态的癫痫。一点儿不错,这是货真价实的癫痫发作。"

"好吧,我明白了,但这不是丽甘的症状,我实在不敢苟同。还有,怎么会忽然间变成这样?"

"对,你说得对。我指的是我们还无法确定她究竟出了什么问题,我也承认或许你从一开始就是正确的,非常可能是精神方面的问题,但我却不敢打包票。至于你的疑问,有许多大脑机能方面的异变可以触发癫痫发作中的痉挛:担忧、疲倦、情感压力,甚至乐器弹奏的某个特定音符。给你举个例子,我有过一位病人,他从未发过病,结果在离家一个街区的公共汽车上痉挛了。最后我们终于找到了病因:阳光透过白色板条防护栏产生的闪烁光影映在了车窗上。换了一天中的其他时间,或者公共汽车的速度不一样,他都不会痉挛,明白了吗?他的大脑有损伤,小时候得病留下的疤痕。对于你的女儿来说,疤痕组织应该位于前部——颞叶的位置——碰上了有特定波长和频率的电脉冲,就会引发颞叶中深层次的突发应激反应。你明白我的意思吧?"

"大概吧,"克丽丝叹道,垂头丧气,"但是说实话,医生,我不明白她的整个人格为什么会彻底改变。"

"就颞叶损伤而言很常见,能持续数日到数周。有破坏性甚至有犯罪倾向的行为也不罕见。事实上,情况已经有了很大的变化。两三百年前,有颞叶损伤的人常被认为是魔鬼附体。"

"你说什么?"

"被恶魔夺取了身体,差不多就是人格分裂的迷信说法。"

克丽丝闭上眼睛,握拳抵住前额。"唉,就没有什么好消息吗?"她嗓音嘶哑。

"哎呀,你也不必惊慌。假如确实是脑损伤,一定程度来说也算幸运,因为只需要去除疤痕组织就行了。"

"哦,了不起。"

"甚至有可能只是颅压过高。这样吧,我来安排给她的头部拍几张 X 光片。大楼里有位放射科医生,我可以立刻联系他,带你过去。要我给他打电话吗?"

"见鬼,当然,请快些,就照你说的办。"

克莱因打电话安排事宜，对方说现在就可以接待。他挂掉电话，写好处方。"二楼二十一号房间。明天或者周四我会打给你。我帮你约一位神经科医生。另外，别让她吃哌甲酯了。我给她开几天氯氮试试看。"

他撕下处方递给克丽丝："麦克尼尔夫人，换了我是你，我会尽量陪着她。恍惚状态之下——如果真是这个的话——她很可能伤到自己。你的卧室和她的近吗？"

"是的，很近。"

"很好。是底层吗？"

"不，二楼。"

"她的卧室有大窗户吗？"

"有，有一面。这有什么关系？"

"换了我是你，我会尽量关紧窗户，甚至上锁。恍惚状态之下，她弄不好会掉出窗户。我有过一位——"

"病人。"克丽丝带着一丝疲倦的笑容接话。

克莱因笑了笑："我是不是总这么说？"

"对，确实没少说。"

她用手支住面颊，忧心忡忡地凑近他："说起来，我也想到了一些别的情况。"

"什么？"

"呃，有些时候发作以后，就像你刚才说的，她会立刻进入深度睡眠，就像周六晚上那样。你刚才说的是这个意思对吧？"

"嗯，对，"克莱因点头道，"就是这样。"

"那好,但还有另外一些时候,她说床铺在摇晃的时候却是完全清醒的。"

"你从来没说过这个。"

"嗯,我也才想起来。她看起来一切正常,跑进我的房间,问能不能和我一起睡。"

"有尿床或呕吐吗?"

克丽丝摇摇头:"她一切正常。"

克莱因皱起眉头,咬着嘴唇,末了说:"还是先看看X光片吧。"

克丽丝带着丽甘去找放射科医生,她感到疲惫而麻木。她陪着女儿拍片,然后带女儿回家。第二次注射以后,丽甘变得异常安静,克丽丝努力想和她交谈。

"要不要玩大富翁,亲爱的?"

丽甘摇摇头,用失焦的眼睛望着母亲,视线仿佛远在千里之外。"我真的很困了。"她的声音和眼神一样飘忽。说完,她转身上楼走向卧室。

克丽丝担心地望着女儿的背影,心想:或许是氯氮的作用吧。

最后,她长叹一口气,走进厨房倒了杯咖啡,坐到在早餐角的莎伦身旁。

"怎么样?"莎伦问她。

"唉,天哪!"

克丽丝将处方扔在桌上。"帮个忙,打电话按处方买药。"她说,然后将医生的话复述一遍,"要是我太忙或者出门了,就替我看着她,好吗,小莎?克莱因说——"她想了起来,"提醒了我。"

她从桌旁起身,走进丽甘的卧室,见到女儿裹着被单酣睡着。克丽丝走到窗口,拉上插销,然后望向楼下。女儿房间的窗户位于房屋侧面,俯瞰通向 M 大街的陡峭阶梯。

朋友,还是尽快叫锁匠上门吧。

克丽丝返回厨房,将这件事加进莎伦正在整理的待办事宜当中,告诉威莉晚饭想吃什么,然后给经纪人回电话,讨论请她导演的那部电影。

"剧本如何?"经纪人问。

"很好,好极了,埃德,咱们接了。几时开工?"

"你的段落安排在七月,所以你得开始准备了。"

"你说现在?"

"当然是现在。这不是当演员,克丽丝。你必须参与各种筹备工作。你要和布景师、服装设计师、化妆师以及制片人协作。你必须挑选摄影师和剪辑师,草拟拍摄方案。别天真了,克丽丝,你知道这一套的。"

"噢,妈的!"克丽丝郁闷地叫道。

"有问题吗?"

"有,埃德。是丽甘,她病得非常厉害。"

"啊,真是抱歉,亲爱的。"

"谢了。"

"克丽丝,她是什么病?"

"还没有确诊,我在等检查结果。听我说,埃德,我不能撇下她。"

"谁说要撇下她了？"

"唉，你不明白，埃德。我必须在家陪她，她需要我的照顾。听着，我实在解释不清，埃德，太复杂了，能不能稍微推迟一段时间？"

"不可能。制片方打算圣诞节在音乐厅试映，克丽丝，我认为他们正在赶进度。"

"老天在上，埃德，两个星期总等得起吧！求求你！"

"我说克丽丝呀，你一直缠着我说你想当导演，现在全都——"

"对，我知道，我知道。埃德，我确实想当导演，但现在你必须告诉他们，我需要更多的时间。"

"我要是真去这么说，这件事就到此为止了。这就是我的看法。你要明白，他们其实并不想找你，这个你应该也清楚。他们完全是卖穆尔一个面子，假如他们再去找穆尔，说你还不确定自己能不能做导演，估计他也会同意你出局。你看，你愿意做什么就做什么，我不管你。除非大卖，否则这件事咱们也挣不到钱。但如果你真想当导演，那就听我一句：我去要求延期，这事情就到此为止了。来，告诉我，我该怎么对他们说？"

"天哪。"克丽丝叹道。

"确实很难决定，我明白。"

"倒也不是。嗯，我说……"

"不，不难。好吧，埃德，要是——"她想了又想，终于摇头道，"算了，埃德，只能让他们等了，我也没办法。"

"你说了算。"

"是呀,埃德。有结果就告诉我。"

"当然了。还有,你女儿的事情,我很抱歉。"

"谢谢,埃德。"

"保重。"

"你也是。"

她挂断电话,心情抑郁。她点燃香烟,对莎伦说:"我和霍华德通过电话,知道发生了什么吗?"

"啊,什么时候?你告诉他小丽的事情了?"

"说了。我对他说他应该来看看女儿。"

"他会来吗?"

"不知道,估计不会。"克丽丝答道。

"你认为他该操这份心。"

"是呀,我知道。"克丽丝叹息道,"但是你也得明白他的苦处,小莎。到此为止,我知道,到此为止了。"

"什么意思?"

"唉,就是他永远是'克丽丝·麦克尼尔的丈夫'呗。小丽也是一部分原因。她来了,他走了。上杂志封面的永远是我和小丽,我和小丽的整版报道,母亲和女儿,两个仙女。"她闷闷不乐地弹掉烟灰,"唉,该死,天晓得。全搅和到一块儿了。但实在很难怪他,小莎。我没法怪他。"她伸手拿起莎伦胳膊肘旁的书:"在读什么呢?"

"哦,我都忘了。书是给你的,佩林夫人来过。"

"她来过?"

"没错,今天上午。说很可惜没能见到你,她要离开华盛顿一段时间,但保证回来就打电话给你。"

克丽丝点点头,看了一眼书名:《恶魔崇拜与相关的超自然现象之研究》。她翻开书,看见一张手写的字条。

亲爱的克丽丝:

凑巧路过乔治城大学图书馆,帮你找了这本书。有几个章节是专门写黑弥撒的,你应该读一读;另外,还有几个章节我觉得你也会感兴趣。改日聊。

玛丽·乔

"真是贴心。"克丽丝说。

"对,确实。"

克丽丝随便翻着书:"黑弥撒有什么好处?能美发?"

"天晓得,"莎伦回答,"我没读。"

"你的老师叫你别读?"

莎伦伸了个懒腰:"主要是这种东西我一看就困。"

"真的假的?你的耶稣情结去哪儿了?"

"噢,少胡说。"

克丽丝把书从桌上滑到莎伦那边去:"拿着,你读下,告诉我讲了什么。"

"做噩梦怎么办?"

"否则为什么给你发工资?"

"呕吐。"

"这个我自己就行，"克丽丝拿起晚报，"只需要把财务顾问的建议塞进喉咙，保证你会呕血一个星期。"她烦闷地放下报纸，"小莎，能打开收音机吗？听听新闻。"

莎伦留下和克丽丝共进晚餐，然后出门赴约。她忘了那本书。克丽丝看见书摆在桌上，考虑片刻要不要读几页，最终觉得自己已经够累了。她把书留在桌上，上楼准备休息。

她先去探望丽甘，丽甘裹着被单，看上去一整个晚上都在睡觉。克丽丝再次检查窗户。窗户锁得很紧。出门前，她刻意敞着门，睡觉前同样打开自己卧室的门。她看了一会儿电视里播放的电影，然后睡着了。

第二天早上，关于恶魔崇拜的书从桌上消失了。

没有人注意到这点。

第三章

神经科医生再次挂起 X 光片,在颅骨上寻找锤锻铜器般的参差凹痕。克莱因医生抱着胳膊站在他背后。两人寻找过了脑损伤、积液甚至松果体移位的痕迹。此刻他们在找的是琉肯沙德尔颅骨损伤,这种下陷是慢性颅压异常的表征。他们没有找到。日期是四月二十八日,星期四。

神经科医生摘掉眼镜,小心翼翼地把眼镜塞进左边胸袋:"什么也没有,萨姆①,我什么也找不到。"

克莱因皱眉盯着地板,轻轻摇头。

"想不通。"克莱因说。

"再拍一组片子?"神经科医生问。

"我看不用。我想做个腰穿。"

"好主意。"

"另外,我想让你见见这女孩。"

"不如就今天?"

"呃,我还——"电话响了,"对不起。"他拿起听筒,"什么事?"

"麦克尼尔夫人的电话,她说情况紧急。"

---

① 克莱因的昵称。

"哪条线？"

"3号。"

他揿下分机按钮："我是克莱因医生。"

她听起来很惊慌，几近歇斯底里："天哪，医生，是丽甘！你能立刻过来吗？"

"行，怎么了？"

"我不知道，医生，我实在没法形容！求你快过来！求你了！"

"马上就到！"

他挂断电话，接通前台。"苏珊，叫德雷斯纳替我接诊。"他放下电话，开始脱白大褂，"正是她。迪克，"他说，"一起去？过桥就到。"

"我有一个小时。"

"那就走吧。"

他们没几分钟就赶到了，满脸惊恐的莎伦在门口迎接他们，丽甘的卧室方向传来呻吟和惊恐的叫声。"我叫莎伦·斯潘塞，"她说，"请进。她在楼上。"

她领着两人来到丽甘的卧室门口，推开一条门缝，喊道："克丽丝，医生到了！"

克丽丝立刻出现在门口，脸孔被恐惧扭曲。"天哪，我的天哪，快进来！"她的声音颤抖，"快看看她这是怎么了！"

"这位是——"

克莱因介绍到一半没有继续说下去，因为他一眼就看见了丽甘。丽甘发出歇斯底里的尖叫，挥舞双臂，身体仿佛径直飞上半空,然后重重地摔回床上;整个过程飞快,且一次次重复。

"啊,妈妈,让他停下!"她尖叫道,"让他停下。他要杀死我!叫他——停——下——,妈——妈——!"

"天哪,我的宝贝!"克丽丝哭叫道,把拳头塞到嘴里咬住。她恳切地看着克莱因:"医生,怎么了?发生什么了?"

他摇摇头,视线锁定在丽甘身上,怪异的现象持续着。她每次都飞起一英尺高,跌落时摔得吐出一口气,就好像被看不见的巨手一次次拎起再丢下。

克丽丝用双手捂住嘴巴,看着上下弹跳的动作骤然停止,丽甘疯狂地翻滚扭动,双眼翻得只剩下眼白。"啊,他用火烧我……烧我!"她呻吟道,双腿飞快地合拢、打开。

两位医生凑近她,床两边各站一位。丽甘不停扭动、抽搐,将头部向后弯曲,露出肿胀、凸起的喉咙。她用一种怪异的喉音吟唱着大家听不懂的字句:"诺旺玛伊(Nowonmai)……诺旺玛伊……"

克莱因伸手去摸她的脉搏。

"亲爱的,让我们来看看是什么问题。"他温柔地说。

忽然,他向后摔去,跌跌撞撞地退到了房间的另一头,因为丽甘突然起身,臂膀狠狠一甩,极度的仇恨扭曲了她的面容。

"这头母猪是我的!"她用嘶哑而有力的声音咆哮道,"她是我的!给我滚开!她是我的!"

她从喉咙深处发出尖锐的笑声,身体直挺挺地倒了下去,像是被一把推倒。她扯起睡袍,露出下体。她对医生大叫,并用双手使劲抚弄下体。

丽甘把手指塞进口中,伸出舌头舔。克丽丝呆站片刻,哽咽着冲过房间。

克莱因小心翼翼地走近床边,震惊地看着这一幕,丽甘似乎紧紧地抱住了她自己,双手爱抚着她自己收起的手臂。

"哎,就这样,我的珍珠……"她用那种奇异的嘶哑声音呻吟着,像是高潮般闭上眼睛,"我的孩子……我的花朵……我的珍珠……"接着,她又开始左右翻扭,一遍又一遍地呻吟着意义不明的那几个音节,最后突然坐起,无助又恐惧地瞪大双眼。

她像猫一般喵喵叫。

然后,狗叫。

然后,马嘶。

然后,她以腰部为轴心,用令人目眩的速度旋转上半身。她挣扎着想呼吸。"天哪,让他停下!"丽甘哭道,"让他停下!疼死了!让他停下!让他停下!我不能呼吸了!"

克莱因看不下去了。他抓起急救包,跑到窗口,飞快地准备注射工作。

神经科医生依然站在床边,看着丽甘像是被推倒似的躺下,眼珠再次翻进眼窝,身体左右翻滚,然后用喉音不停嘀咕。神经科医生凑近想听清楚,抬头看见克莱因在招手,他直起腰,走向克莱因。

"我给她打氯氮,"克莱因悄声说,拿起注射器对着窗口的亮光,"你帮我按住她。"

神经科医生点点头,但似乎在想事情,他侧着头听床上传来的咕哝声。

"她说什么?"克莱因小声说。

"不知道,只是胡言乱语,没有意义的音节。"他自己似乎都不太相信这个解释,"但她说话的样子仿佛真有意义,而且音节有抑扬顿挫的调子。"

克莱因朝床点点头,两人悄悄地从两边接近。他们这一动,丽甘突然全身硬挺,就像是强直症突然发作。两位医生在床边站住,互相看了一眼,然后望向丽甘,她开始拱起身体,弯折成难以想象的姿势,上身向后如弓般扭曲,直到前额碰到脚尖。她痛得惨叫。

两个医生交换了个疑惑的眼神。克莱因朝神经科医生打了个手势,但还没等医生抓住丽甘,她却身子一软,昏迷过去,同时尿湿了床铺。

克莱因俯身翻开她的眼睑,然后检查脉搏。"她会失去知觉一阵子,"他低声说,"我认为这是癫痫。你觉得呢?"

"我也这么觉得。"

"那好,采取点保险措施。"克莱因说。

他熟练地完成了注射。

"我说,你怎么看?"克莱因在打针的地方缠上灭菌纱布。

"颞叶损伤。当然也可能是精神分裂,萨姆,但发作来得太快。她没有病史,对吧?"

"对,没有。"

"神经衰弱？"

克莱因摇摇头。

"会不会是癔症？"

"我想到过。"

"是呀。可是，她又不是马戏团怪人，身体没法自己弯曲成那个样子，你说是不是？"迪克摇摇头，"萨姆，我认为是病理性激情①——力量、偏执、幻觉。精神分裂症，没问题，这些症状都符合。但是颞叶损伤也会癫痫。还有一点也让我很困惑……"他迷惑地皱起眉头，没说下去。

"什么？"

"嗯，我不是很确定，但是我认为我听见了人格分裂的征兆：'我的珍珠'……'我的孩子'……'我的花朵'……'这头母猪'。我有种感觉，她这是在说自己。不知道你是否也有这种感觉，还是我过度诠释了？"

克莱因挠着下嘴唇，思考他的问题。"嗯，说实话，当时我没想那么多，但是听你这么一说……"他从喉咙深处哼了一声，看上去若有所思，"有可能，对，确实有可能。"他随即抛开了这个念头，"我打算趁她失去知觉时做个腰穿，也许能看出点儿什么。有道理吗？"

神经科医生点点头。

---

① 病理性激情，一种无诱因的、突然发生、强烈而短暂的情感暴发状态。常伴有意识障碍和意识范围狭窄。可随着激情的发展出现冲动和破坏行为。事后多不能完全回忆。多见于癫痫、脑器质性精神病、症状性精神病、反应性精神障碍、精神分裂症偏执型。

克莱因从急救包里翻出一粒药塞进口袋,问神经科医生:"你能多留一会儿吗?"

神经科医生看看手表:"行,没问题。"

"咱们去找她母亲谈谈。"

他们离开房间,走进走廊。

克丽丝和莎伦垂着头靠在楼梯栏杆上。见到医生走近,克丽丝用被泪水打湿的手帕擦擦鼻子,她已经哭红了眼睛。

"她睡着了,"克莱因告诉她,"给她打了大剂量的镇静剂,估计会一直睡到明天。"

克丽丝轻轻点头,无力地说:"那就好……医生,我哭成这样,真是让你看笑话了。"

"你已经很不错了,"克莱因安慰她,"确实够折磨人的。对了,这位是理查德·科尔曼医生。"

克丽丝勉强挤出一丝微笑:"谢谢你能来。"

"科尔曼医生是神经科专家。"

"是吗?你们怎么看?"她的视线在两位医生之间跳跃。

"呃,我们仍旧认为是颞叶损伤,"克莱因回答,"另外——"

"我的天,你们到底在胡扯什么!"克丽丝突然爆发,"她的举动像犯了精神病,人格分裂什么的!我是说——"她停了下来,轻声叹了口气,痛苦地抱住自己,用一只手托住前额。"我大概太紧张了。"她低声说,凄凉地看着克莱因,"对不起,刚才说到哪儿了?"

开口的是科尔曼医生。"麦克尼尔夫人,"他轻声说,"整个医疗史上，权威确诊的人格分裂症还不到一百例，这是罕见的疾病。我知道你想去看精神病科，但任何一位有责任心的精神科医生也都会先排除生理上的全部可能性。这是最保险的做法。"

"唉，好吧，那接下来呢？"

"腰椎穿刺。"科尔曼说。

"你是说脊椎吗？"克丽丝紧张地看着他。

他点点头。"有可能看见 X 光和脑电图找不到的线索。最差也可以借此排除相当多的可能性。我想现在就做，就在这儿，趁她还在睡觉。我会给她做局麻，避免她的意外动作。"

"对了，她刚才在床上怎么会那么蹦跳？"克丽丝抬起头，眯着眼睛焦虑地问。

"嗯，咱们之前讨论过这个，"克莱因说，"病理性激情能激发出超常的力量和加速的行动力。"

"但你说你不知道原因。"

"嗯，据说和促动因素有关系，"科尔曼答道，"但我们只知道这么多。"

"怎么样，腰穿？"克莱因问克丽丝，"可以吗？"

她突然消沉下去，眼睛盯着地板。"做吧，"她低声说，"该怎样就怎样，能治好她就行。"

"能借用电话吗？"克莱因问。

"当然。跟我来，书房有。"

她转身领着他们去书房。克莱因说："呃，顺便提一句，她得换床单了。"

"我来。"莎伦说，接着快步走向丽甘的卧室。

两位医生跟着克丽丝下楼，克丽丝问："喝咖啡吗？今天下午我放了管家的假，所以只有速溶咖啡。"

两人都说算了。

"我发现窗户还没弄好。"克莱因提醒她。

"对，不过我们打过电话了，"克丽丝回答，"工人明天来装能上锁的百叶窗。"

他们走进书房，克莱因给办公室打了个电话，要助手送必要的设备和药品到克丽丝家。"还有，准备实验室，我要做脊髓液检查，"克莱因命令道，"我会亲自做。"

他放下电话问克丽丝，丽甘上次就诊后都发生了什么。

"我想想，上周二，"克丽丝回忆着，"不，周二挺好；她回家就直接上床，一直睡到第二天快中午，然后——噢，不，等一等，"她忽然改口，"不，不对。威莉说她听见丽甘大清早在厨房走动。记得我当时还挺高兴，以为她终于又有胃口了。我猜她后来又回到床上，因为那天剩下的时间里她都在床上。"

"睡觉？"克莱因问。

"不，应该是读书。唉，我当时心想事情总算有所好转。我是说，看起来氯氮正是她需要的。她看起来有点儿冷漠，我略微有点儿担心，但好歹比以前好多了。然后是昨天夜里，还是没什么事情，"克丽丝继续道，"然后今天早晨突然就开始了。天哪，就这么开始了！"

克丽丝回忆道：当时她坐在厨房里，丽甘哭喊着跑下楼，躲在克丽丝的椅子背后，紧紧抓住克丽丝的胳膊，尖着嗓子惊恐地说豪迪上尉在追她，说他掐她、打她、推她、说脏话、威胁说要杀她。"他来了！"丽甘指着厨房门尖叫，然后倒在地上，身体一阵阵抽搐，喘着哭喊，说豪迪在踢她。突然，丽甘站到了厨房中央，双臂伸直，像陀螺似的旋转，她一连旋转了好几分钟，直到耗尽力气，跌倒在地。

"然后，突然间，"克丽丝痛苦地说，"我看见……她眼睛里的恨意，那种恨意，她对我说……她叫我……上帝呀！"

她忍不住失声痛哭。

克莱因到吧台前从水龙头接了一杯水，回身走到克丽丝身旁。啜泣已经停止。

"该死的，香烟呢？"克丽丝颤抖着叹息道，用指背擦了擦眼睛。

克莱因把水和一粒绿色小药片递给了她。"这个更管用。"他说。

"镇静剂？"

"没错。"

"给我两粒。"

"一粒够了。"

克丽丝扭过头去，虚弱地笑了笑："浪费惯了。"

她吞下药片，把空杯子还给医生。"谢谢。"她轻声说，用颤抖的指尖抵住眉骨，缓缓摇头。"然后，那些事情就开始了，"她继续着沉重的话题，"她好像变了个人。"

"变成了豪迪上尉，比方说？"科尔曼问。

克丽丝抬起头，疑惑地看着他。他急切地盯着克丽丝。"什么意思？"克丽丝问。

"我也说不准，"他耸耸肩，"只是想知道。"

她将空洞的视线投向壁炉。"我不知道，"她麻木地说，"反正是变了个人。"

他们沉默了一会儿。科尔曼起身说他还有病人要看，宽慰了克丽丝几句，然后告别离开。

克莱因送他出门。"查过血糖吗？"科尔曼问他。

"没有，你以为我是谁？罗斯林村里的白痴？"

科尔曼勉强笑笑。"看来我也有些紧张了。"他说。他皱着眉头转开视线，用手指揉着下巴。"这病例够蹊跷的，"他沉思道，"非常蹊跷，"他对克莱因说，"发现什么记得告诉我。"

"你会在家吗？"

"对，会的。记得打给我。"

"行。"

科尔曼挥手离开。

设备很快就送到了，克莱因用普鲁卡因①给丽甘的腰椎区域做局麻，然后在克丽丝和莎伦的注视下抽取丽甘的脊髓液，始终注意压力计的读数。"压力是正常的。"他自言自语道。抽完脊髓液，他走到窗口，对着光线看液体是清澈的还是浑浊的。很清澈。

他把装脊髓液的试管插进包里。

---

① 普鲁卡因，一种局部麻醉药。

"估计她不会很快醒来,"克莱因说,"但万一她半夜醒来大吵大闹,你也许需要有个护士在这儿给她注射镇静剂。"

"可以自己来吗?"克丽丝问。

"为什么不请护士?"

克丽丝耸耸肩,她不想提起自己不信任医生和护士。"我更愿意自己护理女儿。"她只是这么说。

"但注射并不容易,"克莱因提醒道,"气泡会很危险。"

"我会打针,"莎伦插嘴道,"我母亲是在俄勒冈开私人疗养院的。"

"天哪,能帮我这个忙吗,小莎?"克丽丝问她,"今晚能住下吗?"

"可是,过了今晚还有明晚,"克莱因不肯让步,"也许需要静脉滴注营养液,这取决于病情发展。"

"能不能教我注射?"克丽丝问,她急切地盯着克莱因,"我必须自己来。"

他点点头:"行,行,应该可以。"

他开了水溶氯丙嗪和一次性注射器的药方,递给克丽丝说:"马上就去备齐。"

克丽丝交给莎伦。"亲爱的,帮个忙?打电话让药房送来。我想看着医生做化验,"克丽丝转身,恳求地看着医生,"不介意吧?"

他看见了克丽丝的黑眼圈,还有慌乱和无助的表情。他说:"行,当然可以。我能理解你的感受。我和修车师傅谈车子的时候也是这个心情。"

克丽丝看着他，无话可说。

下午六点十八分，他们离开了家。

回到罗斯林医学院的实验室，克莱因做了一系列的化验。他首先分析蛋白质含量。

正常。

接着是血细胞计数。

"红细胞过多，"克莱因解释道，"意味着在流血。白细胞过多就是有感染。"他想找的是真菌感染，真菌感染经常导致慢性行为异常。

但还是一无所获。

最后，克莱因检查脊髓液的糖含量。

"什么道理？"克丽丝问。

"脊髓液的糖含量，"他告诉她，"应该是血糖的三分之二。如果实测数字明显低于这个比例，就说明有细菌在消耗脊髓液中的糖分。这样就可以解释她的症状了。"

仍旧一切正常。

克丽丝摇摇头，抱起双臂。"又进死胡同了。"她烦闷地嘟囔道。

克莱因思考良久，最后转身看着克丽丝。"你家里有那些药吗？"他问。

"什么？"

"安非他命？LSD？"[①]

[①] 安非他命与LSD均为毒品。

克丽丝摇头道:"没有,否则我肯定会告诉你的。绝对没有,我家里没有这种东西。"

他点点头,盯着鞋子看了好一阵,最后抬头说:"看来应该找精神科医生了。"

晚上七点二十一分,克丽丝回到家。她在门口喊道:"莎伦?"

没人回答。莎伦不在。

克丽丝上楼走进丽甘的卧室,见到女儿还在酣睡,身上的被单都没有起一丝褶皱。克丽丝闻到屋里有尿味。她从床望向窗户。**天哪!窗户大开!**莎伦估计是想通风换气。可是,莎伦去哪儿了?她的人呢?克丽丝走到窗口,关上并锁好窗户,下楼时恰巧遇见威莉进门。

"嘿,威莉,今天玩得开心吗?"

"购物,夫人。还有看电影。"

"卡尔呢?"

威莉打了个嫌弃的手势:"这次他让我看披头士了,一个人看。"

"干得好!"

威莉做个 V 字手势表示胜利。

时间是晚上七点三十五分。

八点零一分,克丽丝在书房给经纪人打电话,听见前门打开又关上,然后是高跟鞋的脚步声渐渐接近。莎伦走进书房,怀里抱着几个口袋。她把口袋放在地上,然后一屁股坐进松软的椅子,看着克丽丝打电话。

克丽丝放下电话，问莎伦："你去哪儿了？"

"咦，他没告诉你？"

"咦，谁没告诉我？"

"伯克呀，他不在？"

"他来过？"

"你是说你回家的时候他不在？"

"等一等，从头说。"克丽丝说。

"唉，老疯子，"莎伦摇着头责怪道，"药房不肯送药上门，伯克正巧来了，我想好哇，他可以陪着丽甘，我去取氯丙嗪。"她耸耸肩，"就知道他靠不住。"

"对，你早该知道。还买了什么？"

"我想反正有时间，就去给丽甘买了块塑胶床垫。"

"吃过饭了吗？"

"还没，我想弄几块三明治垫垫。你要来点儿吗？"

"好主意。咱们吃东西去。"

两人走向厨房，莎伦问："检查结果如何？"

"全是阴性，"克丽丝沮丧地说，"要给丽甘找心理医生了。"

吃完三明治，喝过咖啡，莎伦向克丽丝演示如何肌肉注射。"有两点最要紧，"她解释道，"首先，必须确定没有任何气泡，其次，绝对不能打在血管上。你吸回来一点点，就这样。"她边演示边说，"看针管里有没有血。"

克丽丝用葡萄柚练手，动作很快就熟练了起来。九点二十八分，前门的门铃响起。威莉去应门，来的是卡尔。回房间的路上，他来厨房向克丽丝问好,说他忘了带钥匙。

"难以置信,"克丽丝对莎伦说,"这是他第一次承认自己犯错。"

两人在书房看电视消磨时间。

十一点四十六分,电话响了,莎伦接听。她说"稍等",然后把听筒递给克丽丝,说:"是查克。"

查克是年轻的二组导演,他的声音很沉痛。

"克丽丝,听到消息了吗?"

"没有,什么消息?"

"呃,坏消息。"

"坏消息?"

"伯克死了。"

伯克喝得烂醉,绊了一跤,从克丽丝家旁的陡峭台阶一路摔到最底下,M街上的一位路人眼看着他跌进无尽的黑夜,脖子断了。他人生的最后一幕是血淋淋地倒在那里。

听筒从克丽丝的指间滑落,她默默流泪,摇摇晃晃地站在那儿。莎伦跑过来扶住她,挂掉电话,领着她坐进沙发:"克丽丝,怎么了?出什么事了?"

"伯克死了!"

"我的天!克丽丝,不可能!发生什么了?"

克丽丝只能摇头,她无法开口,不停地哭泣。

后来她们开始交谈,谈了几个小时。克丽丝喝着酒,回想丹宁斯其人其事,她一会儿笑,一会儿哭。"上帝呀,"她不停叹息,"老疯子伯克……可怜的伯克……"

关于死亡的那个梦一次又一次地浮现出来。

凌晨五点刚过,克丽丝满腹心事地站在吧台后,用双肘支撑身体,垂着脑袋,眼中含着哀伤的泪水。她在等去厨房取冰块的莎伦。她听见莎伦的脚步声。"我还是不敢相信。"莎伦边说边走进书房。

克丽丝抬头看莎伦,视线落向莎伦身旁,她愣住了。

丽甘——动作比蜘蛛还灵巧和迅速,她紧靠莎伦,身体向后弯折如弓,头和脚几乎相碰,舌头飞快地吐出缩回,嘴里发出咝咝的声音,脑袋像眼镜蛇似的微微前后摆动。

克丽丝呆呆地看着丽甘,叫道:"莎伦?"

莎伦停下脚步。丽甘也停下。莎伦转身,什么也没看见。她感觉到丽甘的舌头滑过脚踝,吓得放声尖叫,向旁边跳开。

克丽丝抬起手,捂住惨白的面颊。

"打电话给医生,叫醒他!叫他马上来!"

无论莎伦去哪儿,丽甘都跟着她。

第四章

四月二十九日，星期五。克丽丝在丽甘卧室外的走廊等待，克莱因医生和一位著名的神经精神病学①家在房间里仔细检查丽甘，观察了近半小时。她乱跳、旋转，撕扯头发，不时扭曲面容，用双手捂住耳朵，像是要隔绝突如其来的巨大噪声。她吼着脏话，痛苦地尖叫。最后，她脸朝下地摔在床上，将两腿向上拉，塞到腹部底下，开始语无伦次地轻声呻吟。

精神科医生②示意克莱因过去。"给她打镇静剂，"他咬着克莱因的耳朵说，"也许我可以和她说话。"

克莱因点点头，用注射器抽了五十毫克氯丙嗪。然而，当两位医生走近床边时，丽甘似乎觉察到了他们，飞快地翻过身，精神科医生尝试抓住她，她怀着恶意和狂怒拼命尖叫，企图咬医生，和他搏斗，不让他接近。他们只好叫卡尔进来帮忙，这才按住她，让克莱因医生注射。

剂量似乎不够，克莱因又打了五十毫克，然后默默等待。

丽甘逐渐被驯服了下来，慢慢变得半睡半醒。她突然抬起头，困惑地看着医生。"妈妈呢？我要妈妈。"她哭着惊恐地说。

---

① 神经精神病学，一门将神经紊乱和精神错乱结合起来进行研究的医学。
② 此处和后文提到的精神科医生，指的都是本页一开始提到的那位神经精神病学家。

精神科医生点点头，克莱因走出房间。

"妈妈马上就来，亲爱的，"精神科医生安慰丽甘，他在床边坐下，轻轻抚摸她的脑袋，"好啦，好啦，没事了，亲爱的。我是医生。"

"我要妈妈！"

"妈妈这就来。疼吗，亲爱的？"

她点点头，泪如雨下。

"告诉我，亲爱的，哪儿疼？"

"哪儿都疼！"丽甘哽咽着说。

"天哪，我的宝贝！"

"妈妈！"

克丽丝跑到床边，搂住女儿，亲吻她，安慰她，抚摸她。克丽丝也流下了喜悦的泪水，"小丽，你回来了！你回来了！真的是你！"

"妈妈，他弄疼我了！"丽甘吸着鼻子说，"让他别再伤害我！行吗？求你了！"

克丽丝困惑地看着她，然后望向医生，眼中带着探询的神色："什么意思？"

"她被注射了大量镇静剂。"精神科医生柔声说。

"你是说……"

他不让她说下去："等着看吧。"

他转向丽甘："能告诉我出什么事情了吗，亲爱的？"

"我不知道，"丽甘用眼泪回答他，"我不知道！不知道他为什么这样！以前他一直是我的朋友！"

"他是谁？"

"豪迪上尉！然后好像有另外什么人进了我的身体！让我做那些事情！"

"是豪迪上尉吗？"

"我不知道！"

"一个人？"

她点点头。

"谁？"

"不知道！"

"好的，没关系；咱们换个话题，丽甘。想玩个小游戏吗？"他伸手从口袋里摸出一个用银链子拴着的闪亮小玩意，"有没有看过催眠人的电影？"

丽甘瞪大眼睛，认真地点点头。

"很好，我就是催眠师。啊哈，对，真的是！我每天都要催眠别人。当然了，必须经过允许。现在呢，我认为要是让我催眠你，你就会好起来。对，你身体里的那个人就会立刻出来。愿意让我催眠你吗？看，妈妈就在这儿，就在你旁边。"

丽甘望向克丽丝，征询她的意见。

"没事的，亲爱的，"克丽丝表示同意，"试试看。"

丽甘转向精神科医生，点点头。"好吧，"她轻声说，"但只能稍微催眠一下。"

精神科医生露出微笑，背后突然传来陶器碎裂的声音，他扭头去看。一个精致的花瓶从衣橱顶上掉了下去,克莱因医生的胳膊就放在衣橱上。他看看胳膊,看看地上的花瓶碎片,脸上露出疑惑的神情,然后他弯腰去捡碎片。

"别在意,医生。让威莉收拾。"克丽丝告诉他。

"萨姆,能帮我拉上百叶窗吗?"精神科医生说,"还有窗帘。"

房间暗了下来,精神科医生用指尖捏紧银链,开始轻轻前后摇晃那个小玩意。他用小电筒照着那东西,那东西闪闪发亮。他开口念诵催眠台词:"你看着它,丽甘,一直看着它,很快就会觉得眼皮越来越重,越来越重……"

没多久,丽甘就进入了恍惚状态。

"非常容易受暗示。"精神科医生嘟囔道。他问:"感觉舒服吗,丽甘?"

"舒服。"她的声音很轻柔。

"丽甘,你几岁了?"

"十二岁。"

"你身体里还有别人吗?"

"有时候有。"

"什么时候呢?"

"就是有些时候。"

"是一个人吗?"

"是的。"

"是谁呢?"

"我不知道。"

"豪迪上尉?"

"我不知道。"

"是个男人?"

"我不知道。"

"但他就是在那儿。"

"是的,有时候在。"

"现在呢?"

"我不知道。"

"要是我想和他说话,你愿意让他回答吗?"

"不!"

"为什么不?"

"我害怕!"

"害怕什么?"

"我不知道!"

"要是能让他和我说话,丽甘,我认为他就会离开你。你希望他离开你吗?"

"希望。"

"那就让他和我说话吧。能让他和我说话吗?"

长久的沉默,最后终于说:"好的。"

"我要和丽甘身体里的那个人说话,"精神科医生的语气不容置疑,"如果你在,那么你也被催眠了,必须回答我的所有问题。"他停了几秒钟,让暗示进入她的身体。他随后又重复一遍:"如果你在,那么你也被催眠了,必须回答我的所有问题。现在,请出来,回答我：你在不在？"

沉默。紧接着发生的事情让人诧异：丽甘呼出的气忽然变得恶臭，黏稠如水流。精神科医生隔着两英尺都能闻到。他举起手电筒，照亮丽甘的面容。

克丽丝瞪大眼睛，被吓住了。女儿的五官扭曲成了一个饱含恶意的面具：两片嘴唇向不同方向拉伸，肿胀的舌头像狼一样挂在外面。

"你是丽甘身体里的那个人吗？"精神科医生问。

丽甘点点头。

"你是谁？"

"诺旺玛伊。"她用喉音答道。

"这是你的名字？"

她又点点头。

"你是男人吗？"

她答道："撒伊（say）。"

"这是你的回答？"

"撒伊。"

"如果这代表着'是'，请点点头。"

她点点头。

"你在用外语说话吗？"

"撒伊。"

"你从哪儿来？"

"狗（dog）。"

"你的意思是你原先是狗？"

"道格摩夫摩西昂（dogmorfmocion）。"丽甘答道。

精神科医生思索片刻，决定改变沟通方式："从下一个问题开始，你用头部动作回答我的问题，点头表示'是'，摇头表示'不'。明白了吗？"

丽甘点点头。

"你的回答是有意义的吗？"他问。是。

"你是丽甘认识的人吗？"不。

"是她知道的人吗？"不。

"是她创造出来的吗？"不。

"你是真实存在的吗？"是。

"丽甘的一部分？"不。

"曾经是丽甘的一部分？"不。

"你喜欢她吗？"不。

"讨厌她？"是。

"恨她？"是。

"因为她做了什么事情？"是。

"你认为她父母的离婚是她的错？"不。

"和她父母有关吗？"不。

"和她的朋友有关吗？"不。

"但是你恨她？"是。

"你在惩罚丽甘？"是。

"你想伤害她？"是。

"想杀死她?"是。

"她要是死了,你不是也得死吗?"不。

答案似乎让医生无话可说,他垂下眼睛,沉思片刻。他改变坐姿,床垫弹簧随之吱嘎作响。寂静压得人透不过气,丽甘的呼吸声刺耳得仿佛出自破旧的风箱,散发着腐烂的臭气。在这里,但又遥不可及。蕴含险恶的意味。

精神科医生抬起头,盯着扭曲着的丑陋面孔,他眼中闪着思索的光芒。

"她可以做什么事情让你离开吗?"是。

"你愿意告诉我吗?"是。

"能现在告诉我吗?"不。

"但是——"

突如其来的剧痛使得精神科医生无法动弹,他惊愕地意识到丽甘狠狠捏住了他的下体,力量大如铁钳。医生惊慌失措,拼命挣扎,却无法摆脱丽甘。"萨姆!萨姆,快帮忙!"他痛苦大喊。

一阵慌乱。

克丽丝伸手开灯。

克莱因上前帮忙。

丽甘猛地抬头,发出恶魔般的笑声,然后像狼一样嘶吼。

克丽丝按下电灯开关,转身,灯光闪烁之间,场面仿佛粗糙的黑白电影里慢镜头播放的噩梦:丽甘和两位医生在床上扭打,胳膊、腿脚纠缠在一起,混乱中可以看见扭曲的面容,听见喘息和咒骂、嗥叫和可怖的笑声,丽甘像猪一样哼哼,像马一样嘶吼;

画面动得越来越快,床架开始摇晃,剧烈地左右摆动;丽甘的眼球向上翻转,从脊椎根部挤出恐怖的尖尖的哭号声。

丽甘忽然松劲,失去知觉,身体松弛下来。

某种无法言说之物离开了房间。

众人一时间不敢动弹。两位医生缓慢而小心地挣脱出来,站起来低头看着丽甘。克莱因面无表情地走到床边,量了量丽甘的脉搏。得到的结果让他满意,他轻轻地给丽甘盖上被子,对克丽丝和精神科医生点点头。他们出门下楼,走进书房。

好一会儿谁也不说话。克丽丝坐在沙发上。克莱因和精神科医生面对面坐在两把椅子上。精神科医生陷入沉思,咬住嘴唇,看着咖啡桌;最后,他长出一口气,望向克丽丝。她抬起哭红的眼睛看着他,用嘶哑而凄惨的声音问:"到底发生了什么?"

"听得出她说的是什么语言吗?"

克丽丝摇摇头。

"你有宗教信仰吗?"

"不,没有。"

"你女儿呢?"

"也没有。"

精神科医生接下来问了许多问题,都与丽甘的心理历史有关。最后终于结束的时候,他面露难色。

"怎么了?"克丽丝一次次捏紧又放开被揉成团的手帕,指节握得发白,"医生,她到底是什么病?"

"呃,确实很奇怪,"精神科医生似乎想避重就轻,"说实话,要是只做这么简单的检查就下结论,那我就太不负责任了。"

"好吧,但想法你肯定有吧?"她逼问道。

精神科医生用指尖按摩眉头,低头叹息,然后不情愿地抬起头:"好吧,我知道你一定非常着急,所以我跟你说说我的看法,但只是初步印象,明白吗?"

克丽丝凑近他,使劲点头:"行,好的。到底是什么?"她搁在膝头的双手摆弄着手帕,一根根数着针脚,仿佛它们是亚麻布做的玫瑰经念珠。

"首先,"精神科医生说,"她作假的可能性微乎其微,对吧,萨姆?"克莱因点头表示肯定。"有几条理由支持我们的判断,"精神科医生继续说,"举例来说,我们和那位她认为存在于身体内的所谓'人物'谈话时,她的躯体非正常地痛苦扭曲,五官表情随之夸张改变。你必须明白,除非她真正相信有这个人存在,否则不可能引发这样的心理学变化。能跟上吗?"

"大概吧,"克丽丝答道,"但有一点我搞不懂:那个人是从哪儿来的。明白我的意思吗?我经常能听见'人格分裂',但一直没人跟我解释清楚。"

"嗯,那是因为没有人能解释清楚,我们使用'意识''精神''人格'这些概念,但我们并不清楚它们究竟是什么。因此,当说起多重人格或是人格分裂的时候,我们的知识仅限于一些理论,它引发的问题比得到的答案更多。弗洛伊德认为,某些思绪和感情由于某些原因被压抑在一个人的意识之下,但仍旧活跃于他的潜意识之中;事实上,它们非常活跃,总想通过各种精神症状表达其存在。因此，当这部分受压抑的潜意识，或者称为解离物——'解离'指它是从意识的主流部分分离出来的。能听懂吧？"

"能，请继续。"

"好，当这个东西变得足够强大，或者主体的人格紊乱、趋弱，造成的结果就是精神分裂。至于双重人格，"他继续道，"则是另外一回事。精神分裂意味着人格的破坏。但是，当解离的部分强大得足以组合起来，或者是在个体的潜意识中结构化——嗯，大家都知道，有时候就会形成一个分离的人格，独立行事，甚至接管身体的功能。"

"你认为丽甘得的就是这种病？"

"这只是一种理论。还有别的理论，有些与意识逃避、进入无知觉状态有关，逃避的是某些冲突或是情感问题。就丽甘而言，她没有精神分裂病史，脑电图里也没有通常伴随精神分裂出现的波形。因此，我倾向于排除精神分裂症，而这让我们远离了癔症的一般性领域。"

"上个星期就听见过了。"克丽丝喃喃自语。

心烦意乱的精神科医生只是一笑置之："癔症是神经官能症的一种，所谓神经官能症，是情感上的失衡转化为身体机能上的紊乱。在某些类型之中，它的表现是人格解离。举例来说，要是得了精神衰弱，患者会对自己的行为失去自觉，看见自己的行为会归因于其他人，对第二人格的概念非常模糊，可是，丽甘似乎很特别。因此，我们只能从弗洛伊德所说的癔症的'转换性'形式中寻找答案了。病症的起因是潜意识中负罪感和受惩罚需求的积累。人格解离是最重要的特征，还有多重人格。综合征中还包括类似癫痫的抽搐、幻觉和超常的运动兴奋。"

克丽丝仔细听着，眯起眼睛皱着眉头，努力理解医生的术语："唉，听起来很像丽甘，你认为呢？我是说，除了负罪感。她怎么可能有负罪感？"

"嗯，有个老套的答案是离婚。孩子经常会感觉受到排斥，有时会认为自己对父母之一的离去负有全部责任。因此对你女儿来说，我有理由相信她符合这个判定。你看，我能想到的是死亡恐惧症，因他人死亡的想法产生的深层次焦虑。"克莱因的目光愈加专注。"在孩子身上，"精神科医生继续说道，"你会发现它通常与有关家庭压力的负疚感伴生而形成，比方说害怕失去双亲之一。它会引发愤怒和强烈的挫折感。还有，这种类型的癔症中的负罪感并不为意识所知，甚至会以我们称作'漂浮性'的形式存在，也就是不与任何特别因素相关的一般性负罪感。"

"那么这个害怕死亡……"

"死亡恐惧症。"

"好，随便你怎么叫。是遗传的吗？"

精神科医生稍稍移动视线，掩饰他对这个问题的好奇："不，不是，我认为不是。"

克丽丝垂首摇头。"我实在不明白，"她小声说，"我真的不懂。"她抬起头，轻轻皱着眉头，"我是说，那个新人格究竟是从哪儿冒出来的？"

精神科医生重新看着她。"呃，我必须说，这依然只是猜测，"他答道，"只是猜测而已——但是，如果真的是由负罪感引发的转换性癔症，那么第二人格就正是掌管惩罚的自我化身。要是丽甘自己在做这些事情，你明白，那正说明她可以识别自己的负罪感。可是，她想逃避这种识别过程。因此，产生了第二人格。"

"是这个吗？你认为她得的是这个病吗？"

"就像我前面说的，我不确定，"精神科医生字斟句酌，就像选打水漂儿用的平坦圆形小石块，"对于她这个年纪来说，有能力聚集足够的材料建构新人格，这是极端不寻常的事情。嗯，还存在一些其他的疑点。比方说，她和灵应盘的互动证明她暗示感受性高得异常；但很显然，我根本没能催眠她，"他耸耸肩，"或许她抵抗了，然而最惊人的一点，"他着重道，"是新生人格的显著早慧。那根本不是一个十二岁的孩童，而是年长得多。还有，她使用的语言……"他望着壁炉前的地毯，神情凝重地抿紧嘴唇。"确实存在类似的情形，"他说，"但我们在这方面的了解还很少。"

"是什么？"

精神科医生转向她。"嗯，是梦游症的一种形式，患者突然拥有了他从未学过的知识和技能，而第二人格的意图总是要——"他停了一下，"嗯，这个问题非常复杂，我做了过多的简化。"他之所以没有说完，是因为不想害得克丽丝不安，他本来想说的是：第二人格的意图总是要摧毁第一人格。

"你认为到底是什么问题？"

"现在还很难说。她需要专家组的严格会诊：在医院环境内接受两到三周的集中诊疗,我看代顿的巴林杰医院就值得考虑。"

克丽丝扭过头去,看着地面。

"有问题吗?"精神科医生问她。

她摇摇头,闷闷不乐地说:"没,我只是彻底失去了'希望',就是这个。"

"我不明白。"

"说来话长。"

精神科医生打电话给巴林杰医院。他们同意第二天收丽甘入院。两位医生结伴离开。

克丽丝咽下回忆起丹宁斯所带来的满腹心酸,再次想到死亡、蛆虫、虚无和无法言说的孤独,还有等在草皮下的沉寂、宁静和黑暗:没有任何动静,没有呼吸,什么都没有。**太沉重……太难以承受了……**克丽丝低下头,哭了一小会儿,然后推开这些念头,开始收拾行装。

她正在卧室挑选去代顿要戴的假发,卡尔出现在敞开的门口,说有人求见。

"谁?"

"警探。"

"警探?他要见我?"

卡尔走进房间,递给她一张名片。名片上写着:威廉·F.金德曼,探长。文字用浮华的都铎式字体凸版印刷,古董商想必会喜欢这个风格。还有三个字像穷亲戚一样躲在左下角:凶案组。

她怀疑地抬起头看着卡尔:"他有没有带像是剧本的东西?你

明白,就是大号牛皮纸信封之类的?"

克丽丝早就发现了,世界上没有哪个人的抽屉或脑袋里没有藏着一本小说、一个剧本或一个点子,而她对他们的吸引力堪比流浪汉和酒鬼见到神父。

卡尔摇头道:"没有,夫人。"

警探,会和伯克有关吗?

克丽丝看见他懒洋洋地站在门厅里,刚修过指甲的短胖手指抓着皱巴巴的帽檐。他身材圆滚滚的,岁数挺大,肥厚的面颊闪着油光。他宽松的裤子也皱巴巴的,上身穿着宽松的老式灰色斜纹软呢外套。

克丽丝走近他,警探用肺气肿患者的嘶哑声音说:"麦克尼尔小姐,您的面容随便进了哪个指认组①我都认得出。"

"难道我已经进了指认组?"克丽丝问。

"哎呀,天哪!不,当然没有!不,只是例行问话而已,"他安慰克丽丝道,"嗯,您正在忙吗?那就明天好了。没问题,我明天来也行。"

他转身像是要走,克丽丝不安地问:"什么事情?因为伯克吗?伯克·丹宁斯?"警探这种随随便便的态度反而让克丽丝绷紧了弦。警探转身,用一双潮乎乎的棕色眼睛看着她,他的眼角耷拉着,似乎永远在望着时光的流逝。"真是不幸,"他说,"太不幸了。"

---

① 指认组,即犯罪嫌疑人与其他具有相似形体特征的人排成的一个队列,供证人指认。

"他是被杀的？"克丽丝坦率地问，"我是说，你是凶案组的刑警，对吧？你是因为这个来的？他是被杀的？"

"不，我说过了，真的是例行公事，"警探重复道，"您知道，他这种有头有脸的人物，我们没法随便对待。做不到哇。"他满脸无助地耸耸肩，"至少要弄明白一两个问题。他是自己掉下去的，还是被人推下去的？"他晃动脑袋和一只掌心向外的手，然后耸耸肩，粗声粗气地轻声说，"谁知道呢？"

"他被抢了吗？"

"没有，没有被抢，麦克尼尔小姐，完全没有被抢；可话又说回来，这年头杀人又不一定要理由。"警探的双手动个不停，像是两只松垂的手套，拿在无聊的木偶师父手上。"告诉您吧，麦克尼尔小姐，现如今的谋杀案，动机反而成了累赘，搞不好甚至是障碍，"他哀伤地叹了口气，"都怪那些禁药。"他用指尖轻敲胸口，"相信我，我是当父亲的人，每次看清这个世道成了什么样，都让我伤透了心。您有孩子吗？"

"有一个。"

"儿子？"

"女儿。"

"上帝保佑她。"

"来，咱们去书房谈。"克丽丝说，转身带他进房间，她迫不及待地想知道丹宁斯发生了什么。

"麦克尼尔小姐，能麻烦您一件事情吗？"

她疲惫地黯然转身，他多半要给孩子讨签名。从来不是为自己要，从来都是为孩子要。"嗯，什么事情？"她和蔼可亲地说，尽量克制不耐烦的情绪。

警探咧了咧嘴，打个手势说："我的胃不舒服。不知您家里有没有盖苏水①？要是太麻烦就算了，没关系。"

"没事，不麻烦，"她淡淡一笑，"你去书房随便坐。"她把方向指给他，转身走向厨房。她记得冰箱里好像有一瓶。

"没事，我去厨房就好，"他摇摇摆摆地跟上来，"哎呀，实在不想给您添麻烦。"

"不麻烦。"

"唉，您这么忙，还是我去厨房吧。您说您有孩子？"警探边走边问，"嗯，对，一个女儿，您说过了。她多大了？"

"刚十二岁。"

"哎呀，还不需要操心呢，对，还没到时候。不过以后你得盯紧了。"他摇头道，"等你一天天看清这个世界多么糟糕。难以置信！无法想象！疯狂！说起来，几天前——还是几个星期前？我记不清了——我看着我老婆，我说，玛丽啊，这个世界——整个世界，"他抬起手比画地球的形状，"出现了大规模的精神崩溃现象。"

两人来到厨房，卡尔在清理和磨光烤炉的内壁。他没转身，也没注意到他们走进厨房。

"实在不好意思。"警探喘着粗气说，克丽丝打开冰箱门。他

---

① 盖苏水（Calso Water），美国带气矿泉水品牌。

的视线落在擦拭烤炉的卡尔背上,像划过水面的黑色小鸟般掠过管家的胳膊和脖颈。"我遇见了一位著名影星,"他又说,"居然问她要盖苏水。唉,开什么玩笑。"

克丽丝已经找到了盖苏水,这会儿正在找开瓶器。"要冰吗?"她问。

"不,不用,纯的。纯的就最好了。"

她打开瓶盖,找到水杯,倒出冒着气泡的盖苏水。

"记得那部您演的电影《天使》吗?"警探露出愉快的怀念表情,"我看了六遍。"

"要是你想找杀人犯,去逮捕导演吧。"

"哎呀,不,不,电影很好——真的很好——我非常喜欢!只是有点儿——"

"来,咱们可以坐在这儿。"克丽丝打断他的话头,指着窗口的早餐角说。那里有打蜡的松木桌,座位上铺着花朵图案的坐垫。

"好,当然好。"警探答道。

两人坐下,克丽丝把盖苏水递给他。

"啊,谢谢。"他说。

"小事一桩。你刚才说到哪儿了?"

"哦,对,电影——真的很好看。非常感人。只有一个小问题,"警探说,"一个非常小、几乎可以忽略不计的小瑕疵。请相信我,这方面我是外行。对吧?我只是个普通观众。我懂什么呢?可是,要我说,配乐在某些场景里太碍事了,太有侵略性。"他越说越起劲,克丽丝尽量不露出不耐烦的表情,"配乐总是在提醒我,这只是一部电影。明白吧？就好像最近那些电影里夸张的拍摄角度。太打扰人了。说起来，麦克尼尔小姐，配乐——作曲者是不是抄袭了门德尔松？"

克丽丝用指尖轻轻敲打桌面，但突然停下了。这算是个什么警探？还有，他为什么总在看卡尔？

"我们管这个不叫抄袭，而是致敬，"克丽丝微笑道，"不过很高兴你喜欢这部电影。快喝吧，"她朝盖苏水点点头，"容易跑气。"

矮胖的警探举起杯子，像是在祝酒，几口喝光了盖苏水，优雅地翘着小指。"啊，舒服，真是舒服。"他长出一口气，放下杯子，眼神飘向丽甘的鸟儿雕塑。鸟摆在桌子的正中央，尖喙可笑地悬在盐和胡椒的细孔瓶上方。"有意思，"他笑着说，"可爱。"他抬起头，"是哪一位的作品？"

"我女儿。"

"真厉害。"

"你看，我不想——"

"对的，对的，我知道，我实在烦人。嗯，您看，只问一两个问题就好。事实上，只有一个问题，我问完就走。"他看看手表，像是急着要去赶赴重要的约会。"可怜的丹宁斯先生，"他说，"已经结束了这附近的拍摄工作，我们认为他也许在事故当晚拜访了什么人。除了您，他在这附近还有朋友吗？"

"噢，那天晚上他就在我家。"克丽丝实话实说。

"咦，是吗？"警探挑起眉毛，"就在事故发生之前吗？"

"事情是什么时候发生的？"

"晚间七点零五分。"

"是的，我认为是。"

"哎呀，终于搞清楚了。"警探点点头，在椅子里扭动身躯，仿佛准备起身，"他喝醉了，离开您家，从台阶上摔下去。是呀，终于明白了。绝对的。不过，只是为了记录，您能告诉我一下，他大约是什么时候离开的？"

克丽丝侧着头打量他，心里有点儿困惑。他刨根问底的架势仿佛疲惫的单身汉在超市翻找蔬菜和水果。"不知道，"她回答，"我没见到他。"

警探露出困惑的表情："我不明白您的意思。"

"嗯，他来去的时候我都不在。我去罗斯林一位医生的办公室了。"

警探点点头："啊，我明白了。对，明白了。可您怎么知道他来过？"

"呃，莎伦说——"

"莎伦？"他打断克丽丝的话头。

"莎伦·斯潘塞，我的秘书。"

"好。"

"伯克来的时候她正好在家。她——"

"他来找她？"

"不，来找我。"

"啊，不好意思，您请继续。原谅我多嘴。"

"我女儿生病了，莎伦去药房取药，请他留在家里陪我女儿。

我回到家的时候,伯克已经走了。"

"那么,您回家是什么时候?还记得吗?"

克丽丝耸耸肩,舔舔嘴唇:"七点一刻左右吧,顶多七点半。"

"那您是几点出门的?"

"六点一刻左右。"

"斯潘塞小姐几点出门的?"

"我不知道。"

"从斯潘塞小姐出门到您回家的这段时间,谁和丹宁斯先生一起陪你女儿?"

"没有人。"

"没有人?他丢下了一个生病的孩子?"

克丽丝点点头,面无表情。

"没有仆人吗?"

"有,但威莉和卡尔去——"

"威莉和卡尔又是谁?"

克丽丝忽然觉得天旋地转,她意识到看似轻松的社交拜访突然变成了冷酷无情的拷问。"好吧,那位就是卡尔。"她朝卡尔摆摆头,视线落在他背上,卡尔还在收拾烤炉。"威莉是他的夫人,"她说,"他们是我的管家。"擦呀擦呀擦,为什么?"那天下午他们休息,我回家时他们还没回来。但威莉……"克丽丝忽然停下,仍旧盯着卡尔的后背。

"威莉怎么了?"警探催促道。

克丽丝转身面对他,耸耸肩:"呃,没什么。"她取出香烟,金德曼替她点燃。

"那么，只有你女儿才知道丹宁斯离开的时间了？"他问。

"那真的是一场事故吗？"

"哎呀，当然是。例行程序而已，麦克尼尔小姐。真的。您的朋友丹宁斯并没有被抢，假如不是事故，犯罪动机会是什么呢？"

"伯克会惹人发火，"克丽丝阴沉地说，"也许台阶顶上的什么人气坏了，推了他一把。"

"这种鸟有个什么名字来着？一时想不起来了。是什么呢？"警探在摆弄丽甘的雕塑。他注意到克丽丝灼人的视线，连忙缩回手，脸色有点儿尴尬。"请原谅，您时间宝贵。嗯，再有一分钟就好了。请问您女儿——她应该知道丹宁斯先生是什么时候离开的吧？"

"不，她不可能知道。她注射了大剂量的镇静剂。"

"哎呀，抱歉，真的很抱歉。"警探关切地眯起了眼睛，"严重吗？"

"对，确实很严重。"

"能问问……"他打了个优雅的手势。

"现在还不知道。"

"当心气流，"他严肃地说，"冬天里房间很热，气流就是细菌的魔毯。我母亲经常这么说。也许是民间迷信，我说不准。但这么说吧，迷信在我眼里就好像高级法国餐厅的菜单：吹得天花乱坠，但揭开伪装，都是你平时绝对不会放进嘴里的东西，比方说棉豆，就是你出去点汉堡牛排总是送你一大坨的那玩意儿。"

听着离题万里的闲谈,克丽丝渐渐放松下来。那条傻乎乎的金毛老狗又回来了。

"那是她的房间吧,麦克尼尔小姐?"警探指着天花板问道,"那间有观景大窗,外面就是那段台阶的房间?"

克丽丝点点头:"对,丽甘的房间。"

"记得关窗,她会好起来的。"

要是换了之前,克丽丝肯定会紧张起来,但此刻她只能勉强不笑出声。"好的,记住了,"克丽丝说,"其实那扇窗总是关着的,还落了百叶窗。"

"对,'一分预防……'①"警探的谚语只说了一半。他粗胖的手伸进外衣内袋,看见克丽丝的指尖在轻轻敲打桌面。"啊,对,您很忙,"他说,"好了,谈话结束了。让我记录一下——例行程序而已——马上就好。"他从外衣口袋里摸出一张皱皱巴巴的油印节目单,印的是一所高中改编的《大鼻子情圣》剧目。他继续在口袋里摸索,掏出一小截二号铅笔的残桩,笔尖不是用水果刀就是用剪刀削的。他把节目单搁在桌上,抚平褶皱,举着铅笔头呼哧呼哧地说:"让我记一两个名字,立刻就好。斯潘塞,堵塞的塞?"

"没错,堵塞的塞。"

"堵塞的塞,"警探重复道,将名字写在节目单的空白处,"管家呢?约瑟夫和威莉……"

"不,是卡尔和威莉·恩斯特伦。"

---

① 英文谚语,全句为"An ounce of prevention is worth a pound of cure."。一般译为:一分预防胜似十分治疗。

"卡尔。对,记起来了。卡尔·恩斯特伦。"他用粗黑的笔迹写下名字,"时间我记得清楚。"他用嘶哑的声音喘息着,翻转节目单寻找还能写字的空白地方。"哦,不,等一等!我忘了!哎呀,管家。您说管家是几点回来的?"

"我没说过。卡尔,昨晚你们几点到家的?"克丽丝对卡尔大声说。瑞士人扭过头,脸上毫无表情:"九点三十分整。"

"哦,对,你忘了带钥匙。"克丽丝转向警探,"记得他按门铃的时候我还看了一眼厨房的钟表。"

"看了什么电影,好看吗?"警探问卡尔。"我对影评从来没兴趣,"他悄声用气音告诉克丽丝,"重要的是大家怎么看,观众最重要。"

"保罗·斯科菲尔德演的《李尔王》[①]。"卡尔回答警探的问题。

"啊,我看过!棒极了。"

"我在双子宫剧院看的,"卡尔继续道,"六点那场。看完电影,我搭剧院门口的公共汽车——"

"不,没必要告诉我,"警探举手示意,"不,真的不需要。"

"我无所谓。"

"那就请便吧。"

"我在威斯康星大道和 M 街路口下车。时间应该是九点二十,然后我走路回家。"

"哎呀,你真的不需要说得这么详细,"警探说,"不过无论

---

① 这部《李尔王》(*King Lear*, 1971)被公认为最好的《李尔王》电影版,英国影星保罗·斯科菲尔德(Paul Scofield, 1922—2008)主演。

如何还是谢谢你,你真是能替人着想。说起来,你喜欢那部电影吗?"

"很不错。"

"是呀,我也这么觉得。一部杰作。呃,现在……"他转向克丽丝,在节目单上又写了几个字,"浪费了您的宝贵时间,但这毕竟是我的工作。凡事都有阴阳两面,真是让人感伤。好了,马上就好。"他宽慰克丽丝道,然后唠叨着"悲剧……悲剧啊……",一边在页边空隙奋笔疾书。"伯克·丹宁斯,这个天才人物。相信他肯定很了解人性,知道怎么驾驭别人。他身边有那么多人,很容易让人觉得他讨人喜欢或者叫人厌烦——比方说剪辑师、音效师、作曲,更不用说——抱歉——演员了。要是我说错了请纠正我,但这年头导演差不多还得兼任剧组的心理医生了。您说是吧?"

"是呀,你没说错,因为我们都有不安全感。"

"连你也是?"

"主要是我。但伯克很擅长给人鼓劲儿,"克丽丝没什么底气地耸耸肩,"但另一方面,他的脾气可够瞧的。"

警探继续旋转节目单。"唉,是呀,大人物估计都这样。他这么重要的人物,"他接着写写画画,"但小人物才是成事的关键,底下的人执掌细节,要是犯错就会影响大局。您说呢?"

克丽丝看着自己的指甲,摇头道:"伯克发起脾气来可不挑对象,但他只有喝醉了才骂人。"

"好了,结束了。我们谈完了。"金德曼正在给最后一个字母 i

加点,忽然想起了什么,"哦,不,等一等。恩斯特伦夫妇,他们是一起出门一起回来的吗?"

卡尔正要转身回话,克丽丝抢先答道:"不,威莉去看披头士的电影了,她只比我晚几分钟到家。"

"噢,好,我倒是为什么要问这个?"金德曼说,"完全无关紧要的事情嘛。"他折起节目单,和铅笔一起塞进上衣内袋。"好了,就这些了,"他满意地吐了一口气,"等我回到办公室,肯定会想起什么忘了问的。唉,我这人经常这样。啊,好,要是有事我就打电话找您吧。"他站起身,克丽丝也站起来,说道:"噢,我要离开华盛顿几个星期。"

"不着急,"警探向她保证,"完全不着急。"他看着雕塑,露出喜悦的笑容。"哎呀,真可爱,实在可爱。"他凑上前拿起雕塑,用大拇指抚弄长喙,然后放回桌上。

"您的医生好吗?"警探问陪他走向大门的克丽丝,"我说的是给您女儿看病的。"

"唉,我已经受够他们了,"她闷闷不乐地说,"总之,我要送她进一家据说和你同样能干的诊所,不过他们对付的是病毒。"

"还是希望他们比我强吧,麦克尼尔小姐。这家诊所不在华盛顿?"

"对,在俄亥俄。"

"水平如何?"

"还不敢说。"

"别让气流吹到她。"

他们来到前门楼。"呃,我想说见到您实在太高兴了,"警探严肃地说,双手抓着帽檐,"只不过这个气氛……"他微微低头,晃了晃,然后抬起头,"我感到非常抱歉。"

克丽丝抱起双臂,低下头,轻声说:"谢谢,非常感谢。"

金德曼推开大门,走了出去,戴上帽子,转身对克丽丝说:"总之,祝您女儿好运。"

"谢谢,"她惨然一笑,"祝这个世界好运。"

警探温暖而哀伤地点点头,向右转身,气喘吁吁地蹒跚着走远。克丽丝目送他走向停在街角的警车。一阵疾风从南方刮来,他伸手捂住帽子,长外套的下摆在风中飘舞。克丽丝垂下视线,关上了门。

金德曼坐进警车的后排,转身望向那幢房子。他似乎看见丽甘的窗口有动静,好像有个敏捷的身影在窗边一闪而过,逃出了他的视线范围。他不是很确定,只是用眼角余光看见的,而且身影快得像残像。他继续观察,注意到百叶窗是打开的。奇怪,克丽丝明明说过百叶窗是关上的。他等待良久,没人出现。警探困惑地皱着眉头,垂首摇头,打开手套箱,取出棕色小信封和袖珍折刀。他将大拇指放进信封,用刀锋的尖头刮出指甲缝里的绿色黏土碎屑,那是他偷偷从丽甘的雕塑上抠下来的。事毕,他封上信封,对司机说:"好了,咱们走。"车辆徐徐开动,开上远望街。他看着前方拥挤的交通状况,提醒司机说:"悠着点儿。"他低下头,闭上眼睛,疲惫地捏住鼻梁,沮丧地长出一口气:"唉,上帝呀,什么样的世界,什么样的生活啊。"

当晚，克莱因医生给丽甘注射了五十毫克的丙嗪①，确保她在去代顿的路上处于镇静状态。金德曼探长在办公室里沉思，手掌在桌上摊平，梳理着一条条令人困惑的信息。旧台灯射出细窄的光线，打在摆放得乱七八糟的报告上。房间里没有其他光源。他认为这样能帮助他缩小注意力的集中范围。他在黑暗中喘息，视线时而落在这儿，时而落在那儿。最后，他深吸一口气，闭上双眼。**脑内搞着大甩卖！**每次他要腾空大脑，给新思路让道时都会这么想：*存货出清，一件不留！*

睁开眼睛，他重新阅读丹宁斯的法医报告：

> ……导致脊髓断裂，见有颅骨和颈椎骨碎片，另有多处挫伤、裂伤及擦伤；颈部皮肤有拉伸；颈部皮肤有瘀斑；颈阔肌、胸锁乳突肌、夹肌、斜方肌和颈部多块辅助性肌肉有撕裂，夹有脊椎和颈椎骨碎片；前后韧带均有撕裂……

他望向窗外黑沉沉的城市。国会大厦的圆顶散发着光辉，议会又在加班了。警探重新闭上双眼，回想起分局法医在丹宁斯去世当夜十一点五十五分说的话。

"会不会是摔下去的时候弄的？"

"呃，恐怕不太可能。光是胸锁乳突肌和斜方肌就足以避免这个结果了。再说还有颈椎骨之间的关节和维系骨头的韧带呢。"

---

① 丙嗪（Sparine），中枢神经系统药物，起镇静作用。

"你直话直说行吗?到底可不可能?"

"也有可能。这个人喝醉了,肌肉无疑都松弛了下来。也许第一次撞击的力量足够大,然后——"

"比方说在撞击前跌落了二三十英尺的高度?"

"对,这是一种可能性。另外,假如他的头部在撞击后卡在了什么地方——换句话说,在头部和身体作为整体旋转的时候,对其加以直接作用力的话——那么,也许——我只是说也许——能得到这个结果。"

"有没有可能是什么人干的?"

"有可能,但必须是个力气非常大的男人。"

金德曼查过卡尔·恩斯特伦在丹宁斯死亡时间的不在场证明。电影的时间符合他的说辞,当晚特区公交的时间表也一样。还不止如此,卡尔说的那班他在剧院搭上的公共汽车,驾驶员到威斯康星大道和 M 大街的路口正好下班,卡尔说他九点二十左右下车。换班的司机随后上车,下班的司机在车站登记了他的到达时间:九点十八分整。

然而,金德曼的桌上摆着一份对恩斯特伦的重罪指控,时间是一九六三年八月二十七日,指控他在为贝弗利山的一位医生工作的数月内窃取了大量的麻醉药品。

一九二一年四月二十日生于瑞士苏黎世。与威莉·布劳恩(原姓)于一九四一年九月七日结婚。女儿埃尔维拉,一九四三年一月十一日出生于纽约市,现址不明。被告……

警探觉得剩下的内容令人费解。

医生的证言对能否成功起诉至关重要，但他忽然间毫无解释地撤销了全部指控。

他为什么这么做？

仅仅两个月后，克丽丝·麦克尼尔雇用了恩斯特伦，这意味着医生的介绍信有利于卡尔。

他为什么这样做？

恩斯特伦盗窃禁药的证据确凿，但指控时的医疗检查却未能找到任何证明他有药瘾的证据，甚至无法证明他用过禁药。

为什么呢？

警探闭着眼睛，轻轻背诵刘易斯·卡罗尔的"胡诌歌"[①]："下午四点该做饭，三不像怪物还在玩……"这是他的另一个换脑子花招。

背完诗，他睁开眼睛，视线停留在国会圆顶上，尽量保持意识放空的状态。但和平常一样，他发现这是不可能的任务。他叹口气，开始看警方心理学家就最近圣三一堂渎神事件提交的报告。"……雕像……阴茎……人类排泄物……达明·卡拉斯"，这些是他画了红线的字词。他在寂静中沉重地呼吸，拿起一本关于巫术的学术著作，翻到他用回形针做了标记的地方：

> 黑弥撒……一种恶魔崇拜的形式，大体而言，其仪式由

---

① "胡诌歌"是《爱丽丝漫游奇境·镜中世界》中的一首用杜撰英文写的诗歌。何文安、李尚武译本。

几个要件构成：(1) 训词（即"布道"），在团体中施行邪恶之事；(2) 与魔鬼交媾（据说极为痛苦，魔鬼的阴茎总是被描述为"犹如寒冰"）；(3) 各种各样的渎神行为，基本上都与性相关。举例来说，仪式上会准备尺寸异常大的圣体（由面粉、粪便、经血和脓液制成），圣体被切开后当作人造阴道使用，修士疯狂地与之交配，同时狂言他正在和圣母发生关系，或者是在鸡奸基督。在另外的案例中，基督的雕像被深深插入女性阴道，同时将圣体塞入她的肛门；修士碾碎圣体，高喊渎神的话语，并对女性实施强奸。真人大小的基督和圣母马利亚的画像在此种仪式中经常出现。举例来说，马利亚的画像通常被绘成放荡、下流的样子，同时配有可供邪教徒吮吸的乳房和可供阴茎插入的阴道。基督像往往配有可供男性和女性邪教徒口交的阴茎，也可插入女性的阴道和男性的肛门。有时候，人类的躯体被固定在十字架上代替雕像的作用，他所射出的精液以具有亵渎意义的圣餐杯收集，用于仪式圣体的制作中，之后圣体将被奉献于覆满排泄物的祭坛上。此种——

金德曼翻到他做过标记的一页，这部分内容与仪式性杀人相关。他慢慢阅读，轻轻啃着食指的指肚，等他看完，他对着这一页皱起眉头，摇摇头，然后沉思着抬头望向台灯。他关掉灯，离开办公室，驱车前往停尸房。

年轻的接待员正就着裸麦威士忌吃汉堡芝士三明治，他看见金德曼走近，赶忙开始清理纵横字谜上的面包屑。

"丹宁斯。"警探小声嘶哑地说。

年轻人点点头，飞快地填上一个五字母的横向单词，拿着三明治起身，走进过道。"这边走。"金德曼拿着帽子跟上他，闻着蒿子和芥末的淡淡香味，他们走过一排排冷冻柜，这里是为再也看不见世界的眼睛提供归宿的黑暗陈列柜。

他们在三十二号前停下。面无表情的接待员拉出抽屉。他咬了一口三明治，沾着蛋黄酱的面包屑轻飘飘地落在泛灰的盖尸布上。

金德曼低头看着，然后轻而慢地拉开盖布，再次看到他已经见过但却无法接受的景象。

伯克·丹宁斯的头颅被扭了个一百八十度，脸朝后。

第五章

绿意盎然的空旷校园温暖地包围着达明·卡拉斯，他身穿卡其布短裤和棉T恤，独自在椭圆黏土跑道上慢跑，衣物被汗水浸透，贴在身上。矗立在前方小丘上的天文台随着步伐跳动；背后的医学院消失在脚步掀起的尘土和越甩越远的烦恼中。

自从离职以后，他每天都来这里跑步，为了帮助睡眠。安眠就在前方不远处了。归营号一般紧攥着心脏的悲伤快要消失了。他会跑得筋疲力尽，想要倒地不起，悲伤会渐渐松开它的手，偶尔彻底消失。消失一段时间。

二十圈……

对，好多了，好得多了。再跑两圈！

强壮的腿部肌肉逐渐充血，微微刺痛，卡拉斯迈着狮子般的大步，拐过一个弯道，他看见有人坐在他堆放毛巾、线衫和裤子的长椅上。那是个中年男人，身穿肥大的长外套，头戴软塌塌的毛毡帽。似乎在看他。是吗？没错……他的头部随着卡拉斯的经过而转动。

神父迈开大步，加速跑完最后一圈，然后放慢脚步，大口大口呼吸，经过长椅时一眼也不多看，用双拳轻轻抵住喘息中的身体两侧。肌肉发达的胸部和肩膀撑起T恤，横贯胸口的钢印字"哲学家"因此变形,那几个字曾经是黑色的,多次洗涤后已经褪色。

穿长外套的男人起身走向他。

"卡拉斯神父?"金德曼警探嘶哑地喊道。

神父转身轻轻点头,被阳光照得眯起眼睛,他等待凶案组警探走到身旁,然后招呼警探陪他一起走。"不介意吧?否则我会抽筋。"他气喘吁吁地说。

"完全不介意。"警探答道,毫无热忱地点点头,双手插进外套口袋。他从停车场一路走来,已经累得够呛。

"我们——我们见过面?"神父问。

"没有,神父。没有,但是听人说你的样子像拳击手,宿舍里某位神父说的,我忘了他叫什么,"他摸出钱夹,"我总是记不住名字。"

"怎么称呼?"

"威廉·F.金德曼警探,神父,"他亮出证件,"凶案组的。"

"真的?"卡拉斯打量着警徽和证件,一脸孩子气的好奇。他脸色通红,满头大汗,扭头看着蹒跚而行的警探,露出天真的期待表情:"找我有什么事?"

"呃,神父,你知道吗?"金德曼端详着神父的五官,像是忽然发现了什么似的说,"实在太像了,你知道吗?你确实像个拳击手。不好意思,但你眼角的那道伤疤完全像《码头风云》里的马龙·白兰度,神父哇,我说,你简直就是马龙·白兰度!他们给他添了条伤疤。"他拉紧眼角,演给卡拉斯看,"所以他显得有点儿眯缝眼,只是一丁点儿,让他从头到尾都眼神蒙眬,总是很忧伤。哎呀,简直就是你,"他最后说,"马龙·白兰度。有人跟你说过吗,神父?"

"有人说过你像保罗·纽曼吗?"

"每天都有。相信我,纽曼先生困在这个身体里,挣扎着想爬出来呢。地方太小了。因为里面还有个克拉克·盖博[①]。"卡拉斯露出半个笑容,摇摇头转开视线。

"打拳击吗?"警探问他。

"偶尔。"

"哪儿?大学里?华盛顿这儿?"

"不,纽约。"

"啊哈,我猜就是!金手套拳击赛[②]!是不是?"

"你该当警长才对,"卡拉斯笑着说,"话说回来,你找我有什么事?"

"走慢点,"警探指着喉咙说,"肺气肿。"

"啊,对不起,好的。"

"你抽烟吗?"

"对,我抽。"

"别抽了。"

"行了,到底什么事?咱们直接说重点吧,警探?"

"好的,当然好。哎呀,我又跑题了。说起来,你这会儿忙吗?

[①] 克拉克·盖博(Clark Gable,1901—1960),美国国宝级电影男演员,《乱世佳人》的主演。
[②] 金手套拳击赛(Golden Gloves),美国业余拳击的年度赛事之一,在纽约举行。

我没打扰你吧。"

卡拉斯扭过头,带着笑意看了金德曼一眼:"打扰我干什么?"

"呃,默祷之类的,比方说。"

"你很快就能当上警长了,知道吗?"

"神父,对不起,我漏掉了你的什么话吗?"

卡拉斯摇摇头:"我猜你从来不会漏掉任何东西。"

"什么意思,神父?什么意思?"

金德曼停下说话,用了好大力气扮出迷惘的神情,但待他看见修士那双起了笑纹的眼睛时,只得低下脑袋,自嘲地笑着说:"啊,是呀。当然了……当然了……精神病学家。我这是开什么玩笑?你知道的,神父,我习惯成自然了。请原谅。感伤主义——这就是金德曼的办案手法。好吧,不跟你兜圈子了,我跟你实话实说。"

"渎神事件。"卡拉斯说。

"我刚才那是白感伤了。"警探平静地说。

"什么?"

"没什么,神父,是我活该。对,教堂里的事情,"警探说,"你没猜错。但也许还有别的事情,神父。"

"你指的是谋杀?"

"哎呀,又将了我一军,卡拉斯神父,我喜欢。"

卡拉斯耸耸肩:"呃,你是凶案组的啊。"

"别在意,马龙·白兰度,千万别在意。有没有人说过,你这个神职人员的嘴巴未免太利索了?"

"我有罪。"卡拉斯嘟囔道。尽管他在微笑,但略微有点儿后悔,他也许伤害了对方的自尊心,但并不是存心的。他立刻看到了机会,可以用困惑弥补错误。"这两者有什么联系?"他说,故意皱起眉头,"我不明白。"

金德曼凑近神父:"我说,神父,能只限你我知道吗?保密?就像我来告解?"

"当然可以,"卡拉斯答道,"什么事情?"

"知道在学校里拍电影的那位导演吧?伯克·丹宁斯?"

"知道,我见过他。"

"你见过他。"警探点点头,"知道他的死因吗?"

"报纸上……"卡拉斯耸耸肩。

"那只是一部分事实。"

"是吗?"

"对,一部分。只是一部分。听我说,你了解巫术吗?"

卡拉斯困惑地皱起眉头:"什么?"

"听我说,要有耐心,我就快说到了。先跟我说说,巫术——你熟悉吗?"

卡拉斯微笑道:"略懂,我写过一篇论文。不过是从精神病学的角度。"

"真的?天哪,那太好了!好极了!白兰度神父,你是老天给我的奖赏!你给我的帮助会比我想象中的多。那么,听我说……"两人拐弯走近一张长椅,他抬起手抓住卡拉斯的胳膊,"我承认我是大外行,没受过像样的教育,我指的是正规教育。但我喜欢读书。你看，我知道大家怎么说自学成才的那种人，说我们是简单劳动者的坏榜样。可实话实说，我一点也不惭愧。完全不。我这人——"他忽然停止滔滔不绝的话头，垂首摇头。"感伤主义，"他叹道，"习惯成自然。"他抬起头，"请原谅，你是个大忙人。"

"对，我忙着祷告呢。"

耶稣会会士话说得干巴巴的，毫无感情。金德曼突然停下脚步。"你不是认真的吧？"他问，然后自己回答，"不是。"他望向前方，两人继续走路。"我这就说重点：渎神的行为，"金德曼问，"有没有让你想起巫术？"

"有，或许有关。黑弥撒中的某些仪式。"

"非常正确。现在跟你说丹宁斯——报纸说了他是怎么死的吗？"

"说他摔下了'希区柯克的长阶'。"

"唉，我可以告诉你，但你要保密，必须要保密！"

"当然。"

警探发现卡拉斯并没有打算在长椅上休息，突然露出痛苦的表情。他停下来，卡拉斯跟着停下。

"介意吗？"他满怀希望地问。

"介意什么？"

"能停下了吗？然后坐下？"

"啊，当然可以。"两人反身走向长椅。

"不会抽筋吧？"

"不会，已经没问题了。"

"确定？"

"对,确定。"

金德曼让他酸痛的躯体在长椅上安顿下来,心满意足地长出一口气。"啊,好多了,这就好多了,"他说,"人生终究不完全是《中午的黑暗》①。"

"说吧。伯克·丹宁斯,他怎么了?"

警探低头看着鞋尖。"唉,对,丹宁斯,伯克·丹宁斯,伯克·丹宁斯……"警探抬起头望着卡拉斯,神父在用毛巾的一角擦拭额头。"老天在上,伯克·丹宁斯,"警探用平淡的声音飞快地说,"于七点零五分被发现躺在那道阶梯的最底下,头部转了一百八十度,面朝背后。"

暴躁的吼叫声从棒球场隐约传来,大学校队在那里训练。卡拉斯放下毛巾,迎上警探坚定的视线:"不是摔下时弄的?"

"有这个可能性。"金德曼耸耸肩。

"但恐怕不太可能。"卡拉斯替他说完。

"那么,从巫术的角度说,你能想到什么吗?"

卡拉斯陷入沉思,望向其他地方,在金德曼身旁坐下。"呃,据说恶魔就是这么扭断女巫脖子的,"他转向警探,"至少传说中这么说。"

"这是传说?"

"嗯,当然,"他答道,"但确实有人这么死去,比方说女巫团体的成员,背叛组织或是泄露了机密。"他转开视线,"不过我说

---

① 《中午的黑暗》(*Darkness at Noon*),匈牙利裔英国犹太作家阿瑟·库斯勒的代表作。

不准,只是猜测而已。"他重新望向警探,"但我知道这是杀人案与恶魔有关的标志。"

"没错,卡拉斯神父!没错!我记起来了,这个案件很像伦敦的一起凶杀案。而且是最近的案子,明白吗,卡拉斯神父?顶多四五年之前,记得我在报纸上读到过。"

"是的,我也读过,不过我记得那件事后来被发现是个骗局。没错吧?"

"没错。但从这个案件至少能看到一些联系,再加上教堂里的那些事情。也许是有人发狂,神父,也许是什么人对教会心怀恶意。也许是某种无意识的反抗⋯⋯"

卡拉斯俯下身,双手握在一起,他扭头打量着警探。"什么意思?一名有问题的神职人员?"他说,"你是这么怀疑的?"

"喂,你是精神病学家,我想听你的意见。"

卡拉斯转过头,望向别处。"你说得对,渎神显然是心理变态的行为,"卡拉斯沉思道,"假如丹宁斯是被谋杀的——要我说,凶手也确实有心理问题。"

"也许还有巫术方面的知识?"

卡拉斯忧郁地点点头:"对,有可能。"

"那么谁符合这些特征?居住在这附近,而且可以在夜间进入教堂?"

卡拉斯扭头和金德曼对视,球棒击球的脆响让他转过头,看着一个瘦高的右外野手跳起接球。"有问题的神职人员,"他喃喃道,"也许吧。"

"听我说,神父,你很难接受——但请听我说!——我能理解。但你是校园内所有神职人员的心理医生,对吧?"

卡拉斯转向他:"不,我的职务被重新安排了。"

"啊,真的?学期中间也能换人?"

"上头的命令。"

"但你还是知道那段时间谁有问题,对吧?我指的是那个方面的有问题。你明白我的意思。"

"不,我不太清楚。完全不清楚。就算知道,也是偶然得知的。我不是心理分析师,只提供心理辅导而已。另外,我也确实不知道谁符合你的描述。"

金德曼抬起下巴。"唉,对,"他说,"医生的伦理,就算知道也不能告诉我。"

"对,不能告诉你。"

"顺便提一句——真的只是随口说说而已——这种伦理最近被认为并不合法。真的不想拿鸡毛蒜皮的小事打扰你,但前一阵阳光加州有个精神病学家,怎么说呢,因为不肯告诉警察他对某位患者的了解而进了监狱。"

"你威胁我?"

"别乱起疑心。我只是随口说说。"

卡拉斯站起身,低头看着警探。

"我可以告诉法官说那是告解[①],"他挖苦道,然后又加上一句,

[①] 《天主教法典》中明确指出神父不得向他人泄露任何人在告解中说出的秘密。

"实话实说。"

警探不高兴地看着他。"神父，你非要公事公办？"他扭头望向棒球训练场，"'神父'？什么'神父'？"他喘息道，"你是个冒充神父的犹太人，但听我说一句，你有点儿玩过头了。"

卡拉斯站在那儿，忍不住笑了。

"对，笑吧，"金德曼郁闷地看着卡拉斯，"尽管笑吧，神父，爱怎么笑就怎么笑。"但他也跟着笑了起来，似乎是被自己的顽皮逗乐了。他望着卡拉斯说："知道我想起什么了吗，神父？警察的入门考试。我参加考试那次，有个问题是这么问的：'狂犬病是什么，应该如何应对？'有个白痴的回答是说：'狂犬病是犹太教的拉比①，我会为他们做任何事情。'"金德曼举起手说："千真万确！我向上帝发誓！"

卡拉斯对他微笑道："行了，我送你上车吧。在停车场吗？"

警探看着他，不肯动弹。"我们算是说完了？"他失望地问。

神父抬起一只脚踏在长椅上，俯身用一条胳膊压着膝头。"说实话，我没在给人打掩护，"他说，"真的。假如我知道有哪个神职人员符合你的条件，我至少会说存在这么一个人，但不会指名道姓，然后我估计会向教省报告。但我实在想不到有谁哪怕只是接近你的描述。"

"唉，好吧。"警探叹息道，低下头，双手放回外套口袋里。"其实我本来就不认为会是神职人员。真的。"他抬起头，朝校园停车

---

① 狂犬病（Rabies），与犹太教拉比（Rabbi）的复数形式很相似。

场的方向摆摆头。"我停在那头。"他站起身,两人走上通往校园主楼的小径。"我真正怀疑的,"警探继续道,"要是我大声说出来,你估计会认为我疯了。谁知道,谁知道呢,"他摇摇头,"真是的!谁知道哇。如今这些不需要理由就乱杀人的俱乐部和邪教,会让你胡思乱想。这年头要跟上时代,"他慨叹道,"似乎也必须有点儿疯狂才行。"他转向卡拉斯。"你衣服上那是什么?"他朝卡拉斯的胸口点点头。

"什么是什么?"

"T恤上的那几个字。'哲学家',那是什么?"

"哦,有一年我上了几门课,"卡拉斯答道,"在马里兰的伍德斯托克神学院。我参加了低年级的棒球队,球队叫'哲学家'。"

"啊哈,明白了。高年级的球队叫什么?"

"神学家。"

金德曼笑嘻嘻地低头看路。"神学家三分,哲学家两分。"他说。

"不,哲学家三分,神学家两分。"

"哈,当然,我本来就想这么说。"

"当然。"

"事情很蹊跷,"警探沉思道,"真的蹊跷。听我说,神父,"他扭头问卡拉斯,"听我说,医生……也许我是疯了,但有没有可能,特区现在就有个女巫团之类的东西?我指的是现在。"

"天哪,别开玩笑了。"卡拉斯嘲笑道。

"啊哈,那就是有可能了。"

"那怎么就是有可能了？你说呀！"

"现在呀，神父，换我当医生试试看，"警探用食指戳着空气表示强调，"你没有说不可能，而是用俏皮话搪塞我。这是自我保护，你害怕被人当傻瓜看。一个迷信的神父，面对金德曼，智慧使者，理性主义者，你身边的天才，就在这儿，行走着的'理性时代'。来，看着我的眼睛，对我说'我错了'！来，看我！快看！你能做到的！"

卡拉斯扭头看着警探，此刻他的眼神带着犹疑和尊敬。"了不起，你真够精明的，"他称赞道，"厉害！"

"行了，行了，"金德曼咕哝道，"让我再问你一次，特区有没有可能存在女巫团？"

卡拉斯扭头看路，陷入沉思。"嗯，这个我真的不知道，"他说，"但欧洲的某些地方还在举行黑弥撒。"

"你指的是现在？"

"对，现在。事实上欧洲的撒旦崇拜中心就在意大利的都灵。奇怪吧？"

"为什么奇怪？"

"因为耶稣的裹尸布也存放在都灵。"

"你的意思是撒旦崇拜还和从前一样？神父，我要说，我凑巧读了些资料，什么性交了雕像了，天晓得是什么鬼东西。不是存心让你恶心，只想问问，他们真那么做？真的？"

"我不知道。"

"你就说说你的看法吧，神父。没关系的，我身上没窃听器。"

卡拉斯歪着嘴无奈地对侦探笑了笑，扭头望着前方的路。"好吧，"他说，"我认为那是真的。至少我猜是真的，但我的判断是基于病理学的。没错，是有黑弥撒。可是，做这些事情的都是精神上有严重问题的人，而且这个问题非常特别。这个问题其实有个临床名称，就叫恶魔崇拜症——指某些人必须将性交和渎神行为联系在一起，否则就无法获得性快感。因此我认为——"

"你是说'猜测'吧？"

"对，我猜测他们只是拿黑弥撒来正当化他们的行为罢了。"

"以前？"

"以前和现在都是。"

"以前和现在都是，"警探干巴巴地重复道，"两个人说话，其中一个人非得抢最后一句话，这个毛病有心理学名称吗？"

"卡拉斯狂热症。"神父笑着说。

"谢谢，我的知识宝库里就缺这个离奇主题下的资料。说起来，请原谅我，但他们用的是耶稣和圣母的雕像？"

"怎么了？"

"是真的吗？"

"呃，这么说吧，有件事我觉得你肯定感兴趣，"学者卡拉斯被调动了兴趣，他说得越来越热烈，"巴黎警方的存档中记录了一个案件，两名从附近修道院来的僧侣——让我想想……"他挠挠后脑勺，努力回忆，"对，应该是克雷皮的修道院。"他耸耸肩，"嗯，这个不重要。总之是附近某个镇上的修道院。两名僧侣走进客栈,吵着闹着要一张床给三个人睡——他们两个人,还有一个是真人大小的圣母马利亚雕像。"

"天哪,这个够吓人。"警探喘息道。

"确实,不过大概能证明你读到的资料都来自现实。"

"好吧,性交的部分,或许如此,我明白了。那根本是另外一回事。不用管它。可是,神父,仪式性的杀人呢?确有其事吗?也太胡扯了吧!用新生婴儿的鲜血?"警探指的是那本巫术著作里的内容,描述黑弥撒上脱去法衣的神父有时会切开新生婴儿的手腕,让鲜血洒在圣餐杯里,拿来献祭和作为圣餐共享。"中伤犹太人的时候大家也讲这些故事,"警探继续说下去,"说犹太人偷窃基督徒的孩子,喝孩子的血。你看,请原谅我,但你们这些人总在说类似的故事。"

"假如确实如此,请你原谅我。"

"我解除你的罪孽,你被赦免了。"

痛苦的阴影掠过神父的眼睛,创痛的往事短暂地浮现。他扭头望向前方:"唉,好吧。"

"你说什么?"

"嗯,我并不怎么了解仪式性的杀人,"卡拉斯说,"基本上毫无头绪。不过我知道有个瑞士的接生婆曾经供认,说她为了黑弥撒谋杀过三四十个婴儿。怎么说呢?她也许是屈打成招的,"他耸耸肩,"但她的说法却很有说服力。她说她在袖子里藏了根细长的钢针,接生时摸出钢针,扎进新生儿的囟门正中,然后再把钢针藏好。不留痕迹,"卡拉斯瞄了一眼金德曼,"婴儿就像是死在了娘胎里。你听说过欧洲天主教徒对接生婆有偏见吧？嗯，偏见就是从这儿来的。"

"啊，天哪！"

"疯狂并不只是属于我们这个世纪。总之——"

"等一等，稍等片刻！"警探打断道，"这些故事——如你所说，是出自受到拷打的人的口中，对吧？因此从本质上说就不可靠。他们只在供认状上签字画押，剩下的全交给虔诚的拷问官和仇世者填空。对吧，没有人身保护令这回事，没有人举着令状说'让我的人走'。"

"你说得对，但另一方面，许多供认状是他们自愿写的。"

"谁会自愿认这种东西？"

"呃，或许是精神上受到困扰的那些人吧。"

"啊哈！又是一个可靠的来源。"

"嗯，你当然说得没错，警官先生。我只是在扮演魔鬼的代言人。"

"这个你倒是擅长。"

"你看，我们时常会试图忘记一点，精神病严重到会招认这种事情的人，他的精神病恐怕也严重得可以让他干这些事情。举例来说，人狼的传说。首先，没错，很荒谬：没有哪个人能变身为狼。但是，如果一个人的精神出了极大的问题，他不但认为自己是人狼，还表现得像是人狼，他会是什么样的呢？"

"神父，这是理论，还是事实？"

"好，给你一个例证，有个名叫威廉·斯顿夫的先生，还是叫别的什么,记不清了①。总而言之,他是一个十六世纪的德国人,他认为自己是人狼,一共杀死了二十到三十名孩童。"

"你的意思是,他'招认'了?"

"对,他招认了,我认为他的供认是可信的。因为他被抓的时候,正在吃两个继女的脑子。"

在稀疏但澄明的四月阳光之中,训练场飘来闲谈和球棒击球的回响。"来吧,普赖斯,咱们练一把试试,来,你先上!"

他们已经来到停车场,一时间两个人谁也没有说话,直到最后走到警车旁,警探这才抬起阴沉的眼睛,看着卡拉斯。

"神父呀,那我要找的是个什么样的人呢?"他问。

"有可能是个吸了毒的疯子。"卡拉斯答道。

警探低头看着地面,沉思片刻,然后默默点头。"对,有道理,神父。有这个可能。"他抬起头,露出喜悦的表情,"说起来,神父,你去哪儿?要不要我送你一程?"

"不用啦,警探,谢谢。走回去没多远。"

"客气什么!来享受一下吧!"金德曼示意卡拉斯坐进后排,"回去了可以跟朋友炫耀说你坐过警车,我会签署声明帮你撑腰。他们会嫉妒你的。来吧,快上车!"

卡拉斯点点头,微微笑道:"行啊。"然后坐进后排。警探扭动身体从对面上车,在他身旁坐下。"非常好,"警探有点儿喘息,

---

① 此人应为彼得·斯顿夫(Peter Stumpf)。对他的审判发生于 1589 年,是历史上最著名的人狼审判,他供认在二十五年间杀死并吃了十四名儿童、两名怀孕的妇女及其胎儿;其中一名儿童是他的亲生儿子。

"还有哇,我的好神父,只要是走路都不近,绝对不近!"他对驾驶座上的警察说:"走吧!"

"去哪儿,长官?"

"三十六街,远望街路口过去一半,马路左手边。"

司机点点头,倒车离开停车场。卡拉斯有点儿好奇地望向警探。"你怎么知道我住哪儿?"他问。

"那儿不是有耶稣会的宿舍楼吗?你不是耶稣会的修士吗?"

卡拉斯扭头望着窗外,警车缓缓驶向校园前门。"对,是呀。"他轻声说。他几天前从圣三一堂的住处搬进了宿舍,希望能鼓励他辅导过的人继续向他寻求帮助。

"喜欢看电影吗,卡拉斯神父?"

"喜欢。"

"看过保罗·斯科菲尔德的《李尔王》吗?"

"不,还没有。"

"我看过了。我有招待券。"

"算你走运。"

"好电影我都有招待券,但我夫人总是很早就想睡觉,从来不肯陪我。"

"太糟糕了。"

"是呀,我可不喜欢一个人去。你知道的,看完电影我喜欢找人聊天、探讨、评论。"

卡拉斯默默点头,低头看着自己大而有力的双手,这双手夹在两膝之间。时间悄悄过去。金德曼用期待的声音问:"有空儿愿意和我一起看电影吗？不要钱。"

"对，我知道，你有招待券。"

"怎么样？"

"正如埃尔伍德·P.多德在《我的朋友叫哈维》①中说的，'什么时候？'"

"哈，等我打电话给你！"警探笑得很灿烂。

"好，说定了。我很乐意。"

他们从前门离开校园，右转再左转来到远望街，在宿舍楼门口停下。卡拉斯打开身旁的车门，扭头对警探说："谢谢你送我这一程。"他下车关上车门，又趴在打开的车窗上说："真抱歉，没怎么帮到你。"

"不，已经帮大忙了，"警探说，"谢谢，我会打电话找你看电影的，真的。"

"等着你了，"卡拉斯说，"那就保重吧。"

"好的，你也是。"

卡拉斯从警车旁站直，转身走向宿舍楼，听见警探叫道："神父，等一等！"

卡拉斯转过身，看见金德曼挤出车门，招呼他回去。卡拉斯走了回去，在人行道上站住。"听我说，神父，我忘了，"警探说，"那张卡片的事情，我忘了个干净。你知道吧？那张写了拉丁文的卡片，在教堂里发现的？"

---

① 《我的朋友叫哈维》(*Harvey*, 1950)，美国影片，由詹姆斯·斯图尔特扮演主角埃尔伍德·P.多德。

"对,那张经牌。"

"随便你怎么叫,还在吗?"

"在,我留在房间里了。我在研究上头的拉丁文,不过已经用完了。你需要吗?"

"对,也许能找到什么线索。能给我吗?"

"当然,你等着,我去拿给你。"

金德曼靠在警车上等他,卡拉斯快步走进底层他的房间,找到经牌,放进一个牛皮纸信封,回到街上交给金德曼。

"拿着。"

"谢谢你,神父,"金德曼拿起信封仔细查看,"也许能找到指纹,我是这么想的,"他忽然抬起头看着卡拉斯,有点儿沮丧地说,"哎呀!你摸过卡片了,对不对?柯克·道格拉斯先生,就像你在《侦探故事》里的角色?没戴手套,直接拿的?"

"我有罪。"

"而且没有任何解释,"金德曼嘟囔道,他摇摇头,泄气地看着卡拉斯,"你恐怕不是布朗神父。没关系,也许还是能找到些什么线索。"他举起信封,"说到这个,你说你研究过了?"

卡拉斯点点头:"对,研究过了。"

"你的结论呢?我屏住呼吸听你说。"

"很难说,"卡拉斯答道,"天晓得出于什么动机,也许是因为仇视天主教。谁知道呢?但有一点可以确定,这男人的精神状态很有问题。"

"你怎么知道是个男人?"

卡拉斯耸耸肩，目送一辆送甘瑟啤酒的卡车隆隆驶过鹅卵石路面："是呀，我不知道。"

"有没有可能是青少年胡闹？"

"不，不可能，"卡拉斯扭头看着金德曼，"那是拉丁文。"

"拉丁文？哦，你说的是经牌。"

"对。他的拉丁文无懈可击，警探，而且具有非常个人化的独特风格。"

"是吗？"

"是的，就好像他习惯于用拉丁文思考。"

"有可能是神职人员吗？"

"天哪，又来了！"卡拉斯抱怨道。

"你就回答我的问题吧，求你了，疑心病神父。"

卡拉斯扭头看着金德曼，犹豫片刻，承认道："好吧，有可能。我们的训练到了一定程度后，确实有这个能力。至少耶稣会和另外几个教会是这样的。伍德斯托克神学院的哲学课程就是用拉丁文教的。"

"为什么？"

"为了思维的精确性。拉丁文能表达英语无法驾驭的细微之处和微妙区别。"

"啊，我明白了。"

卡拉斯忽然换上一脸急切、严肃的表情："说起来，警探，想不想听我说说我究竟认为是什么人干的？"

警探聚精会神地皱起眉头："当然，是谁？"

"多明我会。快去抓他们。"

卡拉斯笑着转身走开。警探在他背后叫道:"我说错了,你看起来完全就是萨尔·米内奥①!"

卡拉斯坏笑着,友善地挥挥手,打开宿舍楼的大门进去。警探一动不动地站在人行道上,沉思着目送他消失,嘟囔道:"这家伙真会哼哼,快赶上水里的音叉了。"他盯着宿舍楼大门又看了好一会儿,然后突然转身,打开警车右侧的车门,坐进前排乘客座,关上门对司机说:"回总部。快。尽管闯红灯。"

卡拉斯在宿舍楼的新房间很简单:嵌入墙壁的书架、单人床、两把舒适的靠椅、一把直背木椅及写字台。桌上摆着母亲早年的照片,床头的墙上挂着金属十字架,时时刻刻不出声地责难他。这个狭小的房间对卡拉斯来说已经够用了。他对财物没什么兴趣,他不想有什么牵挂。

他冲完澡,擦干身体,穿上白色 T 恤和卡其布裤子,慢慢踱向食堂去吃晚餐,他在食堂里看见脸色红润的戴尔身穿褪色的史努比线衫,独自坐在角落里。卡拉斯走了过去。

"你好,达明。"

"你好,乔。"

卡拉斯在椅子前站住,画个十字,不出声地念完谢恩祷告②,然后坐下,在膝头铺开餐巾。

---

① 萨尔·米内奥(Sal Mineo, 1939—1976),意大利裔美国电影演员,长相俊秀。
② 谢恩祷告(Grace),天主教饭前或饭后祝福或感恩的短时间祷告。

"无业游民最近过得如何?"戴尔问他。

"谁是无业游民了?我有工作。"

"一星期讲一堂课?"

"质量胜过数量,晚餐吃什么?"

"你没闻见?"

卡拉斯做个鬼脸:"哎呀糟糕,又吃狗粮?"

德国蒜肠和德国泡菜。

"数量胜过质量。"戴尔说。卡拉斯伸手去拿装牛奶的铝罐。年轻的戴尔悄声警告道:"我可不推荐。"他的手往全麦面包上猛涂奶油:"看见泡沫了吗?是硝石[①]。"

"我就需要。"卡拉斯说。他拿起杯子,倒满牛奶,听见有人拉开椅子,在身旁坐下。

"啊,我终于读完那本书了。"新来的人快活地说。

卡拉斯抬起头,顿时一阵沮丧,感到重量悄悄压在身上,铅一般沉重,直压进骨头。他认出来眼前之人正是最近找他咨询过无法交朋友的那位神父。

"好,感觉怎么样?"卡拉斯假装很感兴趣。他放下牛奶罐,就当它是一本破烂的连九祷册子。

年轻的神父说个没完,半小时后,戴尔从桌边一跃而起,笑着逃出餐厅。卡拉斯看看手表。"去拿上你的外套,陪我上街,"他对年轻人说,"只要条件允许,我每晚都要看日落。"

---

① 主要成分为硝酸钾。尿液是硝酸钾的天然来源之一,此处是戴尔神父在开玩笑。

几分钟后，两人趴在台阶顶端的栏杆上，台阶通向脚下的M街。白昼终结了，夕阳沉沉落下，西方的云朵被烧得通红，河面逐渐变暗，映出细碎的深红色斑纹。卡拉斯曾在这景象中遇到过上帝。很久以前了，他仿佛被遗弃的爱人，仍旧牢记那次相遇。

年轻神父望着风景，说："真美，真的。"

"是呀。"

校园的钟声准点敲响，此时是晚上七点。

七点二十三分，金德曼警探看着光谱仪分析报告陷入沉思，报告表明，丽甘做的那尊雕像用的涂料完全符合亵渎圣母的油漆样本。

八点四十七分，城市东北的贫民区，冷漠的卡尔·恩斯特伦离开老鼠成群的廉价公寓楼，向南步行了三个街区，来到公共汽车站，他独自等了一分钟，面无表情，突然用双手抓住路灯柱，瘫软下去，泪流满面。

同一时刻，金德曼警探在看电影。

第六章

五月十一日星期三,克丽丝等人回到家,把丽甘放在床上,锁好百叶窗,撤去她卧室和卫生间里所有的镜子。

"……清醒的时候越来越少,神志正常的时间段之间现在出现了完全的意识中断,我们也很抱歉。这是新症状,看起来可以排除是普通的癔症了。与此同时,有一两种我们归为超心理学①现象的症状……"

克莱因医生上门拜访,克丽丝和莎伦看他演示在丽甘昏迷期间喂饲舒泰健②的正确步骤。他插入鼻饲管。"首先……"

克丽丝强迫自己观看,但还是不看自己女儿的面容;医生说的话她一个字也不漏过,借此暂时忘记医院的诊断。那些字眼在她的意识中飘来荡去,仿佛雾气穿过柳树的枝条。

"你填了'无宗教信仰',麦克尼尔夫人,对吗?完全没有宗教教育?"

"呃,我想想,应该只提过'神'吧。你知道,泛指的。为什

---

① 超心理学(Parapsychic),是一种对心理现象证据进行研究的学科,包括心灵感应、千里眼及心灵致动等已知科学无法解释的现象。此学科争议很大,许多人将之归为伪科学。
② 舒泰健(Sustagen),一种营养补充品。

么问这个？"

"呃，原因很简单，她狂躁时叫喊的内容，只要不是在胡言乱语，那么内容就都和宗教有关。你认为她是从哪儿知道这些的？"

"呃，能举个例子吗？"

"好，比方说'耶稣和马利亚，在搞六九式'。"

克莱因将鼻饲管插入丽甘的胃部。"首先，必须确定液体没有进入肺部，"他说，手指捏紧导管，止住舒泰健的流淌，"如果……"

"……现在极难见到的一类精神错乱的综合征，只有在原始文化中才能见到，我们称作外魔附体梦游症①。老实说，我们的了解并不太多，只知道它源自内心冲突或负罪感，最终导致患者出现错觉，认为身体遭到外部智慧的侵入；要是你愿意，可以管它叫灵体。过去，在大众还非常相信魔鬼的时代，附入的实体往往是个恶魔。但在当代病例之中，往往是死者的灵魂，通常是患者认识或者见过的人，是他在无意识中想模仿的人，比方说想模仿对方说话的声音或是外表风格，有时甚至是长相。"

克莱因医生阴沉着脸离开，克丽丝打电话给她在贝弗利山的经纪人，无精打采地通知他说没法导演那段电影了。她打给佩林夫人，佩林夫人出去了。克丽丝挂断电话，恐惧感越积越厚。她绝望地想，谁能帮助我呢？有人能帮助我吗？有什么能帮助我吗？随便什么都行。

---

① 原文为 Somnambuliform Possession。

"……病例中,如果附体的是死者灵魂则比较容易治疗;这些病例中基本不会遇到愤怒的感情,或者多动症和运动兴奋。可是,在外魔附体梦游症的另一个主要类型中,新生的人格带着恶意,对原初人格充满敌视。事实上,它的首要目的是毁坏、折磨,有时甚至是杀死原初人格。"

一组拘束带送到家里,卡尔将拘束带连到丽甘的床上,然后绑住她的腰部。克丽丝站在旁边看着,面色苍白,心力交瘁。克丽丝拿过枕头,垫起丽甘的头部,瑞士管家直起腰,怜悯地看着女孩扭曲的面容。"她会好起来吧?"他问。

克丽丝没有回答他。卡尔说话时,她从丽甘的枕头底下摸出一个东西,拿起来困惑地端详着。她望向卡尔,凶巴巴地喝问道:"卡尔,十字架是谁放的?"

"症状是内心冲突或负罪感的外部表征,因此我们要尽力挖掘,找出底下的原因。告诉你,在这种病例中,最好的手段是催眠疗法;可是,我们无法催眠她。我们也尝试了麻醉精神疗法①,但似乎还是碰壁。"

"那接下来呢?"

"只能等着看了。我们会不停尝试,希望能看到变化。另一方面,她必须入院接受看护。"

克丽丝在厨房里找到莎伦,莎伦正在桌上支起打字机,她刚从地下室把打字机搬上来。威莉在水槽前削胡萝卜准备做炖菜。

---

① 麻醉精神疗法(Narcosynthesis),在心理学中,指通过麻醉手段让患者进入催眠状态的数种手段。

"小莎,是你在她枕头底下放十字架的吗?"克丽丝的声音里带着几分紧张和敌意。

"什么意思?"莎伦满脸困惑。

"不是你?"

"克丽丝,我都不知道你在说什么!我跟你说过,克丽丝,在飞机上和你说过,我只给小丽讲过'上帝造了世界',也许还有其他什么——"

"好了,莎伦,好了。我相信你,但——"

"不,不是我放的。"威莉连忙为自己辩白。

"该死,总归是什么人放的吧!"克丽丝突然爆发,卡尔恰好走进厨房,拉开冰箱门,她将矛头对准了卡尔。"卡尔!"她吼道。

"什么,夫人?"卡尔冷静地答道,没有转过身,用擦脸毛巾包裹冰块。

"再问你一次,"克丽丝咬牙道,嗓音嘶哑,几近尖叫,"你有没有往她的枕头底下塞十字架?"

"没有,夫人。不是我。"卡尔答道,将又一块冰放在毛巾上。

"他妈的十字架总不会是自己走到枕头下的吧,该死的!"克丽丝尖叫道,转身面对威莉和莎伦,"到底是谁在撒谎?快说!"

卡尔停下手里的事情,转身看着克丽丝。她突如其来的怒火让所有人都愣住了,她忽然跌坐在椅子上,用颤抖的双手捂住脸,泣不成声。"天哪,对不起,我都在干什么啊!"她边哭边说,"上帝呀,我都在干什么!"

威莉和卡尔默默地看着莎伦走到她身旁,按摩她的肩颈,安慰道:"唉,好了,没事的。"

克丽丝用袖筒背面擦擦脸。"唉,不管是谁,"她在口袋里找到手帕,擤了擤鼻子,然后说,"肯定只是想帮忙。"

"该死,我再和你说一遍,你最好相信我,我绝对不会送她进精神病院!"

"夫人,那不是——"

"我管你叫它什么!我不会让她离开我的视线!"

"我很抱歉,我们都很抱歉。"

"对,抱歉。天哪,八十八个医生,你们只会跟我胡扯……"

克丽丝撕开一包蓝色高卢香烟,点燃一根,使劲吸了几口,又使劲在烟灰缸里揿熄,然后上楼去看丽甘。她推开门,在昏暗的卧室里分辨出丽甘的床边有个男人,男人坐在一把直背木椅上。克丽丝走近了几步。卡尔。克丽丝走到床边,他没有抬头也没有说话,只是盯着女孩的脸。他拿着什么东西放在丽甘的额头上。是什么?克丽丝看清了:卡尔做的那个应急冰袋。

克丽丝既惊讶又感动,望着健壮的瑞士人,她胸中涌起了遗忘多时的爱意。卡尔没有挪动身体,也没有和她打招呼。她转过身,静静地离开房间。她下楼回到厨房,在早餐角坐下,喝着咖啡,视线涣散,陷入沉思。她一时心血来潮,起身走向书房。

"……附魔同癔症有一定的松散联系,这个综合征的起源往往是自我暗示。你的女儿或许对附魔有所了解,相信附魔,很可能知道它的各种症状,于是潜意识制造出了她的综合征。明白吗?假如这个判断成立,如果你仍旧不同意入院治疗,那么也许可以试试我推荐给你的疗法。治愈的机会并不大，但毕竟是个机会。"

"唉，老天在上，你就直说吧！到底是什么？！"

"你有没有听说过驱魔，麦克尼尔夫人？"

克丽丝并不熟悉书房的藏书，它们只是原有装潢的一部分。她扫视着书名，寻找……

"由拉比和神父驱除灵体的仪式已经过时。只有天主教还没有废弃驱魔仪式，但他们基本上也早就把驱魔塞进了壁橱，当那是见了光会惹来尴尬的东西。但是，对于坚信自己真正附魔的人，我不得不说这种仪式的效果相当惊人。它曾经起过效用，尽管其原因和施术者的理念不同，这是理所当然的；那只是自我暗示的力量而已。患者坚信附魔，因此引发了疾病，原理相同，他相信驱魔力量，也会使病症消失。这是——啊，你在皱眉头了。对，我知道听起来很勉强。听我给你说件类似的事情吧，这个是可以查证的事实。澳大利亚土著相信，假如有巫师在脑中从远处向他们发射'死光'，他们就一定会死，明白吧？而事实是，他们真的会死！他们就那么躺下去，慢慢死掉！唯一能够拯救他们的手段是类似的暗示：另一名巫师发出的反'死光'。"

"你难道建议我带她去看巫医？"

"这是万不得已的法子。我想说的其实是，带她去找天主教的神职人员吧。这个建议确实非常奇怪，我知道，甚至有点儿危险。说实话，在开始之前，我们首先要百分之百地确认丽甘十分了解附魔——尤其是驱魔。你认为她会不会在哪儿读到过？"

"不可能。"

"看过类似题材的电影？听广播说过？电视？"

"没有。"

"读过福音书吗？《新约》？"

"为什么问这个？"

"那里头有很多附魔的故事，以及由基督完成的驱魔。其中关于症状的描述，说实话，和今天的附魔一模一样。如果你——"

"我说，这实在不是好主意。别说了，忘了吧！要是让女儿的父亲知道我叫了一群……"

克丽丝的指尖从一本书移向另一本书，但什么也没找到，可是——等一等！她的视线猛然落在底层书架的一本书上。玛丽·乔·佩林拿给她的巫术著作。克丽丝抽出那本书，翻开目录，用大拇指比着慢慢向下拉，最后突然停下，心想：对！就是这个！这个猜想带来的激动情绪在全身掀起涟漪。巴林杰的医生难道说对了？真的是这个？丽甘看了这本书，因为自我暗示而产生了失调症和综合征？

这一章的标题是：附魔状态。

克丽丝走到厨房，莎伦对着支起的笔记本，看着速记文字打字。克丽丝举起书："小莎，你读过这本吗？"

莎伦没有停下打字，问："读过哪本？"

"关于巫术的那本。"

莎伦停止打字，抬头看着克丽丝和那本书，说："不，没有。"然后低头继续打字。

"见都没见过？不是你把它放进书房的？"

"不是我。"

"威莉在哪儿?"

"去超市了。"

克丽丝点点头,沉吟片刻,然后转身上楼,走进丽甘的卧室。卡尔仍旧守在她女儿的床边。

"卡尔!"

"是,夫人。"

她举起那本书:"你有没有可能在什么地方发现了这本书,然后把它拿进书房放好?"

管家转身面对克丽丝,面无表情,扫了一眼那本书,然后又看着她。"没有,夫人,"他答道,"不是我。"然后转身继续看护丽甘。

那好,也许是威莉。

克丽丝回到厨房,在桌前坐下,翻到有关附魔的章节,寻找或许有关的内容,巴林杰的医生认为可能唤起丽甘那些症状的内容……

找到了。

对恶魔的广泛相信,其直接衍生物乃是所谓的"附魔"现象,处于此状态的许多人认为他们的肉体和精神机能受到恶魔(在本文讨论的范围内最为常见)或死亡生物的灵魂的入侵和操控。在每一个历史时期、世界上的每一个地点,这种现象都有记录,用以描述的词语也相似;但迄今为止尚无合理解释。自特劳戈特·厄斯特赖希①在一九二一年发表权威性研究之后，尽管精神病学得到了长足发展，但知识体在此方面的增长极少。

没有合理的解释？克丽丝皱起眉头。巴林杰的医生给她的感觉可不是这样。

　　已知的事实如下：某些不同的人，在某些不同的时候，会经历巨大的转变，这种转变彻底得令周围亲友感觉他们在和另一个人打交道。不只是说话声音、举止风格、面部表情和特征运动发生改变，连患者本人都认为自己是与原初人格迥然不同的另外一个人，有另外的名字——无论是人类还是恶魔——有不同的人生经历。在马来群岛，直至今日，附魔依然是一种常见的事，附入的死者灵魂往往导致被附者模仿其动作手势、说话声音、举止风格，模仿的效果惊人，会让死者亲属见之泪流。除去所谓的"类附魔"现象——这些病例往往可归因欺骗、偏执或癔症——问题总是和诠释现象有关，最古老的诠释事关亡人，入侵的人格与原初人格之间的陌生使得这种认知深入人心。在恶魔类型的附体中，举例来说，"恶魔"会逐渐使用原初人格不懂的语言，或者……

---

① 特劳戈特·厄斯特赖希（Traugott Oesterreich，1880—1949），德国宗教心理学家、哲学家。

有了！这不是吗！丽甘的胡言乱语！试图模仿另外一种语言？她飞快地读下去。

……或者制造出各种超心理学现象，比方说心灵遥感：不加外力使得物体移动。

敲击声？床铺的上下摆动？

……在死者附体的病例中，有厄斯特赖希讲述过的这种显形案例：一名僧侣，忽然在附魔后变成了极有天赋的高明舞蹈家，但是在附魔前，他连跳一个舞步的机会都没有过。有时候，这些表现形式委实令人惊叹，让精神病学家荣格在亲自研究了一个案例之后，所能给出的解释不过"不是欺骗"区区几个字……

克丽丝皱起眉头，这段话的语气令人不安。

……威廉·詹姆斯[①]，美国本土培养出的最伟大的心理学家，在细致研究了"瓦茨卡奇迹"后，不得不承认"此现象的唯灵论诠释有其合理性"，所谓的"瓦茨卡奇迹"是指一名

[①] 威廉·詹姆斯（William James，1842—1910），美国心理学家和哲学家。作为机能心理学的创始人和实用主义主要代表之一，他提出的意识流概念在现代西方哲学、心理学、美学、文学艺术等方面有广泛影响。

住在伊利诺伊州瓦茨卡的一名十多岁的少女，她的人格同附魔前十二年亡故于州立精神病院的女孩玛丽·罗芙变得无法区分……

正苦读书本的克丽丝没有听见门铃响，也没有听见莎伦停下打字的活，起身去开门。

附魔的恶魔形式通常被认为其根源可追溯至早期基督教；不过必须说明，附魔和驱魔两者出现的时代均要早于基督诞生。底格里斯河和幼发拉底河流域的早期文明，以及古埃及人，均认为身体和精神的失衡是由于恶魔侵入身体所致。举例来说，下述文字是古埃及对于儿童患病的驱魔词："速去！尔暗中蹑行，生鼻向后，有面错颠。欲近此子乎？吾誓……"

"克丽丝？"
"小莎，我很忙。"
"有位凶案组的警探要见你。"
"唉，我的天，莎伦，告诉他——"她突然停下，抬起头说，"啊，好。莎伦，让他进来，让他进来。"莎伦离开，克丽丝看着书，但读不进去了，无形但油然而生的恐惧先兆占据了心灵。开门关门的声音。向这里走来的脚步声。等待的感觉。等待？等待什么？就像永远记不住的清晰梦境，这种有所期待的感觉似乎熟悉却又说不清楚。

警探和莎伦一起走进房间,还是捏着皱巴巴的帽檐,气喘吁吁,神情讨好而恭敬。"真是太抱歉了,"金德曼走向她,"您很忙,但我又来打扰您了。"

"世界还好吗?"克丽丝问。

"非常不好。您女儿呢?"

"没有变化。"

"啊,真抱歉,我抱歉极了。"他笨拙地走到桌边,低垂的眼睛中渗出关切的眼神,"说实话,我真不想打扰你。你的女儿,你够操心了。上帝知道,我家朱莉生病——什么病来着?叫什么?记不清了,总之——"

"你还是请坐下吧。"克丽丝打断道。

"啊,好的,非常感谢。"警探感激地吐了口长气,将肥硕的身躯塞进莎伦对面的椅子里。莎伦只当没看见他,继续打字。

"对不起,你刚才说到哪儿了?"克丽丝问。

"呃,我的女儿,她——啊,算了,不说了。别在意。我这话匣子一打开,就非得给你讲完整个人生故事不可,你都能拿去拍电影了。哈,不骗你!很惊人的!你要是知道我家里发生的一半疯狂事,你就会——不,我不说了。好吧,就一件!就让我说一个故事吧!比方说我岳母,每周五给我们做鱼丸冻,挺好吧?可是,整个星期——整整一个星期——谁也不能洗澡,因为她总把鲤鱼养在浴缸里,鱼儿游来游去,游来游去,我岳母说这样能清除鱼体内的毒素。谁知道那条鱼一个星期都在转什么邪恶恐怖的报复念头哇!哈,我说够了。唉,有时候笑只是为了免得哭出来。"

克丽丝打量着他,等他开口。

"啊哈,你在读书!"警探看着那本巫术著作,"为了拍电影?"

"不,消磨时间而已。"

"书怎么样?"

"才刚开始读。"

"巫术。"金德曼喃喃道,歪着头,想看清封面的书名。

"好吧,这次有什么事情?"克丽丝问。

"噢,抱歉,您很忙的。我很快就好。我说过的,我不想打扰你,只是……"

"只是什么?"

警探突然表情沉重,双手合在光亮的松木桌面上:"嗯,看起来丹宁斯先生——"

"该死!"莎伦突然气冲冲地叫道,扯掉打字机滚筒上的信纸,揉成一团,扔向金德曼脚边的废纸篓。克丽丝和金德曼扭头看着她,她注意到两人的视线,说:"天哪,对不起!我没注意到你们也在!"

"芬斯特小姐?"金德曼问。

"斯潘塞,"莎伦更正道,推开椅子,起身去捡地上的那团信纸,嘴里嘟囔道,"我可没说我是朱利叶斯·欧文[①]。"

"没关系,放着我来。"警探说,弯腰从脚边捡起纸团。

---

① 朱利叶斯·欧文(Julius Erving, 1950—),美国著名篮球运动员。

"谢谢。"莎伦回去坐下。

"对不起——你是秘书对吧?"金德曼问。

"莎伦,这位是……"克丽丝转向金德曼,"对不起,"她说,"您叫什么来着?"

"金德曼。威廉·F.金德曼。"

"这位是莎伦,莎伦·斯潘塞。"

金德曼庄重地点点头,对莎伦说:"幸会。"莎伦将下巴搁在交叠的双臂上,俯身好奇地打量警探。"也许你能帮我一个忙。"警探又说。

莎伦还是叠着胳膊,直起腰问:"我?"

"对。丹宁斯过世的那天晚上,你出门去药房,留下他独自一人在家,对吗?"

"呃,不完全对,还有丽甘。"

"丽甘是我女儿。"克丽丝在旁说明。

"怎么写?"

"R-e-g-a-n。"

"多么美的名字。"金德曼说。

"谢谢。"

金德曼转向莎伦:"丹宁斯那晚是来找麦克尼尔夫人的吗?"

"是呀。"

"他知道她很快会回来?"

"对,我告诉他说克丽丝很快就回来。"

"非常好。你是什么时候离开的,还记得吗?"

"让我想想。当时我在看新闻,所以我猜——哦,不,等等——是的,没错。我记得我很郁闷,因为药剂师说送货小弟回家了,而我说'啊,别扯了',还有什么现在才六点半啊。再过了十分钟还是二十分钟,伯克就来了。"

"那就取中间值好了,"警探决定道,"就当他是六点三刻来的,可以吗?"

"你到底想问什么?"克丽丝问,心里的紧张感越来越强烈。

"嗯,那么这就有个问题了,麦克尼尔夫人。他七点差一刻到了你家,但仅仅二十分钟以后就离开了……"

克丽丝耸耸肩:"呃,是呀,这就是伯克。他就是这么一个人。"

"那么,丹宁斯先生,"金德曼问,"他经常出入M街的酒吧吗?"

"不。根本不去。至少我不知道。"

"对,我想也是。我大概查了查。另外,那天晚上离开这儿之后,他为什么会站在那段楼梯的顶端呢?还有,他习惯坐出租车对吧?他离开时为什么没有叫出租车呢?"

"呃,他应该会叫。他每次总是叫车的。"

"那我就不得不琢磨了——对吧?——那天晚上他为什么要来这里,又是怎么来的?还有,除了六点四十七分来接斯潘塞小姐的那辆车之外,当晚为什么所有出租车公司都没有接到这个门牌号的叫车电话?"

克丽丝的声音没有了任何神采,她轻声说:"我不知道。"

"不,我想你恐怕知道,"警探说,"另一方面,情况现在严重起来了。"

克丽丝的呼吸变得急促:"如何严重?"

"法医报告认为,"金德曼说,"丹宁斯确实有可能死于事故,但是……"

"你难道想说他是被谋杀的?"

"嗯,考虑到位置……"金德曼犹豫道,"对不起,听了会很难受。"

"你说吧。"

"丹宁斯头部的位置,还有颈部肌肉的严重撕裂,能够——"

克丽丝闭上眼睛,皱眉道:"噢,上帝呀!"

"对,我说过了,听了会很难受。我很抱歉,真的很抱歉。但你要明白,他的情况——细节不说也罢——实在不太可能发生,除非丹宁斯先生在撞上台阶前先坠落了一定的距离,比方说二三十英尺,然后才一路滚到台阶底。所以,有一个明显的可能性,我就直说了吧,有没有可能……呃,首先请容我问一句……"他转向莎伦。莎伦抱着双臂,听他说话听得非常诧异。"好,斯潘塞小姐,让我先问你一个问题。你离开时丹宁斯先生在哪儿?陪在女孩身边?"

"不,他在楼下书房倒酒。"

他转向克丽丝:"你的女儿会不会记得当晚丹宁斯先生进没进过她的房间?"

"为什么问这个?"

"你女儿有可能记得吗?"

"怎么可能记得?我说过了,她注射了大量镇静剂,而且——"

"是的,是的,你告诉过我。千真万确,我记得。但她也许醒来过?"

"不,不可能。"克丽丝说。

"上次我们说话的时候,她是不是也注射了镇静剂?"

"对,是的。"

"我认为那天我看见她站在窗口。"

"呃,你看错了。"

"有可能,也许。我并不确定。"

"我说,你问这些究竟要干什么?"

"呃,有一个非常明显的可能性,如我所说,死者也许醉得太厉害,绊了一跤,从你女儿的窗口跌了出去。"

克丽丝摇着头说:"不可能。首先,窗户永远是关着的,其次,伯克总是醉醺醺的,但绝对不会烂醉如泥。伯克喝醉了照样能执导拍戏,怎么可能绊一跤从窗口跌出去?"

"也许那晚你还有其他朋友来?"他问。

"其他朋友?不,不可能。"

"你的熟人会不会不打电话直接登门拜访?"

"只有伯克会这么做。"

警探低下脑袋,慢慢摇头。"真是奇怪,"他疲倦地叹息道,"太费解了。"他抬头看向克丽丝。"死者来拜访你,但只待了二十分钟,根本没有见到你,就丢下一个病重的女孩扬长而去?实话实说,麦克尼尔夫人,如你所说,他从窗口跌落的可能性确实不大。除此以外,他被发现时脖子的状况,由跌跤导致的可能性顶多百分之一。"他朝那本巫术著作点点头,"你读到过仪式性的杀人吗?"

不祥的感觉让她遍体生寒,克丽丝静静地说:"没有。"

"这本书里也许没有,"金德曼说,"但——请原谅我,麦克尼尔夫人,我提起这个只是希望你能多帮我想一想——可怜的丹宁斯先生被发现时,脖颈被扭了个一百八十度,也就是所谓恶魔杀人的仪式性风格。"

克丽丝的脸色顿时变白。

"某个疯子杀了丹宁斯先生,而——"警探停顿片刻,"有什么问题吗?"他注意到克丽丝眼睛里的紧张和她苍白的脸色。

"不,没事。你继续说。"

"我有我的义务。刚开始,我没有告诉你这些,是为了减少你的痛苦。而且当时从原则上说,他仍旧有可能死于事故。但我不这么认为。因为直觉?因为主观判断?我认为他是被一名强壮的男人杀死的:这是第一点。他头骨的碎裂情况——这是第二点——加上我提过的另外几件事情,使得有可能——可能性很大,但不是百分之百——死者是先被谋杀,然后被推出你女儿房间的窗口。怎么做到的呢?好,有一种可能性:斯潘塞小姐出门和你回家之间,还有其他人来过。对吧?那么,请让我再问你一次:还有谁会来拜访?"

克丽丝低下头:"我的天哪,让我静一静!"

"好,真抱歉。确实不好受。也许是我弄错了。但您能帮我想一想吗?会有谁?还有谁会来拜访?"

克丽丝低着头，皱眉沉思，过了一会儿，她抬起头："不，对不起。我实在想不出会有谁。"

金德曼转向莎伦："那么你呢，斯潘塞小姐？会不会有人来找你？"

"不，没有，真的没有。"

克丽丝问莎伦："养马的那位知道你是做什么的吗？"

"养马的那位？"金德曼挑起眉毛。

"莎伦的男朋友。"克丽丝解释道。

莎伦摇摇头："他没来过这儿。再说那晚他在波士顿参加什么大会。"

"他是销售员？"金德曼问。

"律师。"

"啊哈，"警探转向克丽丝，"仆人呢？他们有客人吗？"

"不，没有，从来没有过。"

"那天会有包裹送上门吗？送货的？"

"为什么？"

"丹宁斯先生这人——我不想说死者坏话，希望他能安息——可是正如你所说，他这人喝了酒就有点儿——呃，怎么说呢，脾气乖戾吧。有能力，毫无疑问，他有能力激起争吵，引起愤怒；这次惹恼的也许是送货人员。因此，你在等送货吗？比方说干洗的衣服？日用百货？酒？包裹？"

"我真的不清楚，这些都是卡尔处理的。"

"啊，这是当然。"

"想和他谈谈吗？没问题。"

警探愁眉苦脸地叹了口气。他从桌前向后靠，双手插进外套口袋，阴沉地瞥了一眼那本巫术著作。"没关系，别多想，可能性本来就很小。你女儿病得厉害，而——没事，别多想了。"他做个手势，表示到此为止。"咱们就谈到这里吧。"他站起身，"谢谢你抽时间见我，"然后转向莎伦，"斯潘塞小姐，很高兴认识你。"

"我也是。"莎伦目光涣散，冷冷地点头。

"真是费解，"金德曼摇头道，"奇怪，真是奇怪。"他陷入沉思。克丽丝站起身，他望着克丽丝说："唉，太对不起了。为了这么没边儿的事情打扰你。"

"来吧，我送你出门。"克丽丝说。

她的表情和声音都分外虚弱。

"哎呀，不麻烦你了！"

"没什么麻烦的。"

"那就有劳了。"警探和克丽丝走出厨房，"说起来，我知道只有百万分之一的可能性，但你女儿——你有没有可能问她一声，那晚她有没有见到丹宁斯先生进她的房间？"

"你看，他根本没理由上楼去她的房间啊。"

"对，这个我知道。我明白的，一点儿不错。可是，想当年假如那些英国医生没问过'这是什么菌？'，今天我们就不可能有青霉素了。没错吧？你能问问吧，能问问吗？"

"等她好起来，我会问一声的。"

"反正不会错。"

两人走到了门口。

"还有件事……"警探又说,他突然结巴起来,用两根手指挡住嘴唇,一本正经地对克丽丝说,"啊,实在不想麻烦你的,请原谅我。"

克丽丝准备好接受新一轮震惊,不祥的预感在血液中扎得她阵阵刺痛。她问:"什么事?"

"是给我女儿的……能不能帮我签个名?"警探涨红了脸。克丽丝诧异片刻,随即松了口气,险些笑出声来,笑的是自己,她的绝望和人类的天性。

"哈,当然可以!有笔吗?"

"给你!"他立刻答道,一只手从外套口袋里抽出钢笔,另一只手从上衣口袋里掏出一张名片。"她会爱死的。"他说,把两样东西递给克丽丝。

"她叫什么?"克丽丝将名片按在门上,举起钢笔准备写字。她等来的却是一阵难挨的迟疑。她只听见他的喘息声。她回头望去,在金德曼的眼睛和涨红的面颊里看见了巨大的挣扎。

"我撒谎了,"他最后说,眼神变得急切而挑衅,"是给我的。就写'致威廉——威廉·金德曼'吧——背后印着呢。"

克丽丝看着他,出乎意料地对他有了几分好感,她看了看名字的拼法,然后写道,"威廉·F.金德曼,我爱你!克丽丝·麦克尼尔。"她把名片给他,金德曼连读也没读就塞进了口袋。

"你真是一位好女士。"他羞怯地说。

"谢谢,你真是一位好先生。"

他的脸似乎更红了。"不，我不是，我是个烦人精。"他推开大门，"别把我今天说的话往心里去。忘了吧。好好照顾你的女儿，你的女儿！"

克丽丝点点头，金德曼走出大门，背对铸铁大门，站在宽敞低矮的门廊上，绝望又回到了克丽丝身上。他转过身，在阳光下看清了电影明星的黑眼圈。他戴上帽子。"你会问她的对吧？"他提醒她。"会的，"克丽丝小声说，"我保证。"

"那好，再见。好好保重。"

"你也是。"

她关好门，靠着门闭上眼睛；门铃立刻响了，她马上拉开门，金德曼出现在门口，抱歉地做个怪相。

"真是讨厌。我实在让人讨厌，我忘了我的钢笔。"

克丽丝低头看见钢笔还握在手里，无力地笑了笑，把钢笔还给金德曼。

"还有一点——"他犹豫着，"对，挺没边儿的，我知道。但我知道，要是我觉得也许有个疯子或者毒虫在外面犯事，我却有事情没做到位的话，我会连觉也睡不着的。你认为我能不能——不，不，很傻，很——唉，请你原谅我，但还是应该试一试。我能和恩斯特伦先生聊两句吗？问问送货人的事情。"

克丽丝拉开门："当然可以，请进，你去书房跟他谈吧。"

"不用了，你那么忙。你已经很给我面子了。我和他在这儿聊几句就行。真的，这儿就很好。"

他靠在门廊的铸铁栏杆上。

"随你便,"克丽丝无力地笑了笑,"他应该在楼上陪丽甘。我去叫他下来。"

"感激万分。"

克丽丝随手关上门。没过多久,卡尔重新打开门。他走到门廊上,手抓着门把,留着一条门缝。他站得笔直,用清澈而冷静的眼神看着金德曼。"什么事情?"他面无表情地问。

"你有权保持沉默。"金德曼迎上他,眼神变得冷硬,与卡尔对视,"如果你放弃保持沉默的权利,"他用缺乏抑扬顿挫的平板声音说,"你说的一切将在法庭上用作对你不利的供词。你有权和律师交流,以及在询问时要求有律师在场。如果你希望有律师,但没钱请律师,警方在讯问开始前可以为你指定一名律师。你明白我向你解释的这些权利吗?"

鸟儿在屋旁老树的枝杈间啁啾,M街的汽车声飘到这里,轻柔得仿佛远方牧场的嗡嗡蜂鸣。卡尔答话的时候视线毫不动摇:"明白。"

"你愿意放弃保持沉默的权利吗?"

"愿意。"

"你愿意放弃和律师交流,以及在询问时有律师在场的权利吗?"

"愿意。"

"之前你说四月二十八日晚间,也就是丹宁斯先生死亡的那天,你在双子宫剧院看电影?"

"是的。"

"你进电影院是什么时候?"

"不记得了。"

"之前你说你看的是六点那场。我这么说能让你想起来吗?"

"对,六点钟那场。我想起来了。"

"那部片子——那部电影——你是从头开始看的?"

"是的。"

"电影结束后才离开?"

"是的。"

"而不是在结束前?"

"不,我看完了全片。"

"离开剧院,你在剧院门口搭特区的公共汽车,于九点二十分左右在威斯康星大道和 M 街路口下车,对吗?"

"没错。"

"然后步行回家?"

"步行回家。"

"大约晚上九点半回到住处?"

"我到家的时候恰好九点三十分。"卡尔答道。

"你确定?"

"对,我看过表。我很肯定。"

"你看完了整场电影直到结束?"

"是的,我说过。"

"恩斯特伦先生,你的回答被电子录音了。我希望你能够百分之百地肯定。"

"我肯定。"

"你记不记得在电影快要结束的时候,一名引座员和一名喝醉酒的观众发生了口角?"

"记得。"

"你能告诉我原因吗?"

"那个男人喝醉了,打扰到大家。"

"结果怎么处理他的?"

"赶了出去。他们把他赶了出去。"

"根本不存在这样的骚乱。另外你知道吗,六点那场遇到了技术故障,持续大约十五分钟,电影因此中断。"

"我不知道。"

"你记得观众一起嘘剧院吗?"

"不,没有。没有中断。"

"你确定?"

"什么也没有。"

"事实上确实有,根据放映员的记录,那天晚上电影不是在八点四十结束,而是大约在八点五十五,这意味着如果你在剧院门口搭公共汽车,最早一班在威斯康星大道和 M 街路口停车的时间不是九点二十,而是九点四十五,因此你到家的最早时间应该是十点零五,而不是九点三十,但根据麦克尼尔夫人所述,你确实在九点三十分到家。这个矛盾让人迷惑,你不想解释一下吗?"

卡尔一秒钟也没有失态,答话时依然面不改色:"不,我不想。"

警探默默地瞪着他看了好一会儿,叹口气,低下头,关掉外套内袋里的监听器。他低着头等了几秒钟,然后抬头看看卡尔。"恩斯特伦先生……"他的声音很疲惫,透着几分理解,"有可能发生了一起严重罪案,你有嫌疑。丹宁斯先生羞辱过你,这是我从其他途径得知的。现在,你显然对他死亡时自己的所在地撒了谎。这种事时有发生——我们只是凡人,对吧?——结过婚的男人有时候说自己在哪儿,其实并不在那儿。你该注意到我特地安排咱们说话时只有你和我。周围没别人对吧?你妻子也不在,对吧?我连录音都关掉了。你可以信任我。假如当晚你和妻子之外的女人在一起,你可以告诉我,等我去查清楚,你就洗清嫌疑了,而你的妻子,她什么也不会知道。现在,请告诉我,丹宁斯死亡的时候,你在哪里?"

卡尔的眼睛深处有火花一闪,但随即熄灭。他抿紧嘴唇说:"我在看电影!"

警探一言不发地打量着他,一时间只能听见他的喘息声,时间一秒一秒慢慢过去……

"你要逮捕我吗?"卡尔问,声音略略有些动摇。

警探没有回答,只是继续打量他,眼睛眨也不眨,卡尔似乎正要开口,警探从栏杆上直起身,走向警车。他双手插在口袋里,走得不慌不忙,左顾右盼着,像个好奇的观光客。卡尔在门廊上目送金德曼远去,表情冷淡而漠然。金德曼拉开警车的门,从仪表盘上的纸巾盒里抽出一张纸巾,擤了擤鼻涕,无可无不可地望着河对岸,仿佛在考虑去哪儿吃饭。最后,他坐进车里,一次也没有回头。

警车启动,拐上三十五街。卡尔低头看着自己的手,手早就松开了门把,正在不停颤抖。

克丽丝站在书房的吧台前思考,给自己斟了一杯伏特加浇冰块,她听见前门关上,听见脚步声。卡尔在上楼。她拿起酒杯,茫然地走回厨房,用食指轻轻搅拌烈酒。有什么事情非常不对劲。仿佛是光线从门缝透进时光之外某处的黑暗走廊,恐怖将近的预感渐渐渗进她的意识。那扇门背后是什么?

她不敢开门去看。

她走进厨房,在桌边坐下,喝着伏特加,想起了警探的话:"**我相信他死于一名强壮男人之手……**"她的视线落在巫术书上。书本身或书里有什么蹊跷。是什么呢?她听见有人轻轻下楼。莎伦从丽甘的房间回来。她走进厨房,坐在打字机前,拿起一张信纸卷进 IBM 打字机的滚筒。"真吓人。"莎伦喃喃自语,指尖搁在按键上不动,眼睛看着旁边的速记本。

克丽丝望着虚空,心不在焉地喝着酒,她放下酒杯,视线重新落在书的封面上。

不安的气氛笼罩了房间。

莎伦盯着速记本,用紧张而低沉的声音打破沉默:"威斯康星大道和 M 街路口有很多嬉皮酒吧,聚着好多吃迷幻药的和玩神秘玄学的人。警察叫他们'地狱猎犬'。我猜伯克会不会——"

"啊,老天在上,小莎!"克丽丝突然爆发,"你就省省吧!

我光是想丽甘就够了！不介意吧！"

片刻沉默，莎伦开始拼命敲打按键，克丽丝用胳膊肘撑着桌子，脸埋在双手里。莎伦忽然推开椅子，猛地站起来，大踏步地走出厨房。"克丽丝，我出去走走！"她冷冰冰地说。

"很好！千万离 M 街远点！"克丽丝隔着双手叫道。

"知道了！"

"还有 N 街！"

克丽丝听见前门打开又关上。她叹了口气，放下双手，抬起头。她觉得一阵后悔。不过这场小风波吸走了些许紧张，但并没有完全打扫干净。在她的意识边缘，凶险的光芒虽然微弱，但还在继续闪烁。*给我关上！*克丽丝深深吸气，集中精神读书。她找到刚才停下的地方，但怎么也耐不下性子，她随意向后乱翻，跳过章节，寻找符合丽甘症状的描述。"……恶魔附体综合征……一个八岁女孩的病例……异乎寻常……四个强壮的男人才拉开她……"

再翻过一页，克丽丝愣住了。

声音。威莉拎着日常百货走进厨房。

"威莉？"克丽丝的声音变了调子，视线被黏在书上。

"是的，夫人，我在。"威莉答道。她将装满百货的两个口袋放在白色瓷砖厨台上。克丽丝两眼无神，声音单调，用微微颤抖的手指充当书签，举起半合上的巫术著作。"是你把这本书收进书房的吧。威莉？"

威莉走近几步，眯起眼睛打量封面，点点头，转身走向装百货的口袋:"对,夫人。对,是我收的。"

"威莉,你是在哪儿发现这书的?"克丽丝的声音透着死气。

"楼上卧室。"威莉答道,将百货从口袋里倒在厨台上。

克丽丝把书放回桌上,重新打开,盯着纸页:"谁的卧室,威莉?"

"丽甘小姐的卧室,夫人。我打扫卫生,在床底下发现的。"

克丽丝嗓音发木,瞪大眼睛盯着书,她抬起头:"什么时候?"

"你们去医院以后,夫人。我在丽甘的卧室吸尘的时候。"

"威莉,你非常确定吗?"

"完全确定。"

克丽丝低头看着书,一时间无法动弹、无法眨眼、无法呼吸。丹宁斯出事那天晚上,丽甘卧室敞开的窗户,这幅画面闯进脑海,仿佛知道她名字的猛禽张开了钩爪。她回忆起当时的场景,熟悉得令人麻木;她盯着摊开的书,右手边那一页被撕掉了一窄条。

克丽丝猛地抬头。丽甘的卧室突然闹腾起来:敲击声迅速而响亮,噩梦般的共鸣,巨大的响声却有些发闷,仿佛长柄重锤砸向古墓深处的石墙。

丽甘痛苦地嘶喊,带着恐惧,在恳求。

卡尔在怒吼,带着惊恐,对着丽甘!

克丽丝冲出厨房。

全能的上帝呀!怎么了?发生什么了?

克丽丝狂奔上楼,跑向丽甘的卧室,她听见一声巨响,有人大叫，有人重重倒地。女儿哭喊着："不！天哪，不，不要！不，请不要！"卡尔在怒吼——不！不，不是卡尔！是别人！雷鸣般的低沉声音，在威胁，在怒号！

克丽丝跑过走廊，闯进卧室，她惊呼一声，吓得无法动弹，两脚生根似的扎在地上，隆隆的敲打声带着墙壁一同颤抖。卡尔不省人事地躺在衣橱旁。丽甘支起分开的双腿躺在床上，床在疯狂地摇晃和跳动，丽甘惊恐地盯着一个骨白色的十字架。十字架握在她的手里，悬空对准自己的阴部，她眼珠凸出，鼻血不停流淌，鲜血涂满了整张脸，鼻饲管被撕掉扔在一旁。

"不，求求你！不，求求你！"她尖叫道，双手一方面将十字架拉近身体，另一方面又像是在拼命推开它。

"我说什么你就做什么，烂婊子！你就做什么！"

这个凶恶的吼叫声，这些字句，这个嘶哑粗野、毒液四溅的嗓音，竟然来自丽甘自己，只是一个瞬间，她的表情和五官恐怖地幻化成了那个在催眠时现身的恶魔人格的面容。克丽丝吓得无法弹，就在她的注视下，女儿的面容和声音交替转换：

"不！"

"你就这么做！"

"不！求求你了，不！"

"你给我做，小婊子，否则就杀了你！"

下一瞬间切回了丽甘，她瞪大眼睛，知道恐怖的命运即将降临，她蜷缩起身体，张嘴尖叫，直到——恶魔人格再次占据她，完全控制住她，房间顿时充满了恶臭，彻骨的寒冷似乎从墙壁向外渗透，敲打声突然停止，丽甘能刺破耳膜的尖叫变成了犬吠般的粗野狂笑，笑声带着恶意、愤怒和得意。她将十字架插进阴道，一次又一次地疯狂抽插，用那个低沉、嘶哑、震耳欲聋的声音号叫道："现在你属于我了，现在你属于我了，臭母牛！贱母狗！让耶稣操你！"

克丽丝惊恐地站在那里无法动弹，双手紧紧捂住面颊，听着恶魔雷鸣般的欢快笑声，鲜血从丽甘的阴道喷到亚麻床单上。一声尖叫像是从克丽丝的喉咙深处爬了出来，她扑到床上，盲目地去抓十字架。丽甘面容扭曲，胡乱踢打，突然伸手抓住克丽丝的头发，用极大的力气按住她的头部，将克丽丝的脸按在自己的阴部，扭动髋部，鲜血涂在克丽丝的脸上。

"啊——小猪的母亲！"丽甘哼哼唧唧地说，喉音饱含性欲，"舔我，舔我，舔我！啊——！"抓住克丽丝头发的手使劲向上一提，另一只手狠狠击中她的胸口，打得克丽丝跌跌撞撞地退过整个房间，撞在墙上。丽甘轻蔑地狂笑不已。

克丽丝瘫倒在地，恐惧得天旋地转，画面和声音在晃动，视野内的一切都在旋转，她眼前一片模糊，什么也看不清，耳中隆隆轰鸣，所有声音都失真了。她用双手按着地板，虚弱地勉强起身，摇摇晃晃地望向那张床。她看见丽甘背对着自己，轻柔而淫荡地将十字架插进阴道，一次次拔出插进，用低沉的声音呻吟道："啊，我的母猪，好哇，我甜蜜的小猪，我的小猪，我的——"

克丽丝满脸是血，痛苦地爬向那张床，双眼无法聚焦，四肢酸痛。她突然退缩，在无法言喻的恐惧之中尖叫，因为她模糊地看见——像是隔着涌动的浓雾——女儿的头部缓慢而无情地向后旋转,但身体却一动不动,直到克丽丝直视到伯克·丹宁斯那双狡黠而愤怒的眼睛为止。

"知道她做了什么吗,你这个骚货女儿?"

克丽丝拼命尖叫,直到失去知觉。

第三部

深 渊

他们又说:"你行什么神迹,叫我们看见就信你;你到底做什么事呢?"

——《圣经·新约·约翰福音》第 6 章第 30 节

"你们已经看见我,还是不信。"

——《圣经·新约·约翰福音》第 6 章第 36 节

第一章

克丽丝站在基桥的人行道上,胳膊撑住栏杆,烦恼不安地等待着,朝住处方向而去的密集车流在背后走走停停,心怀日常烦恼的司机猛按喇叭,保险杠彼此摩擦,对剐蹭毫不在意。克丽丝找过玛丽·乔,对她撒了谎。

"丽甘挺好的。说起来,我想再办一场晚宴派对。耶稣会那个精神病学家叫什么来着?我想也许可以请他……"

笑声从下方飘来:穿牛仔服的年轻男女划着租来的独木舟经过。她掸掉烟灰,动作又快又紧张,抬头顺着人行道朝特区方向瞥了一眼。有人急匆匆地走近:卡其布长裤,蓝色套头衫,不是神职人员,不是他。她再次望向河水,看着无助的自己在红色大独木舟的尾迹中旋转。她看见船身上的名字:狂想曲号。

脚步声。穿套头衫的男人越走越近,快到她身旁时放慢了脚步。她用眼角余光瞥见他抬起手臂放在栏杆上,她连忙扭头望向弗吉尼亚的方向。又是来找她签名的?或者更糟糕?

"克丽丝·麦克尼尔?"

克丽丝把烟头弹进河里,冷冰冰地说:"走远点儿,否则我就叫警察了!"

"麦克尼尔小姐,我是卡拉斯神父。"

她愣住了，面红耳赤，连忙转身面对那张瘦削而粗糙的脸。"噢，我的天！噢，太抱歉了！"她扯下墨镜，慌乱片刻，又戴了回去，因为神父那双悲伤的黑眼睛望进了她心中。

"是我不好，我应该告诉你我会不穿制服。"

这个声音很温暖，驱除了她的重负。神父握在一起的双手扶着栏杆，仿佛米开朗琪罗的作品：两只感性的大手，遍布青筋。"我认为这样不太显眼，"他继续道，"你似乎比较注重保密。"

"我觉得我应该多注意别让自己那么混账，"她答道，"我只是没想到你这么——"

"有人味儿？"他替她说完，歪着嘴笑了笑。

克丽丝打量着他，点点头，还以微笑，说："对，对，我第一次看见你就这么觉得。"

"那是什么时候？"

"我们在校园拍电影的那天。有香烟吗，神父？"

卡拉斯的手伸进套头衫口袋。

"不带过滤嘴的抽吗？"

"这会儿连草绳我都愿意抽。"

"以我的津贴，我经常这么想。"

克丽丝勉强笑笑，点点头。"是呀，清贫誓。"她嘟囔道，从神父递给她的烟盒里取出一根。卡拉斯伸手到裤子口袋里掏火柴。

"清贫誓也有它的好处。"他说。

"是吗？比方说？"

"让草绳抽起来比较带劲。"他看着克丽丝拿着香烟的手，再次露出半个笑容。她的手在颤抖,香烟方向不定地微微摇动,片刻不停。他从她指间接过香烟,叼在自己嘴里。他擦燃火柴,双手拢住火焰,点燃香烟吸了一口,将香烟还给克丽丝,说:"车来车往,风很大。"

克丽丝打量着神父,带着感激,甚至还有几分希望。她知道他做了什么。"谢谢,神父。"她说,看着卡拉斯给自己点燃骆驼烟,却忘了拢起双手。他缓缓吐气,两人各用一条胳膊撑住栏杆。

"你从哪儿来,卡拉斯神父?我是说,老家是哪儿?"

"纽约。"他答道。

"我也是,但再也不想回去了,你呢?"

卡拉斯压下喉咙发紧的感觉。"我也是,不想。"他挤出笑容,"不过我不需要自己做决定。"

克丽丝摇摇头,望向别处。"天哪,我真笨,"她说,"你是神职人员。上头派你去哪儿你就必须去哪儿。"

"说得对。"

"精神科医生怎么会来当神父?"

他急切地想知道她电话里说的紧急问题是什么。她说得很谨慎,他能感觉到——但想说的是什么呢?他不能主动刺探。该说的她总会说。"前后颠倒了,"他有礼貌地纠正她,"是会里——"

"谁?"

"耶稣会,'会'是简称。"

"哦,明白了。"

"会里送我念医学院,通过精神病学家的培训。"

"在哪儿？"

"呃，哈佛，霍普金斯，诸如此类。"

他忽然意识到自己想打动对方。为什么？他心想，但立刻在儿时成长的贫民窟里找到了答案，在下东区的剧院阳台上找到了答案。小迪米，电影明星。

克丽丝赞赏地点点头："厉害。"

"我们没有发精神清贫誓。"

她感觉到一丝怒气，耸耸肩，扭头望着河水。"是这样的，我实在不了解你，而我……"她狠狠吸了一大口烟，慢慢呼气，在栏杆上揿熄烟头，"你是戴尔神父的朋友，对吗？"

"对，我是。"

"很亲近？"

"很亲近。"

"他有没有谈过那场派对？"

"你家那次？"

"我家那次。"

"谈过，他说你很有人味儿。"

她没听懂，或者假装没听见："他有没有提到我女儿？"

"没，我都不知道你有女儿。"

"她十二岁。他一句也没提？"

"没有。"

"他没说我女儿干了什么？"

"他根本没有提到她。"

"神职人员的嘴巴都很紧,是吧?"

"这要看了。"卡拉斯回答。

"看什么?"

"神职人员是谁。"

他的意识边缘飘过警告:部分女性对神职人员有着神经质般的兴趣,想诱惑这些难以到手的男人,这种行为是无意识的,是其他问题的外在伪装。

"我指的是告解。你被禁止向其他人说起告解的内容,对吗?"

"对,没错。"

"那告解之外呢?"她问,"我是说,要是有……"她的手又在颤抖,急促不定,"只是好奇……不,不是好奇,我真的想知道。我是说,要是有人,怎么说呢,犯了罪,比方说谋杀之类的,你明白吧?要是他向你寻求帮助,你必须报警吗?"

她是来寻求指引的吗?还是正在扫除对话道路上的障碍?卡拉斯知道,有些人走向救赎的脚步,就仿佛那是深渊上靠不住的吊桥。"假如他寻求的是灵性方面的帮助,我得说,不。"他答道。

"你不会报警?"

"对,我不会。但我会尽量说服他去自首。"

"那么,你对驱魔仪式有什么看法?"

卡拉斯愣住了,一时间说不出话。

"什么?"他最后说。

"要是有人遭到某种恶魔附体,你对驱魔仪式有什么看法?"

卡拉斯转过脸去,吸了一口气,然后扭头看着她:"呃,好吧,首先你必须把他放进时间机器，送他返回十六世纪。"

她困惑地皱起眉头："什么意思？"

"因为现在已经没有驱魔仪式了。"

"啊，什么？从几时开始的？"

"从几时开始的？从我们了解精神疾病和人格分裂就开始了，从我们了解我在哈佛学的那些东西时就开始了。"

"你在开玩笑吗？"

克丽丝的声音在颤抖，听上去无助而彷徨迷惑，卡拉斯不禁后悔自己的轻佻。这是为什么？他琢磨着，这些话简直是自己从他舌头上蹦出来的。

"许多受过教育的天主教徒，"他换上更和缓的语气，"已经不再相信魔鬼，对附魔的态度也一样，从我加入耶稣会到现在，就没遇见过任何举行过驱魔仪式的神职人员。一个也没有。"

"唉，你是真的神父还是选角部门派来的？"克丽丝恶狠狠地说，声音突然变得苦涩而失望，"我是说，《圣经》记载的基督驱除恶魔都该怎么解释？"

卡拉斯不假思索地答道："这么说吧，假如基督说被恶魔附体的可怜人其实是精神分裂症患者——我认为事实上就是这么一回事——他估计还得提前三年被钉在十字架上。"

"是吗？"克丽丝抬起颤抖的手扶住太阳镜，压低声音，拼命控制住情绪，"唉，然而事情却发生了。卡拉斯神父，一位和我非常亲近的人很可能被恶魔附体了，需要驱魔。你愿意主持吗？"

卡拉斯忽然觉得一切都变得不真实了：基桥、来往车辆、河对面，火热小亭在卖冰冻奶昔，身旁的电影明星在打听驱魔。他瞪着克丽丝，努力思索该怎么回答。这时，她取下大号黑色太阳镜，卡拉斯看见的是一双红通通的憔悴眼睛，眼中饱含绝望和恳求，他顿时惊呆了。他忽然意识到克丽丝是认真的。"卡拉斯神父，是我女儿，"她恳求道，"我女儿！"

"那你就更应该忘记驱魔了，"他宽慰她道，"而是——"

"为什么？"克丽丝突然叫道，声音嘶哑、刺耳而癫狂，"告诉我为什么！天哪，我不明白！"

卡拉斯握住克丽丝的手腕，尽量安慰她。"先不说别的，首先，"他说，"驱魔会让情况更加恶化。"

克丽丝不敢相信他的话，皱起眉头说："恶化？"

"对，恶化。是的。因为驱魔仪式有危险的暗示效果。假如附魔的念头原本不存在，那么仪式能植入这个念头，假如原本就有，那么仪式往往会巩固念头。"

"可是——"

"还有第二点，"卡拉斯盖过她的声音，"天主教教会在批准驱魔仪式之前，需要进行专项调查，以确定驱魔仪式的正当性。这需要时间。而你的——"

"你难道不能自己做决定？"克丽丝的下嘴唇微微抖动，双眼充满泪水。

"你要知道，每一名神父都有驱魔的权力，但前提是必须获得教会的批准，说实话，很少能批下来，因此——"

"你总可以去看看她吧？"

"呃，作为精神病学家，行，我可以，但是——"

"她需要的是神父！"克丽丝突然叫道，愤怒和害怕扭曲了她的五官，"我带她看遍了去他妈的所有医生和精神病学家，他们叫我来找你们，而你又叫我回去找他们！"

"但你的——"

"耶稣基督，就没人肯帮帮我？"

撕心裂肺的尖叫声在河面回荡。鸟儿受到惊吓，纷纷飞离岸边。"噢，上帝呀，谁来帮帮我！"克丽丝痛呼道，她扑倒在卡拉斯怀里，哭得全身抽搐，"求你了，帮帮我！求你了！帮帮我！……"

神父低头看着她，抬起手抚摸她的头发，安慰她；来往的司机隔着车窗投来漠然的视线。

"会好的。"卡拉斯说。他只想让她冷静，止住她的歇斯底里。"我的女儿"？不，需要心理学方面帮助的恐怕是克丽丝。"会好的。我去看她，"他对克丽丝说，"我去看她。"

不真实的感觉萦绕不去，卡拉斯跟着克丽丝走向她的住所，他心想着明天要在乔治城医学院开的讲座。他还没准备讲稿呢。

两人走上前门廊，卡拉斯看看手表——差十分六点。他望向耶稣会宿舍的方向，心想这下要错过晚餐了。"卡拉斯神父？"他转身看着克丽丝，克丽丝正要转动插在锁眼里的钥匙，突然犹豫了，转身看着神父，"你是不是应该换上神职人员的制服，你说呢？"

卡拉斯打量着她，尽量隐藏眼神里的怜悯。她的面容和声音多么无助，多么像孩童。"太危险。"他答道。

"好吧。"

她转身开门。就在这一刻，卡拉斯突然感觉到了：冰冷而缠人的警告，冰粒似的刮进他的血液。

"卡拉斯神父？"

他抬起头，克丽丝已经在室内了。

神父犹豫片刻，站在那里没有动；然后，他缓缓地抬起腿，像是终于下定决心，迈步向前，带着怪异的终结感走进室内。

卡拉斯听见喧哗声从楼上传来。低沉如雷的声音喊叫着下流话，在愤怒、仇恨和失望中发起威胁。

卡拉斯吃了一惊，诧异地扭头望向克丽丝。她无声地望着神父，领着神父前行。卡拉斯跟着她上楼、穿过走廊，来到丽甘的卧室，卡尔靠在门对面的墙上，垂着头，抱着胳膊。到了这么近的地方，卧室里的声音响得像是经过了电子放大。卡尔听见他们的脚步声，抬起头，神父在他眼中看见了困惑和惊恐，他用充满畏惧的嘶哑声音对克丽丝说："它不肯被捆住。"

克丽丝扭头对卡拉斯说："我去去就来。"这句麻木的话来自一个疲惫的灵魂。卡拉斯望着她穿过走廊进了自己的卧室，没有关门。

卡拉斯扭头看着卡尔。管家直勾勾地看着他："你是神父？"

卡拉斯点点头，立刻又望向丽甘的卧室门。狂暴的声音突然停顿，取而代之的是个拖长的动物吼叫声，听上去很像阉牛。有什么东西塞进卡拉斯的手里。他低头去看。"就是她,"克丽丝说,"丽甘。"她递给卡拉斯一张照片,卡拉斯拿在手里。小女孩非常漂亮,笑容甜美。

"四个月前拍的。"克丽丝恍惚地说。她收回照片,朝丽甘的卧室摆摆头:"你去看看她现在的样子吧。"克丽丝靠在卡尔旁边的墙上,低下头,抱着胳膊,绝望地轻声说:"我在这儿等你。"

"里面还有谁?"卡拉斯问。

克丽丝抬头看着他,面无表情:"没有人。"

他迎上她惨痛的视线,皱着眉头转身走向卧室。他抓住门把手,房间里的声音突然停歇。卡拉斯在憋闷的寂静中犹豫片刻,然后慢慢走进房间,腐败粪尿的恶臭气息像拳头似的扑面而来,他险些停步后退。

他控制住厌恶的感觉,关上门,目不转睛地盯着曾经是丽甘的怪物,震惊得无法动弹。怪物仰面躺在床上,头部靠着枕头,凸出的双眼在空洞的眼眶中燃烧,眼神中饱含疯狂的狡诈和炽烈的智能,带着兴趣和轻蔑看着卡拉斯的眼睛,而这张脸则仿佛是恶毒得难以想象的骷髅面具。卡拉斯将视线转向她缠结成团的蓬乱头发,然后是衰弱瘦削的双臂双腿,还有怪诞地膨胀变大的腹部,最后重新望着她的双眼。那双眼睛正在看他……锁紧了他……跟着他的步伐向窗口的桌椅挪动。卡拉斯拼命挤出冷静甚至温暖而友善的声音。"你好,丽甘。"他说,拎起椅子,走过去放在床边,"我是你母亲的朋友。她说你最近不太舒服。"他坐了下去:"要不要和我说说哪儿不对劲?我想帮助你。"

"好哇，好哇，好哇。"丽甘得意扬扬地讥笑道，听见这个低沉厚实、饱含力量的声音，卡拉斯脖颈上的汗毛都立了起来。"原来是你……他们派了你来！"她像是很高兴，"很好，我们完全不怕你。"

"是呀，那是当然，"卡拉斯答道，"我是你的朋友，我是来帮助你的。"

"那就帮我松开这些带子吧。"丽甘用嘶哑的声音说。她举起手腕，卡拉斯注意到她的手腕被两根拘束皮带捆得结结实实。

"捆得你不舒服了？"

"非常不舒服。妨碍我，地狱般的妨碍。"

那双眼睛闪出暗自高兴的狡诈的光彩。

卡拉斯注意到丽甘脸上的刮痕，还有嘴唇上显然是自己咬的伤口。"我怕你会伤到自己，丽甘。"他说。

"我不是丽甘。"她用雷鸣般的声音说，恶毒的笑容丝毫不减，卡拉斯现在觉得那个表情永远刻在了她脸上。他心想，表情和她的牙箍是多么不协调哇。

"哦，我明白了，"他点点头，"那咱们互相介绍一下吧。我是达明·卡拉斯，你是谁？"

"我是魔鬼！"

"啊，很好，非常好。"卡拉斯点头表示赞同，"现在咱们可以谈谈了。"

"聊聊？"

"只要你愿意。"

"嗯，我倒是很乐意，"丽甘从嘴角淌出口水，"可是，你会发现我被这些带子捆住了，没法好好说话。你知道的，卡拉斯，我在罗马住了很久，习惯了用手势加强语气。那么，请你行行好，帮我解开吧。"

多么早慧的语言和思路啊，卡拉斯心想。他向前凑了凑，带着好奇和职业兴趣问道："你说你是魔鬼？"

"我向你保证。"

"那你为什么不直接让带子消失呢？"

"随便炫耀力量是多么粗鄙啊。我毕竟也是个首领！'世界的首领'，某个怪人曾这么说我，不过我不记得他是谁了。①"一声轻笑后继续说道，"我更情愿晓之以理，卡拉斯。协作精神。社群参与。再说，要是我自己松开了带子，岂不是让你失去了行善举的机会？"

难以置信！卡拉斯心想。"可是，行善举，"卡拉斯巧妙地反驳道，"符合美德，那正是魔鬼想要阻止的。因此，假如我不帮你解开带子，事实上才是在帮助你。当然了，除非——"他耸耸肩，"你并不是真正的魔鬼，如果真是这样，那我也许可以解开带子。"

"你狡猾得像狐狸，卡拉斯。真希望亲爱的希律能来听听。"

卡拉斯眯起眼睛，兴趣变得愈加浓厚。她莫非是在一语双关？

---

① 耶稣在被抓之前曾对门徒说过魔鬼撒旦要来做世界的首领，具体见《圣经·新约·约翰福音》第14章第30节、31节。

因为耶稣曾经叫希律"这个狐狸"①?"哪个希律?"他问,"有两个希律。你说的是犹太的王吗?"

"当然是加利利的小王②!"她带着怒气和不加掩饰的蔑视冲他大叫,旋即又忽然露出笑容,用柔和但险恶的声音哄骗他,"你看,知道这些该死的带子多让人烦恼吧?解开它们。解开,我就给你说说未来。"

"很有诱惑力。"

"我的特长嘛。"

"但我怎么知道你真能看到未来?"

"因为我是魔鬼,白痴!"

"对,你这么说,但你没有给我证据。"

"你没有信仰。"

卡拉斯一愣,停顿片刻:"对什么的信仰?"

"怎么?对我,亲爱的卡拉斯,当然是对我!"那双眼睛里闪烁着嘲笑和恶毒,"那么多的证据,天上那么多的征兆!"

卡拉斯险些丧失镇静,他说:"好吧,这倒是很容易验证。这么说吧,魔鬼无所不知,对吧?"

"不,事实上我几乎无所不知,卡拉斯。看,你明白了吗?人们总是说我骄傲,其实我并不。那么,狡猾的狐狸,你想问什么呢?说吧!"

---

① 典出《圣经·新约·路加福音》第 13 章第 32 节。
② 《圣经》中提到过两个希律王。在《马太福音》中企图杀死年幼的耶稣的是大希律王,即犹太的王;杀死施洗约翰的是大希律王的儿子,也就是"加利利的小王"。

"嗯，我想咱们可以测试一下你的知识范围。"

"啊哈，好得很。这个怎么样？南美洲最大的淡水湖泊，"丽甘笑嘻嘻地说，凸出的双眼透出嘲讽和喜悦，"是的的喀喀湖，在秘鲁！怎么样？"

"不，我必须问你只有魔鬼才知道的事情。"

"啊哈，我明白了。比方说？"

"丽甘在哪儿？"

"就在这儿。"

"'这儿'是哪儿？"

"这头小猪里。"

"让我见她。"

"凭什么？你想和她做爱吗？松开带子，我让你做个够！"

"因为你要证明你在说实话。让我见她。"

"阴唇非常水嫩，"丽甘淫荡地说，她遍布舌苔的舌头将唾沫涂遍皲裂的嘴唇，"但聊天就没什么意思了，我的朋友。我强烈建议还是让我继续陪你。"

"哈，显然你不知道她在哪儿，"卡拉斯耸耸肩，"所以你肯定不是魔鬼。"

"我就是！"丽甘怒吼道，身体忽然向前猛冲，愤怒扭曲了面容。可怖的声音在四壁间轰鸣，卡拉斯不禁颤抖。"我就是！"

"嗯，好哇，让我见见丽甘，这就足以证明了。"

"有的是更好的办法！我会让你看到的！我能读你的思想！"丽甘怪物怒不可遏，"想一个一到一百之间的数字！"

"不行,那什么也证明不了。我就是想见丽甘。"

怪物突然吃吃直笑,向后靠在床头板上。

"不,卡拉斯,没有什么能向你证明任何事情。所以我才喜欢所有讲逻辑的人类。了不起!多么了不起!不过呢,我们要尽量哄你开心,因为我们毕竟不愿失去你。"

"'我们'是谁?"卡拉斯问,突然警觉起来。

"我们是这只小猪身体里的一小群,"怪物答道,"对,相当带劲儿的一小群。最近我比较喜欢谦逊的自我介绍。说起来,我身上有个地方痒得厉害,可是我够不到。你能不能松开一根带子,卡拉斯,就一会儿?就一根?"

"不行。告诉我哪儿痒,我帮你挠。"

"哈,狡猾,非常狡猾!"

"让我见丽甘,或许我会给你松开一根带子,"卡拉斯建议道,"如果——"

卡拉斯突然吓得向后退缩,因为他发现自己正盯着一双恐慌的眼睛和张大着无声嘶喊请求帮助的嘴巴。五官再次急剧变化,丽甘的人格迅速消失。"可怜可怜我,能行行好帮我取掉天杀的带子吗?"一个清晰的英伦口音哄骗道。接着,转瞬之间,恶魔人格重新出现,"能帮帮一位年老的祭童吗,神父?"怪物用粗哑的声音说,然后一仰头,尖声狂笑。

卡拉斯诧异地向后退缩,感觉冰冷的手再次抚摸他的后脖颈,但这次更加明显,更加清晰,而不只是心理作用。

丽甘怪物停止狂笑,用奚落的眼神盯着他。"感觉到冰冷的手了?哎呀,说起来,卡拉斯,你老妈也和我们在一起。要给她留个口信吗?我会确保让她收到的。"嘲讽的笑声。卡拉斯突然跳下椅子,躲避一道喷射的呕吐物。呕吐物沾在他的线衫和一只手上。

卡拉斯顿时面无血色,低头望着床上;丽甘高兴地咯咯笑着,呕吐物从卡拉斯手上滴向地毯。"如果真是这样,"神父麻木地问,"那你肯定知道我母亲的名字了。"

"噢,当然知道。"

"好,她叫什么?"

怪物向他发出咝咝声,疯狂的眼睛闪闪发亮,脑袋像眼镜蛇似的起伏摆动。

"叫什么?"

丽甘的眼睛向上翻动,像阉牛似的伏下身体,暴躁的吼叫声穿透百叶窗,连观景窗都为之抖动。卡拉斯看了一会儿,吼叫声持续不断,最后,他看着自己的手,转身走出房间。

克丽丝从墙边起身,苦恼地看着卡拉斯的套头衫:"怎么了?她呕吐了?"

"有毛巾吗?"卡拉斯问。

"那儿就是卫生间!"克丽丝连忙指着走廊里的一扇门说,"卡尔,你进去看看她!"她扭头命令道,跟着神父走进卫生间。"真是抱歉!"她叫道。

卡拉斯走到洗脸池前。

"给她打了镇静剂吗?"他问。

克丽丝拧开水龙头。"打了。氯氮。来，脱掉运动衫，冲冲干净。"

"多少剂量？"卡拉斯想用干净的左手脱衣服。

"来，我帮你。"她从底下拉起套头衫，"嗯，今天打了四百毫克。"

"四百？"

克丽丝把套头衫拽到他的胸口："对，所以才能用带子捆住她，而且是我们几个人一起……"

"你给你女儿一次打了四百毫克？"

"她力气大得你都没法相信。胳膊抬起来，神父。"

"好。"

他抬起胳膊，克丽丝脱掉他的运动衫，她拉开浴帘，把衣服丢进浴缸。"我让威莉帮你洗干净，神父。"她沮丧地在浴缸边缘坐下，从毛巾杆上取下一块粉色毛巾，用手悄悄遮住海军蓝的刺绣文字：丽甘。"真是抱歉。"她说。

"别在意，没关系的。"卡拉斯解开白衬衫的右边袖口，卷起袖子，露出肌肉发达的上臂，以及长满胳膊的棕色细毛。"她吃过什么食物吗？"卡拉斯问。他把右手放在热水龙头底下，冲走呕吐物。

"没有，神父。只有她睡觉时喂的舒泰健。但她撕掉了鼻饲管。"

"撕掉了？什么时候？"

"今天。"

卡拉斯心烦意乱，他打上肥皂，冲洗干净；沉默片刻后，他严肃地说："你女儿真的应该入院治疗。"

克丽丝低下头。"神父，这我实在做不到。"克丽丝用轻柔而死板的声音说。

"为什么？"

"就是做不到！"她的声音嘶哑而死气沉沉，"她……她做了一些事情，神父。我不能冒让别人发现的风险。医生不行……护士也不行……谁也不行。"

卡拉斯皱着眉头，拧上水龙头。"……要是有人，怎么说呢，犯了罪……"他低头看着洗脸池，抓住洗脸池的边缘。"谁在给她喂舒泰健、氯氮和其他药？"

"我们。医生教过我们。"

"你需要处方。"

"是呀，但你办得到，神父，对吗？"

卡拉斯思绪飞转，转身面对克丽丝，他举着双手，迎上克丽丝几近崩溃的阴郁眼神。他朝她手上的毛巾点点头，说："谢谢。"

克丽丝愣愣地看着他："什么？"

"毛巾，谢谢。"卡拉斯轻声说。

"天哪，真抱歉！"克丽丝连忙把毛巾递给他。卡拉斯擦手的时候，她带着渴求和希望问他："那么，神父，你看怎么样？你认为会是附魔吗？"

"呃，你对附魔都有什么了解？"

"只读到过一点，还有几个医生说的一些内容。"

"哪儿的医生？"

"巴林杰医院的。"

"我明白了。"卡拉斯慢慢点头,他叠好毛巾,仔细地挂回毛巾杆上,"麦克尼尔小姐,你是天主教徒吗?"

"不,我不是。"

"你女儿呢?"

"她也不是。"

"那么,信其他宗教吗?"

"都不信。"

卡拉斯好奇地看着她。

"那你为什么找我?"他问。

"因为我走投无路!"克丽丝用颤抖的声音叫道。

"你不是说有医生建议你来找我吗?"

"天哪,我都不知道自己在说什么了!我已经完全昏了头!"

卡拉斯转过身,抱着胳膊靠在洗手池的白色大理石台面上,低头看着克丽丝,用格外和缓但严肃的语气说:"你看,我只关心一件事,那就是怎样对你女儿最好。但我现在就可以告诉你,假如你想把驱魔仪式当作自我暗示的治疗手段,麦克尼尔小姐,那你最好多考虑一下演员选角部门,因为天主教教会的高层不会帮你,而你会浪费宝贵的时间。"

卡拉斯感觉自己的双手在微微颤抖。

我这是怎么了? 他心想。*发生什么了?*

"顺便提一句,是麦克尼尔夫人。"克丽丝冷冰冰地更正他。

卡拉斯换上更柔和的语调说:"抱歉。这样吧,无论是恶魔还是精神错乱,我都会尽我所能帮助你女儿。但我必须了解真相——完整的真相。这很重要,麦克尼尔夫人,对丽甘很重要。我这会儿完全是在瞎猜。刚才在你女儿房间里看见和听见的东西彻底说服了我。那么,咱俩别在卫生间里聊天了,下楼坐下仔细谈谈吧。"卡拉斯露出温暖的浅笑表示安慰,伸手拉起克丽丝:"我需要喝杯咖啡了。"

"而我需要喝杯烈酒加冰块。"

卡尔和莎伦照看丽甘,克丽丝和卡拉斯坐在书房里,克丽丝在沙发上,卡拉斯坐在壁炉旁的一把椅子上,克丽丝将丽甘的病史从头讲了一遍,但小心翼翼地略过了与丹宁斯有关的所有异常现象。神父听她讲述,很少说话,偶尔提问,时而点头,听见克丽丝说她最初考虑的是以驱魔仪式当休克疗法,他皱起眉头。"但现在我说不准了。"她说,摇摇头,垂下眼睛,看着互扣的手指在膝头微微抽动。"真的说不准,"她抬起头,绝望地看着卡拉斯,"你怎么看,卡拉斯神父?"

神父低下头,深吸一口气,摇摇头,轻声说:"我也说不准。有可能是负罪感导致的强迫症行为,同时伴有人格分裂。"

"什么?"克丽丝像是大吃一惊,"神父,看了刚才的事情,你怎么还能这么说!"

卡拉斯抬头看着她。"要是你和我一样,在精神病院里见过那么多患者,你也会说同样的话,"他说,"怎么说呢,恶魔附体?好哇,你听我说,咱们假设这是现实生活中的事情,确实会发生。

但你女儿并没说她是一个恶魔,而是坚称自己就是魔鬼本身,这和你说自己是拿破仑·波拿巴本人一样!"

"那你解释一下敲打声和其他的事情。"

"我没有听见。"

"可是,巴林杰的人听见过,神父,所以并不是只在这儿才能听见。"

"有可能,但不需要魔鬼也能解释这些现象。"

"那你解释给我听听!"

"嗯,有可能是心灵致动。"

"什么?"

"你肯定听说过喧哗鬼现象,对吧?"

"乱扔盘子的幽灵,表现得像个混蛋?"

"这种现象并不罕见,通常发生在情绪失调的青少年周围。很显然,心理的严重紧张偶尔会触发某种未知的能量释放,移动一定距离内的物体。但和超自然完全没有关系。丽甘异乎寻常的力量也一样——在病理学上还挺常见。如果你愿意,可以说这是精神胜过物质,但无论如何都和附魔扯不上关系。"

克丽丝转过脸去,轻轻摇头。"天哪,真有意思,"她疲惫地挖苦道,"我是无神论者,你是神职人员,结果——"

"对于任何现象,"卡拉斯轻声打断她,"最好的解释永远是符合所有事实的最简单的那一个。"

"咦,是吗?"克丽丝反唇相讥,布满血丝的双眼透着恳求、绝望和困惑,"好吧,也许我傻乎乎的,卡拉斯神父,但要我说,你说人脑里有种什么未知能力可以把碟子往墙上扔,这似乎还要更傻气!到底是什么?你能说清楚到底是什么吗?'人格分裂'又是怎么一回事?你说了,我听见了,究竟是什么呢?我难道真有那么傻?你能不能用我可以听懂的话给我解释一下?"

"你看,全世界谁也不敢说真的明白,我们只知道这种事时有发生,除了现象本身之外,剩下的全是推测。如果你愿意,咱们可以这么思考。"

"好,你说。"

"人类大脑有大约一百七十亿个脑细胞,那么,我们来看这些脑细胞:它们每秒钟要处理大约一亿条信息,这是全身感觉器官传回的信息数量。脑细胞并不只是统合了这些信息,还得非常高效地处理这些信息——它们不会犯错,也不会互相碍事。那么,假如不存在某种形式的交流,它们怎么可能做到?嗯,当然不可能,因此很显然,每个脑细胞都有意识,而且也许各自独立。都能听懂吗?"

克丽丝点点头:"还行。"

"很好,现在你把人类的身体想象成一艘大型远洋客轮,你的脑细胞则是船员。其中一个脑细胞站在舰桥上,他是船长。但他不可能完全清楚甲板下的船员都在干什么。他只知道客轮在顺利航行,因此事情进行得不错。好,其实你就是船长,船长是你清醒时的意识。而双重人格呢,也许是因为甲板下的某个船员登上舰桥,接管了这艘船的指挥权。换句话说就是哗变了。这么说你是不是能听懂了?"

克丽丝盯着他,眼睛眨也不眨,一副不敢轻信的样子。"神父呀,这个解释太不着边际了,我觉得相信该死的魔鬼还比较容易一点!"

"我——"

"你看,我对这些理论一窍不通,"克丽丝打断他,声音低沉而紧张,"但有一点我可以向你保证:你去找个和丽甘一模一样的人来——同样的脸,同样的声音,同样的气味,什么都一样,连她写字母'i'的那个点都一样,但我还是一秒钟就能告诉你那不是她!因为我就是打心底里知道,所以我可以告诉你,楼上那个怪物不是我女儿!现在,请你告诉我该怎么做吧。"她说,声音越来越响,因为情绪激动而颤抖,"来,说吧,说你确信我女儿只是精神出了问题,其他一切正常;说你确信她不需要驱魔,说驱魔对她没有任何好处。随便说吧!你说呀,神父!快说呀!"

到了最后,她几乎在尖叫。

卡拉斯望向别处,沉思了好几秒钟,他一动不动。最后,他试探地看着克丽丝。"丽甘的声音低沉吗?"他平静地问,"我指的是以前正常的时候。"

"不,比较尖倒是真的。"

"你认为她早慧吗?"

"一点儿也不。"

"知道她的智商吗?"

"平均分数之上。"

"阅读兴趣呢?"

"南希·德鲁[①]和漫画书。"

"她现在说话的风格，和她正常时有多大区别？"

"彻头彻尾的区别。现在用的词她有一半从来没用过。"

"我指的不是她说的内容，而是风格。"

"风格？"

"她遣词造句的方式。"

克丽丝的眉毛垂了下来，"我还是不明白你要问什么。"

"你有她写的信吗？作文？录音就更——"

"啊，有，有一卷她说给父亲听的录音带。她正在录，打算当一封信寄给他，但没来得及录完。你要听吗？"

"对，我要，我还要她的病历，尤其是在巴林杰医院的。"

克丽丝望向别处，摇摇头：" 唉，神父，这一套我已经走过了，我——"

"对，我知道，但我必须亲自看她的病历。"

"你还是反对驱魔？"

"不，我只是反对任何有可能给她带来伤害而不是好处的事情。"

"但你现在完全是以精神科医生的身份说话，对吗？"

"不，我也在以神职人员的身份说话。假如我去主教公署或其他我必须走流程的地方，请求他们许可我举行驱魔仪式，那我就必须提供非常确凿的证据，证明你女儿的状况不是普通的精神病问题。然后我还需要教会能作为附魔症状采纳的证据。"

[①] 南希·德鲁（Nancy Drew），美国著名青少年侦探系列小说的主角，诞生于20世纪30年代，迄今为止已经有数百个以她为主角的故事。

"比方说呢？"

"我不知道，我去查查看。"

"你开玩笑吧？我还以为你是专家呢。"

"这方面不存在专家。你甚至比大多数神父都了解恶魔附体。那么，你什么时候能把巴林杰医院的病历拿给我？"

"需要的话我包架飞机跑一趟都行！"

"录音带呢？"

她站起身："我这就去找。"

"还有一件事情。"

"什么？"

"你说到那本描述附体的书，你能不能回忆一下：丽甘在她发病前有没有读过它？"

克丽丝皱眉低头："天哪，我似乎记得这些鸟——这些麻烦事开始之前，她好像在读什么东西，但无法确定具体是什么书了。但是她确实在读，我认为——不，我确定，非常确定。"

"能让我看看吗？"

克丽丝站起身："当然，我去拿给你，神父。还有磁带，应该在地下室，我去找找看。"

卡拉斯心不在焉地点点头，盯着东方式地毯上的花纹，过了不知多久，他起身慢慢踱进门厅，在仿佛异度空间的黑暗中一动不动地站着，听着楼上传来的猪哼哼声、豺狼嚎叫声、打嗝声和蛇吐信的嗞嗞声。

"啊，你在这儿！我去书房找你了。"

卡拉斯转身看见克丽丝打开门厅的灯。"你要走了？"她拿着巫术著作和丽甘录给父亲的磁带走近。

"对，我得走了。我还要准备明天的讲座呢。"

"哦，在哪儿？"

"医学院。"卡拉斯答道，接过书和磁带，"我尽量明天下午或晚上来一趟。要是有什么紧急变化，你尽管打我的电话好了，无论什么时间都可以。我会跟总机打招呼，请他们把电话接进来。还有，药物供应跟得上吗？"

"没问题。都是可以再配的处方。"

"但就是不肯再打电话给医生了？"

女演员垂下头。"我做不到，"她的声音微不可察，"真的做不到。"

"你知道，我不是执业医师。"卡拉斯提醒她。

"没关系。"

克丽丝还是没有抬起头，卡拉斯担心地看着她，能感到她的焦虑在搏动。"呃，还有，"他轻声说，"我迟早要告诉我的上级我在做什么，尤其是夜里非社交时间上你这儿来的时候。"

克丽丝抬起头，担忧地皱起眉头："必须这么做吗？我说的是必须告诉他们吗？"

"嗯，否则看起来岂不是有点儿奇怪？"

她垂下眼睛，点点头。"嗯，我明白你的意思了。"她无力地说。

"不介意吧？我只会在必需的时候才告诉他们。别担心，不会流传开的。"

她抬起备受折磨的绝望面孔，望着他那双坚定而忧伤的眼睛。她看见力量，也看见了痛苦。

"好吧。"她虚弱地说。

她相信那份痛苦。

"下次再聊。"卡拉斯说。

卡拉斯正要出门，却在门口停下，他垂着头，握拳用手背挡着嘴唇，像是在思考。过了一会儿，他抬起头看着克丽丝。"你女儿知道今晚有神职人员要来吗？"

"不，除了我没人知道。"

"你知道我母亲最近过世了吗？"

"不知道，非常抱歉。"

"丽甘知道吗？"

"为什么问这个？"

"她知道吗？"

"不，肯定不知道。为什么问这个？"

卡拉斯耸耸肩。"没什么重要的，"他说，"只是胡思乱想而已。"他带着一丝担心端详克丽丝的面容，"你能睡着吗？"

"唉，睡得很少。"

"那就吃药。氯氮试过吗？"

"在吃。"

"多大剂量？"

"十毫克，一天两次。"

"二十好了。另外，请尽量和你女儿保持距离。你越是关注她现在的行为，就越有可能永久性地伤害你对她的感情。保持距离，还有就是放松。你要是精神崩溃了，对丽甘可没有任何好处。"

克丽丝意志消沉地点点头，垂下眼睛。

"现在，请去睡觉，"卡拉斯说，"现在你能去好好睡一觉吗？"

"嗯，好的，"她柔声道，"我保证。"她抬起头，带着一丝温暖的微笑看着神父："晚安，卡拉斯神父。谢谢。非常感谢。"

卡拉斯以医生的视线又打量了她几秒钟，然后说："好，晚安。"转身快步离开。克丽丝站在门口目送他远去。他过马路的时候，克丽丝想到他多半错过了晚餐，然后又担心他也许会觉得冷，因为他边走边放下了袖子。卡拉斯经过1789餐厅时掉了什么东西，估计是巫术著作或那盘磁带。卡拉斯停步捡东西。他到三十六街和 P 街的路口左转，消失在了视线之外。克丽丝突然有了轻快的感觉。

她没看见金德曼独自坐在一辆无标记的警车里。

半小时后，达明·卡拉斯赶回他在耶稣会宿舍的房间，带着他在乔治城大学图书馆找到的各种书和期刊。他把东西放在桌上，翻箱倒柜地找起香烟，好不容易找到半包不知何年何月的骆驼烟。他点燃香烟，深深吸气，把烟气憋在肺里，满脑子都是丽甘。

癔症，他心想，肯定是癔症。他吐出烟气，两个大拇指钩住皮带，低头望向那些书。他借了厄斯特赖希的《附魔》、赫胥黎的《卢丹的恶魔》和《弗洛伊德所述海兹曼病例中的动作倒错》、麦卡斯兰的《从精神疾病的现代视角解读早期基督教时代的恶魔附体与驱魔仪式》，还有精神病学刊上刊登的弗洛伊德的《十七世纪附魔神经官能症病例》和《现代精神病学之魔鬼学研究》。

能帮帮一位年老的祭童吗，神父？

耶稣会会士摸摸额头，发现手上沾满了黏糊糊的汗水。他这才注意到门还开着，走过去先关好门，然后到书架前拿出红皮精装的《罗马礼典》——天主教的祷文和仪式汇编。他叼着香烟，在烟气中眯起双眼，翻到驱魔仪式的"一般性原则"部分，寻找恶魔附体的症状。他一目十行地找到具体章节，读了起来：

……驱魔人决不能贸然相信人被邪灵附体；但他应当知晓能将附魔和其他疾病——特别是精神方面的疾病——区分开的外显症状。附魔之症状或有以下这些：能流利地使用另外一种语言说话，或者能听懂其他人所说的其他语言；能预言未来和揭露隐秘事件；展示出超过主体年龄和自身条件的力量；以及其他各种综合考虑之下能形成证据的征兆。

卡拉斯思考良久，然后靠在书架上阅读指南的剩余内容。读完后，他的视线不禁又落在第八条上：

揭露已经发生的罪行。

有人敲门："达明？"

卡拉斯抬起头，答道："请进。"

来者是戴尔。"哎，克丽丝·麦克尼尔找过你，"他说着走进房间，"最后找到你了吗？"

"什么时候？你是说今晚吗？"

"不，今天下午。"

"哦，找到了。我和她说过话了。"

"那就好，"戴尔说，"就是确定一下你收到消息了。"

小个子神父在房间里翻来翻去，像是在找东西。"你找什么，乔？"卡拉斯问。

"有柠檬糖吗？我找遍了宿舍楼，但谁也没有，哥们儿我跟你说，我就想吃一粒，或者两粒，"戴尔边找边唠叨，"有次我听了一年小孩的告解，结果吃柠檬糖上了瘾。我给拴住了。那群小崽子一告解就把柠檬糖的味道往你身上喷。跟你私下说呀，我觉得那东西有成瘾性。"他打开装烟叶的盒子，里面是半盒开心果。"这是什么，"他问，"墨西哥跳豆的尸体？"

卡拉斯回身继续在书架上找书："听着，乔，我这会儿有些忙——"

"克丽丝真是个大美人，对吧？"戴尔倒在床上，他双手舒舒服服地垫起头部，伸展身体，"为人相当好。你见过她了？面对面见过了？"

"我们谈过了。"卡拉斯答道，抽出一本绿皮精装书，书名叫《撒旦》，是几位法国神学家的文章和教会意见书的选集。他拿着书走向写字台："你看，我真的有——"

"简单。直接。不装腔作势。"戴尔只当没听见，盯着高高的天花板，"等咱俩退出耶稣会，她可以帮助我们实现我的计划。"

卡拉斯瞪着戴尔："谁要退出耶稣会了？"

"同性恋。成群结队的。穿黑衣的都快跑光了。"

卡拉斯无可奈何地摇摇头,把书放在写字台上。"行了,乔,"卡拉斯假装生气,"你去拉斯维加斯的酒廊去说脱口秀吧。起来,滚吧!我还要准备明天的讲座呢。"

"咱们先去接近克丽丝·麦克尼尔,"年轻的神父死皮赖脸,"给她讲我的剧本点子,说的是圣依纳爵·罗耀拉[①]的生平故事,片名就叫《勇敢的耶稣会在行动》。"

卡拉斯在烟灰缸里揿熄烟头,抬起头恶狠狠地瞪着戴尔:"你就滚蛋吧,乔!我还有正经事要忙呢。"

"谁拦着你了?"

"你!"卡拉斯开始解衬衣的纽扣,"我先去冲个澡,等我回来,希望你已经消失了。"

"唉,好吧,"戴尔不情愿地嘟囔道,起身把两腿放到地上,他坐在床边说,"说起来,吃晚饭没看见你。在哪儿吃的饭?"

"没吃。"

"太愚蠢了。你一个穿法衣的,为什么要减肥?"

"宿舍楼里有磁带录音机吗?"

"宿舍楼里连一粒柠檬糖都没有。语言实验室有。"

"谁有钥匙?主管神父?"

"不,门房神父。今晚就需要?"

"对,需要,"卡拉斯答道,把衬衫挂在椅子靠背上,"我该去

---

① 圣依纳爵·罗耀拉(Saint Ignatius of Loyola,1491—1556),耶稣会的创始人。

哪儿找他?"

"达明,不如我去拿给你吧?"

"可以吗,乔?我都忙得抽不出手了。"

戴尔站起身:"小事一桩。"

卡拉斯冲完澡,穿上 T 恤和长裤。他坐回桌边,发现桌上多了一条骆驼牌的无过滤嘴香烟,旁边是两把钥匙,一把标着"语言实验室",另一把标着"餐厅冰箱"。后一把钥匙上贴着字条:**给你吃总比喂老鼠和多明我会的贼猫强**。落款逗乐了卡拉斯:**柠檬糖小子**。他放下字条,摘下手表放在面前。现在是晚上十点五十八分。

他开始读书。首先是弗洛伊德,然后是麦卡斯兰、《撒旦》的部分篇章和厄斯特赖希那份详尽报告的部分篇章。凌晨四点多,他读完这些材料,搓着脸和刺痛的眼睛。房间里烟雾缭绕,写字台上的烟灰缸堆满了烟灰和歪七扭八的烟头。他站起身,疲惫地走过去滑开窗户,大口呼吸黎明时分冷冽而潮湿的空气,站在窗口思考丽甘的状况。对,她有附魔的生理症状,这一点确凿无疑。他读了一个又一个附魔的案例,地点和时代或许各自不同,但症状基本上不变。有一些还没有在丽甘身上显现:圣痕[①]、对污秽食物的渴望、感觉不到痛苦、持续不断且无法控制地大声打

---

① 圣痕(Stigmata),与耶稣钉在十字架上的伤痕位置一致或相像的伤疤或伤痕,有时在宗教狂热或歇斯底里的状态中出现。广义上指歇斯底里的状态中各种皮肤上流血的伤痕或斑点。

嗝。但其他症状显现得很清楚：非自愿的运动兴奋；恶臭的呼吸；多舌苔的肿胀舌头；日渐衰弱的躯体；膨胀的腹部；皮肤和黏膜的炎症。最具决定性的是厄斯特赖希归类为"真正"附魔案例的基础症状：声音和五官的彻底变化，以及新生人格的呈现。

卡拉斯抬起头，阴沉地望向街道。他透过树杈看见了克丽丝的住处和丽甘卧室的观景窗。根据他读到的材料，对通过灵媒的自愿附体而言，新生人格往往很友善。就像蒂娅，一个女人的灵魂，附在一个男人的身体上，男人是雕刻家，附体时间很短暂，每次只有一个小时左右，直到雕刻家的朋友和蒂娅坠入了爱河，恳求雕刻家，希望能让她永远占有他的躯体。但丽甘不同，她身上的不是蒂娅，卡拉斯痛苦地回忆着，因为"侵入人格"意图邪恶，而在恶魔附体的典型案例之中，新生人格往往希望毁坏寄主的身体。

而且经常能达到目的。

卡拉斯烦闷地走回写字台前，拿起香烟点燃一支。那么好吧，她有恶魔附体的生理症状，现在的问题是怎么治疗。他甩灭火柴。治疗取决于病因。他靠在桌子上，想到了十七世纪初法国里尔女修道院的修女。她们据称被附魔，向驱魔人告解，说在附魔状态下，她们定期参加撒旦信徒的群交集会，尝试了各种各样的色情花招：星期一和星期二，异性交媾；星期四，鸡奸、口交和同性间舔阴；星期六，与家畜和龙兽交。龙？卡拉斯沮丧地摇摇头。他认为许多附魔事件和里尔那次一样，都是造假和渲染狂[①]的混合

[①] 渲染狂（Mythomania），也称说谎狂，是一种心理疾病，患者常常渲染真相，做出夸张或说谎的举动。

产物；还有一些起因更像是精神疾病：妄想狂、精神分裂、神经衰弱、精神衰弱，他知道，正因为这样，教会多年来才推荐在举行驱魔仪式时要有精神病学家或神经病学家在场。然而，并不是每一起附魔事件都能找到这么明确的原因。厄斯特赖希基于多个案例，将附魔总结为一个专门的精神错乱门类，以防精神病学的"人格分裂"沦为玄学般的标签，取代"恶魔"和"死者灵魂"之类的概念。

卡拉斯用手指揉着法令纹。克丽丝说过，巴林杰的诊断认为丽甘的精神错乱很可能由暗示引起，由某种与癔症相关的东西引起。卡拉斯的看法也差不多，就他研究过的这些病例而言，绝大部分的起因都是这两个因素。不会有错。一个特点，病人通常是女性。另外一个，附魔症状的暴发是有流行性的。至于那些驱魔人……卡拉斯皱起眉头。驱魔人经常会成为附魔的受害人，就像一六三四年在法国卢丹，乌尔苏拉会①的修女发生附魔。四位驱魔人受命前去处理迅速蔓延的附魔事件，他们当中的三位——卢卡神父、拉克唐斯神父和特朗基耶神父——不但被恶魔附体，更是在不久后死去，死因看似是精神运动型活动导致的心脏停搏，他们不停咒骂和怒吼，在床上拼命挣扎；第四位名叫佩尔·叙兰，被附魔时仅有三十三岁，是欧洲当时最重要的知识分子之一，他精神错乱，最终在精神病院度过了二十五年余生。

他沉思着点点头。假如丽甘的精神错乱源于癔症，假如附魔

---

① 乌尔苏拉会（Ursuline），罗马天主教会下的一个修女会，始建于16世纪早期，从事女童教育。

症状是暗示的结果，那么暗示的源头只可能是巫术著作里有关附魔的章节。他盯着那几页，丽甘有没有读过呢？书内描述的细节和丽甘的表现有没有惊人的相似性呢？

他找到了一些相关的地方：

一名八岁女孩的病例，书中描述她"如公牛般哞叫，低沉声音仿佛雷鸣"。（丽甘像阉牛似的吼叫。）

海伦妮·斯米特的病例，由伟大的心理学家弗卢努瓦①治疗；他描述了她的声音和五官特征"闪电般地变成"另外一个人格的。（她向我演示过。那个人格说话带英国口音，迅速地转变，一瞬间的事情。）

一个南非的病例，由著名的民族学家朱诺报告；他描述一个女人某天夜里忽然从居住地失踪，隔天早晨有人发现她被"细藤蔓捆在一棵非常高的树顶上"，后来"头向下地溜下大树，嘴里发出嗞嗞声，舌头像蛇似的飞快吐出和缩回，她在半空中挂了好一会儿，然后用谁也没有听过的语言说话"。（丽甘像蛇一样尾随莎伦。胡言乱语——试图用"未知的语言"说话？）

约瑟夫和蒂埃博·比尔内，分别为八岁和十岁，被描述为"躺在那儿，忽然像陀螺似的高速旋转"。（听起来有些夸张，但颇为近似丽甘像狂舞托钵僧一般飞转。）

还有其他的相似之处；也有其他疑似暗示的来源：某处提到了非同寻常的力量和污言秽语，还有福音书多次提到的附魔，卡拉

---

① 弗卢努瓦（Flournoy，1854—1920），瑞士心理学家，以对心理现象的研究而闻名，著有超心理学方面书籍，其作品影响了荣格的研究内容。

斯怀疑那些也许就是丽甘在巴林杰医院狂喊的宗教性内容的基础。除了这些，书里还提到了附魔发作的不同阶段："首先是浸染，由受害人周围发生的袭击组成；噪声——气味——物件移位；其次是缠绕，即对主体的个体攻击，目标在于通过人身攻击——例如拳打脚踢——造成伤害，从而逐渐地灌输恐怖情绪。"敲打声。物体投掷。豪迪上尉的攻击。

好吧，也许……她也许读过这本书。卡拉斯心想，但还没有信服。不，根本说服不了我。连克丽丝都说服不了。她似乎对此持有保留意见。

他又踱到窗口。那么，答案是什么？真正的附魔？恶魔？他垂首摇头。不，别逗了！不可能！存在超自然的现象吗？当然。为什么不呢？有那么多出色的观察者的报告。医生，精神病学家，朱诺那样的人。但问题在于如何解读这些现象。他的思路回到厄斯特赖希身上。厄斯特赖希提到过一名西伯利亚阿尔泰地区的萨满祭司，他能主动进入附魔状态以表演"魔法力量"。在一间诊所接受检查时，他表演了浮空，他的脉搏先升到每分钟一百下，紧接着达到难以置信的两百下，体温和呼吸也有显著的变化。因此，他的超自然能力和生理学有密切关系！源于某种体内能量或力量。然而，卡拉斯已经读到，作为附魔的证据，教会要求有明白且外显的现象，能够证明……他忘记了具体的文字，于是翻开桌上的《撒旦》查找："……可验证的外显现象，能证明它们是非人类的智能引发的超常现象。"这是那个萨满祭司的力量来源吗？不。不一定。那么丽甘呢？符合她的情况吗？

他翻开《罗马礼典》，看着刚才用铅笔画出的一段话："驱魔人必须谨慎，要确定患者的所有外显症状都得到了解释。"卡拉斯沉思着点点头。那好，咱们来看一看。他踱着步子，回想着丽甘的所有失调症状和可能的解释。他在心里一个一个地数着：

丽甘面容的巨大变化。

部分因为病情。部分因为营养不良。基本上，他下结论道，是精神状态的面相学展现。

丽甘声音的巨大变化。

我还没听过她"真正的"声音，卡拉斯心想。即便按她母亲所说，她的声音偏高，但经常性的嘶喊会导致声带变厚，声音因此变得低沉，唯一的问题是巨大的音量，声带再怎么变厚，那个音量在生理学上也不可能达到。不过，他又想到，在极度焦虑或者病理反常的情况下，超过肌肉潜能的力量展现也不罕见。声带和喉咙会不会也受到了这个神秘作用的影响呢？

丽甘忽然增多的词汇量和变广的知识面。

潜在记忆：曾经见过的，甚至是婴儿时期见过的，但长期埋藏在意识之外的单词和信息。对于梦游症患者来说——还有很多濒临死亡的人——隐藏知识会忽然像图像似的清晰浮上意识表层。

丽甘认出他是一名神父。

碰巧猜中。假如她读过《附魔》的那一章内容，那她很可能准备好了等待神父来访。根据荣格的理论，癔症患者的潜意识知觉和感性有时可能比普通人快五十倍，这可以解释灵媒们看似可信的"读心术"能力，灵媒的潜意识实际上"读"到了被读者放在桌上的手的震颤和抖动,而震颤和抖动构成了字母或数字的模式。因此,丽甘也许只是从他的行为举止甚至是圣餐酒的气味中"读"出了他的身份。

丽甘知道他母亲的过世。

还是碰巧猜中。他都四十六岁了。

能帮帮一位年老的祭童吗,神父?

天主教神学院的课本认为心灵感应不但确有其事,而且是自然现象。

丽甘的智力早慧。

在亲身考察一个有所谓超自然现象伴随的多重人格病例时,精神病学家荣格给出了这样的结论:在歇斯底里梦游症的发作状态下,得到增强的不但有潜意识的感性知觉,还有智力方面的技能,因为病例中新生的数个人格显然比原初人格聪明。可是,卡拉斯依然疑虑未消,报告存在的现象难道就能解释这个现象?

他忽然停下脚步,伏在桌上,因为他突然想到一点,丽甘有关希律王的双关语比乍听之下还要复杂:他想了起来,法利赛人向耶稣报告小希律王的威胁,耶稣答道:"你们去告诉那个狐狸说:'今天、明天我赶鬼治病,第三天我的事就成全了。'"

他看了一眼录有丽甘声音的录音带,疲倦地在桌边坐下。他点燃又一支香烟,吐出蓝灰色的烟气,思路再次回到比尔内兄弟身上,还有那个八岁的女孩,她表现出了附魔的全部外显症状。读什么书能让这个女孩的潜意识完美地模仿出那些症状?另外,有些患者身处中国,有些患者身处西伯利亚地区、德国甚至非洲——所属时代和文化各自不同,患者的潜意识之间该如何沟通,才会让所有病例表现出相同的症状?

"说起来,你老妈也和我们在一起,卡拉斯……"

卡拉斯茫然地直视前方,烟雾从手指间袅袅升起,像是有了生命,但转瞬间就悄然死去,仿佛错误的认识或有关梦境的记忆。他低头看着桌子左手边最下面的抽屉,犹豫了好几秒钟,然后俯身拉开抽屉,取出褪色的英语练习簿。他母亲上成人教育课用的。他把簿子搁在桌上,心怀爱怜地翻弄纸页。刚开始是字母表,一遍又一遍,接着是简单的练习:

第六课
我的完整地址

两页之间有一封信的开头。

Dear Djmmy,
I have been waiting

亲爱的迪米,

我一直在等待

然后,又是一个开头。还是没有写完。他转开视线,看见窗玻璃映着她的眼睛……在等待……

"主,我当不起。"

眼睛幻化成了丽甘的。

"你只要说一句话……"

他的视线又落在丽甘的录音带上。

他拿着录音带离开房间,走进语言实验室,找到一台录音机,坐下,小心翼翼地将磁带绕在空卷轴上。戴上耳机,打开电源。他既疲惫又紧张,俯身聆听。

先是一段静电的嗞嗞声,然后是机械的吱嘎转动声。突然响起砰的一声——录音开始。杂音。"……"然后是电路反馈的啸叫声。背景里传来克丽丝·麦克尼尔压低了的声音:"宝贝,别离麦克风太近。拿远一点。""这样?""不,还要远。""这样?""嗯,可以了。你开始说吧。"咯咯笑。麦克风碰到了桌子。丽甘·麦克尼尔甜美而清亮的声音终于响起。

"哈啰,老爸?是我啦。呃……"咯咯笑,然后对着旁边小声说,"我不知道该说什么!""亲爱的,就说说最近怎么样。说说你都做了什么。"又是一阵咯咯笑,接着:"嗯,老爸……好吧,你知道……我是说,希望你能听清楚,那个,嗯——啊,嗯,让我想想。嗯,好吧,首先——不,等等,嗯……知道吗,首先,我们在华盛顿了,老爸,你知道吗?我是说,总统生活的地方;还有,这个屋子——你知道,老爸?——这屋子——不,等等,我想想;我还是重新开始吧。你看,老爸,有个……"

卡拉斯隔着血液的轰鸣声精神恍惚地听完了剩下的内容,难以抵挡的直觉在心中膨胀:*我在那房间里看见的那东西不是丽甘!*

他返回耶稣会宿舍,找到一个没有人的隔间,在早间人潮来临前念了弥撒。拿起仪式中的圣体时,它在他的指间颤抖,他怀着不敢怀有的希望,用每一丝每一缕的意志力与之抗争。"这是我的身体……"他的声音开始发颤。

不,面饼!只是面饼而已!

他不敢再付出爱和再失去爱。那种失落感过于强烈,痛楚过于锐利。他之所以怀疑,之所以想排除丽甘所谓附魔的自然起因,是因为他几近疯狂地想要保持信仰。他低头吞下圣体,面饼在他干涸的喉咙里卡了片刻,还有他的信仰。

弥撒后,他没吃早餐,而是埋头为演讲打草稿。他去乔治城大学医学院讲课,嘶哑的喉咙突出了缺少准备的讲词。"说到躁狂型心境障碍的症状,你们会……"

"老爸,是我啦……是我……"

但"我"是谁呢?

卡拉斯提前下课,回到自己房间,立刻在写字台前坐下,重新阅读教会对恶魔附体中的超自然现象的定义。难道是我过于顽固了?他心想。他仔细研究有关撒旦的重点征兆:"心灵感应……自然现象……甚至包括远距离移物……我们的先辈……科学……现在我们必须愈加谨慎,无论看似超自然的证据有多么显著。"看到接下来的一段,他放慢速度,"……与患者的全部对话都必须详细分析,假如观念连接体系和词汇语法习惯与正常状态时相同,那么事件的真实性就值得怀疑了。"

卡拉斯摇摇头。说不通。他看着眼前这一页的彩色插图,一个恶魔。视线漫不经心地落在标题上:帕祖祖。卡拉斯闭上眼睛,想象驱魔人特朗基耶神父的死状:临终的挣扎,嘶吼,咝咝声,呕吐,被"恶魔"从床上摔到地上,恶魔之所以愤怒,是因为特朗基耶就快死去,即将脱离苦海。然后轮到卢卡!我的天!卢卡神父！卢卡跪在垂死的特朗基耶床边，为他祈祷，就在特朗基耶死去的那一刻，卢卡立刻接过恶魔的人格，恶狠狠地对依然温热的尸体施以拳脚，尸体本来已经伤痕累累、瘦骨嶙峋，散发着排泄物和呕吐物的恶臭。据报告所说，六个强壮的男人都无法制止他，直到尸体被搬出房间。有可能吗？卡拉斯心想。难道丽甘的唯一希望就是驱魔吗？他必须打开装满了痛苦的锁柜吗？他无法摆脱这个念头，无法不做尝试就放弃。他必须知道答案。怎么知道？他睁开眼睛。"与患者的全部对话都必须详细分析……"对。对呀，为什么不呢？假如发现丽甘过去的说话模式与所谓的"恶魔"完全不同，那就存在附魔的可能性，而完全相同就可以排除附魔了。

卡拉斯起身踱步。还有什么？还有什么能快速鉴别的方法。她——等一等，卡拉斯停下脚步，低头沉思。巫术著作的那个章节有没有提到？……对，提到了！恶魔毫无例外地对仪式用的圣体反应强烈，还有圣体，甚至——圣水！对！就是它！这就能够确定了！他兴奋地在黑色手提箱里翻找圣水瓶。

威莉为他开了门。他在门口抬头望着丽甘卧室的方向。喊叫声。污言秽语。但不是昨天那个恶魔低沉而嘶哑的声音。音调比较高，暴躁。明显的英国口音……对！昨天见丽甘时这种表现也曾一闪而过。

卡拉斯望向等着他的威莉。威莉困惑地看着卡拉斯的罗马领和神父袍。

"我找麦克尼尔夫人。"

威莉朝楼上打个手势。

"谢谢。"

卡拉斯爬上楼梯,看见克丽丝在走廊里,坐在椅子上守着丽甘的卧室,她低着头,抱着胳膊。耶稣会会士走近,克丽丝听见袍服发出的飒飒声,扭头看见卡拉斯,立刻起身:"哈啰,神父。"

卡拉斯皱起眉头。她顶着两个发青的黑眼圈。"又没睡觉?"他关切地问。

"哦,稍微睡了睡。"

他摇摇头,告诫道:"克丽丝。"

"唉,我睡不着,"克丽丝说,朝丽甘的房门摆摆头,"她整个晚上都这样。"

"呕吐过吗?"

"没有。"她抓住卡拉斯的袖子,像是想带他离开,"走,咱们下楼去谈——"

"不,我想见见她。"他坚定地说。

"现在?"

她不太对劲,卡拉斯心想。克丽丝显得紧张、害怕。"现在不行吗?"他问。

她偷偷地瞥了一眼丽甘的卧室门。房间里传来嘶哑而狂乱的叫声——英国口音:"该死的纳粹!纳粹王八蛋!"克丽丝低头望向别处。"去吧,"她说,"进去吧。"

"家里有磁带录音机吗?便携式的?"

克丽丝抬起头:"有,神父,怎么了?"

"能拿到她的房间去吗?还要一卷空白磁带。"

克丽丝突然警觉地皱起眉头:"干什么?喂,等一等。你是说你要录丽甘说的话?"

"对,非常重要。"

"不行,神父!绝对不行!"

"听着,我需要对比说话模式,"卡拉斯诚恳地对克丽丝说,"也许能向教会证明你女儿确实附魔了!"

连珠炮般的脏话突然炸响,两人扭头去看。管家卡尔打开丽甘的卧室门,拎着装满脏尿布和床单的洗衣篮走出房间,他脸色惨白,随手关上门,挡住了持续发射的火力。

"给她换上了?"克丽丝问。

卡尔惊恐地瞥了卡拉斯一眼,然后转向克丽丝。"换好了。"卡尔简单地答道,转身快步走向楼梯。克丽丝听着他沉重的步伐下楼,脚步声渐渐消失。克丽丝转向卡拉斯,耷拉着肩膀,垂着头悄声说:"好吧,神父。我这就去找。"

她突然顺着走廊跑开。

卡拉斯望着她的背影。她在隐藏什么呢?他沉思着。肯定有问题。这时,他注意到卧室里骤然静了下来,他走过去打开门,走进卧室,悄悄地关上门,转身。他望着恐怖的源头,望着床上仿佛骷髅的怪物,怪物用嘲讽的眼神瞪着他,视线中含着狡诈和仇恨,还有那种居高临下的威慑感。

卡拉斯慢慢走向床脚,他停下脚步,听着塑料内裤里腹泻的声音。

"哎呀，哈啰，卡拉斯！"丽甘亲切地和他打招呼。

"哈啰，"神父冷静地说，"告诉我，你感觉怎么样？"

"就此刻而言，非常高兴看见你，愉快得很。"那双眼睛傲慢地打量着卡拉斯，舌头耷拉在嘴唇之外，"换了个颜色嘛，我注意到了。非常不错。"又是一阵肠胃辘辘声："不介意闻点臭气吧，卡拉斯？"

"一点也不。"

"好一个骗子！"

"让你感到厌烦了？"

"有点儿。"

"但魔鬼喜欢撒谎的人。"

"只喜欢水平高的，亲爱的卡拉斯，只喜欢水平高的。另外，谁说我是魔鬼了？"

"不是你？"

"噢，也有可能。有可能。我脑子不太好。另外，你相信我？"

"当然了。"

"要是我误导了你，请接受我的道歉。事实上，我只是个受困的可怜恶魔，落单的魔鬼。两者有着微妙的差别，但我们地狱里的父却分得清楚。多么讨厌的词语——地狱。总有人说我们应该考虑搬去苏格兰，可他老人家就当没听见。哎呀，我说漏嘴了，你不会去告诉他吧，卡拉斯，不会吧？等你遇见他的时候？"

"遇见他？他在这儿？"

"在这头小猪的身体里？怎么可能。这儿只有一家子可怜的迷失的灵魂。说起来，不介意我们在这儿住下吧？我们毕竟无处可去。没有家。"

"你们打算住多久呢？"

丽甘猛地从枕头上抬起脑袋，怒火扭曲了面容，狂吼道："直到这头小母猪死掉！"一转眼，丽甘躺回枕头上，肿胀的嘴唇淌着口水露出狞笑："说到这个，今天真是驱魔的好日子。"

那本书！她肯定在书里读过驱魔！

讥讽的眼神尖锐地射向他。

"快点开始，卡拉斯。快来吧。"

"你会喜欢吗？"

"喜欢极了。"

"但仪式不是会把你赶出丽甘的身体吗？"

"只会拉近我们的距离。"

"你和丽甘？"

"你和我们，我亲爱的佳肴。你和我们。"

卡拉斯愣住了。他的后脖颈又感觉到了冰冷的手及它轻微的触碰。触感陡然消失。因为恐惧？卡拉斯心想。恐惧什么呢？

"对，你会加入我们的小家庭，卡拉斯。说到天上的神迹，你要明白，问题就在于，只要你亲眼看见了，就再也没法找借口不信了。注意到了吗？近年来有关奇迹的见闻越来越少。不是我们的错，亲爱的卡拉斯，*我们努力过了！*"

一声砰然巨响引得卡拉斯扭头去看。衣柜的一个抽屉弹开了，整个抽屉滑出衣柜。他望着抽屉又砰地关上，心里越来越激动。

这就是了！可验证的超自然现象！忽然之间，这种感觉仿佛腐朽的树枝脱离树干，消失得无影无踪，因为神父想到了喧哗鬼和它的数种合理解释。卡拉斯听见不变的低沉轻笑，转身看着丽甘。她咧着嘴在笑。"能和你聊天可真是太开心了，卡拉斯，"她用嘶哑的嗓音说，"我感觉很自由。我张开宽大的翅膀，就像烂婊子张开双腿。事实上，对你说这些只是为了增加你的罪孽，我的博士，我的爱人，我下贱的好医生。"

"你干的？刚才是你推动了衣柜的抽屉？"

丽甘身体里的怪物没在听他说话。它望向房门，因为有人沿着走廊快步走近，怪物的五官又变成了另外一个曾经出现过的人格。"该死的屠夫龟孙子！"它用嘶哑的英国口音叫道，"狡猾的德国鬼子！"

开门进来的是卡尔，他动作麻利，眼睛始终避开丽甘，把录音机交给卡拉斯，然后脸色惨白地逃出房间。

"快滚，希姆莱！滚出我的视线！去陪你的瘸子女儿吧！记得给她带德国泡菜！德国泡菜加海洛因，桑代克！她肯定喜欢！她会——"

卡尔出去狠狠地关上门，丽甘身体里的怪物突然兴奋起来。"噢，好，喂喂喂！这是干什么！"它喜气洋洋地说，看着神父把录音机放在床边的小圆桌上。"我们这是要录什么，神父大人？多好玩！哎呀，我最喜欢演戏了，你知道的！啊呀呀，喜欢得不行！"

"那就好，"卡拉斯答道，用食指撅下红色的"录音"按钮，小红灯随即亮起，"先介绍一下，我是达明·卡拉斯。你是谁？"

"坏人，你这是想考一考我的资历吗？"怪物哧哧笑道，"哦，好吧，小学表演的时候我扮迫克①。"怪物四下里看看，"问一句，哪儿有喝的？我要渴死了。"

"要是你肯说出你的名字，我就帮你找点喝的。"

"噢，那可太好了，"怪物吃吃地笑道，"然后自己喝掉，对吧？"

"来，说说你叫什么？"卡拉斯问。

"操蛋的强盗！"英国口音的人格迅速消失，丽甘体内的恶魔旋即出现，"我们这是在干什么，卡拉斯？哦，我明白了。我们在录音。多么有意思呀。"

卡拉斯拉过一把椅子，在床边坐下。

"不介意吧？"他问道。

"一点儿不介意。要是你读过弥尔顿，你会发现我很喜欢地狱里的机械，能挡住他送来的那些愚蠢信息。"

"'他'是谁？"

怪物大声放屁："给你的答案。"

一阵新的恶臭扑向卡拉斯。闻起来像……

"德国泡菜，卡拉斯。你注意到了？"

确实很像德国泡菜，卡拉斯大为惊讶。味道像是来自床上，来自丽甘的身体，它随即消失得无影无踪，被先前的腐臭味取而代之。卡拉斯皱起眉头。*是我的想象？自我暗示？* "我刚才在和谁说话？"他问。

---

① 莎士比亚喜剧《仲夏夜之梦》中的角色。

"家庭里的一员而已。"

"一个恶魔?"

"你也未免太给面子了。恶魔(demon)这个词的意思是'智者'。这位可够蠢的。"

卡拉斯突然警觉:"咦,是吗?什么语言里'恶魔'是'智者'的意思?"

"当然是希腊语。"

"你会希腊语?"

"流利得很。"

特征之一!卡拉斯兴奋地想。用原先不懂的语言说话。收获超过了他的预期。"你怎么知道发生了什么?"他立刻用通用希腊语问道。

"我没这个心情,卡拉斯。"

"嗯,我明白了,所以你并不会——"

"我说了,我没这个心情!"

卡拉斯别开视线,想了一会儿,转回来亲切地问:"刚才是你让衣柜抽屉滑出来的?"

"噢,那是当然,卡拉斯。"

卡拉斯点点头:"非常有看头。你确实是个非常有力量的恶魔。"

"哎呀,我亲爱的佳肴,那是当然。说起来,你喜欢我时而学我大哥私酷鬼[①]说话吗?"一阵高亢的哄笑,然后是嘶哑的笑声。

---

① 私酷鬼(Screwtape),C.S.路易斯所著的虚构通信集《魔鬼家书》(*The Screwtape Letters*)中的人物。

卡拉斯等它笑完。"很好,我觉得很有意思,"他大声说道,"但我还是想问抽屉的把戏。"

"抽屉怎么了?"

"了不起呀!不知道你能不能再来一次。"

"等我有空。"

"就现在吧?"

"凭什么?我们必须给你一些理由,让你怀疑!对,仅够确保得到最终的结果。"恶魔人格恶毒地笑着,"哎呀,通过真相发动进攻,多么新颖!对,'惊而喜'①,就是这样!"

卡拉斯愣住了,冰冷的手指再次轻轻抚摸他的后颈。我为什么又在恐惧?他心想。为什么?

丽甘恐怖地狞笑:"因为我。"

卡拉斯惊讶地又是一愣,随即安慰自己:在这个状态下,她也许只是有了心灵感应的能力。

"魔鬼呀,能说说我此刻在想什么吗?"

"我亲爱的卡拉斯呀,你的想法太无聊,没有半点儿意思。"

"是吗?所以你读不到我的思想,你想说的是这个吗?"

丽甘转开脸,一只手乱抓亚麻床单,揪住一小块,漫不经心地提起又放下。"你爱怎么想就怎么想。"她阴沉地说。

一阵沉默。卡拉斯听着磁带录音机轧轧的转动声、丽甘时而颤动时而带上气音的沉重呼吸声。他还需要这种状态下更多的音

---

① 《惊而喜》(*Surprised by Joy*),C.S. 路易斯早年自传的书名。

频样本，于是俯身凑近，像是非常感兴趣。"你这人实在太有意思了。"卡拉斯热切地说。

丽甘转向他，讥笑道："你讽刺我！"

"不，我说真的，我很愿意多了解一些你的背景。比方说，你从没说过你是谁。"

"你聋了吗？我说过了！我是个魔鬼！"

"哦，我知道，不过是哪个魔鬼呢？你叫什么？"

"哎呀，卡拉斯，名字有什么意义呢？我说真的！不过你要是愿意，就叫我豪迪吧。"

"哦，好的！你就是豪迪上尉，丽甘的朋友！"

"她非常亲近的好朋友。"

"真的吗？那你为什么要折磨她？"

"因为我是她的朋友！小母猪喜欢这样！"

"这说不通啊，豪迪上尉。丽甘怎么可能喜欢被折磨？"

"你问她！"

"你能允许她回答吗？"

"不能。"

"嗯，那么我问她有什么意义呢？"

"完全没有！"恶魔的眼睛闪着蔑视和嘲笑。

"先前和我说话的是谁？"卡拉斯问。

"有完没完？你问过这个了。"

"对，我知道，但你没有回答我。"

"只是可爱甜蜜的小猪的另一位老朋友。"

"我能和这个人说话吗?"

"不。他正跟你老妈忙活呢。她在帮他舔,一口吞到毛哇,卡拉斯!整根吞!"低沉的吃吃笑声之后,"好舌头,嘴唇够软。"

卡拉斯感到狂怒席卷全身,但他陡然惊觉,这股恨意的目标不是丽甘,而是恶魔。是恶魔!耶稣会会士在爆发的边缘冷静下来,深深呼吸,然后起身,从口袋里拿出细长的玻璃瓶,拔掉塞子。

恶魔警觉地看着小瓶子,"你手里是什么东西?"她嗓音嘶哑,绷紧身体向后缩,露出担心的眼神。

"你不知道?这是圣水,魔鬼!"卡拉斯答道,丽甘立刻弓起身体,左右翻腾;卡拉斯将瓶子里的水洒向丽甘。"烧死我了!烧死我了!"丽甘从喉咙深处叫道,因为恐惧和痛苦而拼命挣扎,"住手!住手,狗娘养的神父!"

卡拉斯目光涣散,身体和灵魂都沉了下去。他停止洒水,没精打采地收回拿着圣水瓶的手臂。癔症。暗示。她的确读过那书。他望向磁带录音机。真是浪费时间。他注意到此刻的寂静,那么逼仄,那么深沉,他抬起头看着丽甘,立刻困惑地皱起眉头。这是什么?他心想,发生什么了?恶魔人格已经消失,取而代之的是另一张脸孔,很像恶魔,但有所不同。眼球向上翻动,不吉地露出眼白。嘴唇翕动。狂热地胡言乱语。卡拉斯绕到床边,凑近想听清楚。什么也不是,只是胡言乱语的音节,他心想,但有着抑扬顿挫的节律,像是某种语言。真的吗?卡拉斯心想。他怀着希望,觉得胸口一阵悸动,他连忙按捺住,镇静下来。别开玩笑了,达明,犯什么傻!

可是……

他看了看磁带录音机的音量指示器，他转动音量旋钮，耳朵凑到丽甘嘴边，仔细聆听。胡言乱语突然停止，接着是刺耳的沉重呼吸声。某个新的存在，不，某个新的人格。卡拉斯直起腰，诧异地静静看着丽甘。翻白眼，眼皮颤动。"你是谁？"他问。

"诺旺玛伊。"那个存在痛苦地答道，低语的声音仿佛呻吟。"诺旺玛伊。"伴着喘息的嘶哑声音像是来自世界尽头某个幽闭的黑暗空间，那里没有时间，没有希望，连放弃和绝望都无法安慰你。

卡拉斯皱着眉头："这是你的名字？"

嘴唇嚅动。怪异的音节。很慢。难以理解。

声音陡然停止。

"你听得懂我说话吗？"卡拉斯问。

沉默。只有呼吸声，悠长而深沉。医院氧幕[①]里沉睡时的那种声音。

卡拉斯继续等待，希望对方能继续开口。

没有。

他拿起录音机，最后又困惑地看了丽甘一眼，然后出门下楼。

他在厨房找到克丽丝，她和莎伦坐在桌边阴郁地喝着咖啡。她们看见他，同时抬起头，露出焦急而期待的询问表情。克丽丝对莎伦悄声说："你去看一眼丽甘好吗？"

[①] 氧幕（Oxygen Tent），置于病人头上和肩上或整个身体上的一种透明帐幕，用来提供比正常情况下更高水平的氧气。

"好的,没问题。"莎伦喝掉最后一口咖啡,对卡拉斯微微一笑算是打招呼,然后上楼去了。卡拉斯目送她远去,走到桌边坐下。

克丽丝焦虑地在他的眼睛里寻找答案:"怎么样?"卡拉斯正要回答,看见卡尔轻手轻脚地走出食品储藏室,到厨房水槽边洗刷瓶罐。

"没关系,"克丽丝柔声说,"你说吧,卡拉斯神父。楼上刚才发生了什么?你有什么看法?"

卡拉斯把双手叠放在桌上。"出现了两个人格,"他说,"其中一个我从未见过,另一个我似乎见过一眼。成年男性,英国口音。是你认识的什么人吗?"

"这一点很重要吗?"

卡拉斯再次注意到克丽丝脸上突然出现了那种特别的紧张表情。"对,我认为是这样,"他说,"对,非常重要。"

克丽丝低头看着桌上装稀奶油的蓝色瓷碟。"对,"她说,"我认识。"

"认识?"

克丽丝抬起头,静静地说:"伯克·丹宁斯。"

"那位导演?"

"是的。"

"就是那位——"

"是的。"

卡拉斯思考着这个答案,低头看着克丽丝的双手。她左手的食指在微微抽搐。

"神父,不想喝点咖啡吗?或者别的?"

卡拉斯抬起头。"不用,谢谢,"他说,"不用了。"然后胳膊肘撑住桌面,向前俯身:"丽甘和他熟吗?"

"你指的是伯克?"

"对,丹宁斯。"

"怎么说呢——"

突然响起一阵稀里哗啦的声音。克丽丝吓了一跳,扭头看见卡尔把煎锅摔在了地上,他弯下腰去捡,刚拿起来,锅又掉在了地上。

"全能的主呀,卡尔!"

"对不起,夫人!对不起!"

"别弄了,卡尔,出去吧!休息休息!去看场电影!"

"不用,夫人,我最好——"

"卡尔,我说真的!"克丽丝暴躁地叫道,"出去!出去透透气!咱们都必须出门走走!现在,快走!"

"对,你快走!"威莉附和道,她走进厨房,从卡尔手上抢过煎锅。她气呼呼地推着卡尔走向门厅。

卡尔瞥了卡拉斯和克丽丝几眼,然后出去了。

"对不起,神父,"克丽丝喃喃道,她伸手去拿烟,"他最近受到的压力太大了。"

"你说得对。"卡拉斯柔声说。他拿起一盒火柴。"你们都该尽量出门走走,"他帮她点烟,熄灭火柴,放在烟灰缸里,然后说,"尤其是你。"

"好的,我明白。那个伯克——怪物——它到底说了什么?"克丽丝紧张地看着神父。

卡拉斯耸耸肩:"脏话而已。"

"没别的了?"

他发觉她的声音里有一丝恐惧。"差不多吧,"他答道,然后压低声音说,"问一下,卡尔是不是有个女儿?"

"女儿?不,至少我不知道。就算有,他也从来没提过。"

"你确定?"

克丽丝扭头问在水槽边洗刷的威莉:"威莉,我说,你们没有女儿吧?"

威莉没有停下冲洗的动作,嘴里答道:"有过一个,夫人,但很久以前就去世了。"

"天哪,真抱歉,威莉。"

"谢谢。"

克丽丝转向卡拉斯。"这是我第一次听说,"她悄声说,"为什么问这个?你是怎么知道的?"

"是丽甘提到的。"

克丽丝瞪着他,不敢相信他的话,轻声说:"什么?"

"对,就是她。她有没有显示过拥有 ESP[①] 的迹象?"

"ESP?"

"对。"

---

① ESP,Extra Sensory Perception 的缩写,即超感官知觉。

克丽丝犹豫道:"呃,我不知道。我不确定。我是说,有很多时候,她似乎和我在想同样的事情,但很亲近的两个人都会这样的吧?"

卡拉斯点点头:"对,是的。另一个人格,也就是我见到的第三个人格,是不是在催眠状态下现身过?"

"胡言乱语的那个?"

"对,是谁?"

"我不知道。"

"完全不熟悉?"

"根本不认识。"

"你要到丽甘的病历了吗?"

"今天下午送到,是直接寄给你的,神父。否则他们不肯松手,即便如此我还闹了好一阵。"

"对,我知道肯定会有麻烦。"

"确实,但已经寄出了。"

"那就好。"

克丽丝抱着双臂,向后靠在椅背上,严肃地看着卡拉斯。"那么,神父,现在怎么说?你的判断是什么?"

"嗯,你女儿——"

"不,你知道我是什么意思,"克丽丝打断他,"我指的是你能得到许可,进行驱魔吗?"

卡拉斯垂下视线,微微摇头:"我对说服大主教不抱很大希望。"

"'不抱很大希望'是什么意思?"

卡拉斯从口袋里摸出圣水瓶,拿给克丽丝看:"看见这个了?"

"这个怎么了?"

"我告诉丽甘说这是圣水,"卡拉斯解释道,"我拿水洒她,她的反应非常强烈。"

"哦,这不是很好吗,神父?不是吗?"

"不好,因为里面并不是圣水,只是普通的自来水。"

"那又怎样?区别在哪儿,神父?"

"圣水受过祝福。"

"天哪,好极了,神父,我真高兴!非常高兴!"克丽丝越来越气恼和烦闷,"也许有些恶魔不聪明!"

"你真相信她身体里有恶魔?"

"我相信丽甘身体里有东西想杀死她,那东西能不能区分尿和七喜似乎并不重要,你不这么认为吗,卡拉斯神父?我是说,恕我直言,但这就是我的看法!"克丽丝气恼地碾熄香烟,"所以你的意思是什么?驱魔没得谈了?"

"你看,我才刚开始调查,"卡拉斯也激动了起来,"教会有教会的标准,必须要符合标准才行,而且理由必须要充分,比方说好处多于坏处,还不能跟人们年复一年加在教会头上的迷信沾边!比方说什么'能浮空的神父',还有什么据说每逢受难节[①]和其他宗教节日就淌眼泪的圣母雕像!我可不想落人口实!"

"神父,你需要来点儿氯氮吗?"

---

① 受难节(Good Friday),复活节前的星期五,被基督教徒当作耶稣受难节予以纪念。

"对不起，但这就是我的看法。"

"我大概明白了。"

卡拉斯伸手去拿烟盒。

"我也要。"克丽丝说。

他把烟盒递给她，克丽丝拿了一支，卡拉斯为她和自己点烟，他们同时狠狠地吸了一口，然后吐出烟气，恢复冷静。

"对不起。"卡拉斯低头看着桌子。

"对，不带过滤嘴的香烟会杀人。"

说完这句，克丽丝望向落地窗外的基桥。她听见一个轻柔的咚咚声不断响起，扭头看见卡拉斯把烟盒拿在手里转来转去。他突然抬起头，看着克丽丝闪着泪光的恳求的双眼。"好吧，听着，"他说，"我来给你说说教会要见到什么证据，才会授权举行正式的驱魔仪式。"

"好，我很想知道。"

"一个是对象用以前不懂也没学习过的语言说话。我正在确认这一点，很快就会有结论。然后是神视，但如今很可能会被归为心灵感应或 ESP。"

"你相信那些东西？"

他看着她，见到了怀疑到皱眉的表情。他认为她是认真的。"这些在最近已经是不可否认的事实了，"他说，"而且我说过，它们不一定是超自然现象。"

"好信念，查利·布朗！"

"哈，原来你也有多疑的一面。"

"那么其他的症状呢?"

"教会有可能接受的最后一点是所谓的'超过能力和年龄的力量',但它就像杂物筐,能装下所有难以解释的超自然异常现象。"

"是吗?那墙上的敲击声怎么说呢?还有她在床上飞高飞低?"

"单是这些,并不能说明任何问题。"

"唉,好吧,那她皮肤上的东西呢?"

"什么东西?"

"我没告诉过你?"

"告诉我什么?"

"好吧,是在医院里发生的,"克丽丝解释道,"有一些——怎么说呢……"她用手指在胸口比画,"你知道,像字迹?只是字母。在她胸膛出现,然后消失。就这样。"

卡拉斯皱起眉头:"你说'字母',不是单词?"

"对,不是单词。出现了一两次'M',还有一个'L'。"

"你亲眼看见的?"卡拉斯问。

"没有,是他们说的。"

"他们是谁?"

"妈的,当然是医院里的医生!"克丽丝恼怒道,"唉,对不起,你可以在病历里找。确有其事。"

"好。但这仍旧有可能是自然现象。"

"哪儿的自然?特兰西瓦尼亚[①]?"克丽丝怒道,觉得难以

[①] 特兰西瓦尼亚(Transylvania),历史上罗马尼亚中西部的一个地区,是传说中吸血鬼的起源地。

置信。

卡拉斯摇头道:"你别急,我在期刊上读到过类似的病例,大主教会拿来反驳我们。我记得有这么一件事情,监狱里的精神病学家报告,说他有个患者——是一名囚犯——能进入自我诱发的恍惚状态,然后让皮肤上出现黄道十二宫的符号,"他朝胸口打个手势,"让皮肤隆起。"

"朋友,你不怎么容易相信奇迹,是吧?"

"还能怎么向你解释呢?有人做过试验,让被催眠的对象进入恍惚状态,然后同时对他的双臂做了外科切开。他被告知左臂将会流血,而右臂不会。结果呢,左臂流血了,右臂没有流血。"

"我的天!"

"对,我的天!思想的力量控制了血流。怎么做到的?不知道,但事情确实发生了。在圣痕案例里,比方说我提到的那位囚犯,甚至有可能包括丽甘,潜意识控制了皮肤微血管的血流,向潜意识希望隆起的部位输送较多的血液。于是就有了字母或图像,甚至文字。确实神秘,但算不上超自然。"

"知道吗?卡拉斯神父,你的脑壳真够硬的。"

卡拉斯沉思片刻,低下头,用大拇指摸着嘴唇,然后放下手,抬起头看着克丽丝。"我想这么说也许能帮你理解情况,"他说得慢而轻柔,"教会——不是我,教会曾经向有意愿成为驱魔人的神职人员下发过一份律令。昨晚我读了一遍。律令说,绝大多数自认或被认为附魔的人——请允许我直接引用原文——'更需要的是医生,而非驱魔人'。你能猜到这份律令是何时下发的吗?"

"不知道,何时?"

"一五八三年。"

克丽丝诧异地愣住了,然后垂下视线,喃喃道:"唉,确实是很久以前了。"她听见神父起身。"还是让我多看看,先读完医院的病历,"卡拉斯说,"同时我会把丽甘录给父亲的话和我今天录的磁带拿给乔治城大学的语言学研究院。她的胡言乱语也许确实是某种语言。我不太相信,但存在这个可能性。另一方面,还要对比丽甘正常时的语言模式和刚才录音的模式。假如完全相同,就可以确定她没有被附魔了。"

"然后呢?"克丽丝问。

卡拉斯望着她的双眼——那里暗潮涌动。**天哪**,卡拉斯心想,**她害怕女儿没有附魔!**那种有什么地方不对劲儿的感觉又回来了——还存在更严重的问题,而且是隐藏着的问题。"能借你的车开几天吗?"他问。

克丽丝凄凉地望向别处:"你可以把我这条命拿去用几天,周四还我就行。谁知道呢?也许我会需要。"

卡拉斯心痛地看着低垂着头,毫无防备的克丽丝。他很想握住她的手,向她保证一切都会好起来的。但他做不到,他也不能确定。

克丽丝站起身:"我去拿车钥匙。"

他望着她悄然而去,仿佛一句绝望的祈祷。

卡拉斯走回宿舍房间,放下录音机,取出录有丽甘声音的磁带；然后过街去开克丽丝停在那里的车。他刚坐进驾驶座，就听见卡尔在克丽丝家的门口喊他："卡拉斯神父！"卡拉斯抬头望去。卡尔快步走下门廊，穿上黑色皮夹克，小跑着挥手喊道："卡拉斯神父！请等我一下！"

卡拉斯探身摇下乘客座的车窗。卡尔弯腰看着卡拉斯，问："你往哪个方向走，卡拉斯神父？"

"杜邦圆环。"

"啊，太好了！能带我一程吗，神父？介意吗？"

"再乐意不过了，卡尔，快上车。"

"谢谢你，神父！"

卡尔坐进车里，关上门。卡拉斯发动引擎。"麦克尼尔夫人说得对，卡尔，"他说，"出门走走对你有好处。"

"是呀，应该是的。我去看电影，神父。"

"太好了。"

卡拉斯开动汽车，离开克丽丝家。

两人在沉默中开了一段路。卡拉斯心事重重，他在寻找答案。附魔。不可能。圣水。

可是……

"卡尔，你和丹宁斯先生熟吗？"

卡尔直挺挺地坐在那儿，呆望前方，他说："对，对，我认识他。"

"丽甘——我是说，丽甘变得像丹宁斯的时候——你是不是觉得那就是他？"

一阵让人感到沉重的寂静。

然后，是一个没有感情的平淡声音："是的。"

卡拉斯点点头，喃喃道："我明白了。"

说完这句，两人没有继续交谈，杜邦圆环到了，卡拉斯遇到红灯停车，卡尔打开车门："卡拉斯神父，我就在这儿下车吧。"

"真的？这儿？"

"对，然后换公共汽车。"他钻出车门，一只手抓住打开的车门，俯身说，"谢谢你，卡拉斯神父，非常感谢。"

"真的不需要我送你过去？我有时间。"

"不，不用了，神父！这样就可以了！非常好了！"

"那好，电影看得开心点。"

"好的，神父！谢谢。"

卡尔关上车门，站在安全岛上等绿灯。卡拉斯开车离开，他挥手致意，望着亮红色的捷豹跑车拐上马萨诸塞大道，消失。卡尔望向红绿灯——已经变绿了，他跑向正在进站的公共汽车。上车。换车。再换车。他最后在城市东北的廉价公寓区下车，走了三个街区，进入一幢破败不堪的公寓楼。

他在阴暗的楼梯间站了一会儿，闻着狭小厨房里飘出的辛辣气味，听见楼上某处传来婴儿的哭声。一只蟑螂飞快地爬出护壁板，弯弯曲曲地跑过台阶。结实而强壮的管家整个人都垮了下来，他聚集起精神，走向楼梯，一只手抓着栏杆支柱，慢慢爬上吱嘎作响的老旧木楼梯。在他耳中，每次落脚都是一声责难。

到了二楼，卡尔穿过黑洞洞的走廊，走到一扇门前，他站在那里,一只手抓着门框。他扫了一眼墙壁:剥离的墙皮;涂鸦;铅笔写的"珀泰和夏洛特",底下是日期和一颗心,那颗心被石膏板上的一条裂缝分成两半。卡尔按下门铃,低头等待。公寓里传来床垫弹簧的吱呀声、怒冲冲的嘟囔声。然后有人走向房门:脚步声并不均匀——沉重的矫形鞋发出的拖动声。门忽然开了一条缝,防盗链被拽到尽头,一个女人穿着脏兮兮的粉色衬裙出现在门缝里,她向外怒目而视,嘴角叼着香烟。

"哦,是你。"她用嘶哑的声音说,打开防盗链。

卡尔望着她的眼睛——游移不定的冰冷眼神,饱含痛苦和谴责的憔悴深井;他看了一眼她放荡的双唇曲线和惨不忍睹的面容,青春和美丽已经葬送在了上千个汽车旅馆的房间里、上千个啜泣着缅怀过去美好时光的不眠之夜中。

"妈的,叫他给我滚!"

房间里传来一个粗嘎的男性声音。

醉醺醺的,是她的男朋友。

年轻女人扭头大骂。"闭嘴,混蛋,是我老爸!"她回过头对卡尔说,"他喝醉了,老爸。你还是别进来了。"

卡尔点点头。

女孩空洞的双眼看着他掏出裤子后面口袋里的钱包。"老妈怎么样?"她抽了一口香烟,眼睛这会儿盯着他的手从钱包里数出一张张十块钞票。

"她很好,"他轻轻点头,"你母亲很好。"

他把钱递给女儿,她痛苦地咳嗽,抬起一只手捂住嘴。"他妈的香烟！"她咳着骂道，"我得戒烟了，该死。"卡尔看着她胳膊上的针孔，感觉钞票从手指间被抽走。

"谢谢，老爸。"

"天哪，快点儿！"男朋友在房间里咆哮。

"我说，老爸，咱们就长话短说吧，好吗？你知道他这人什么样。"

"埃尔维拉……！"卡尔忽然从门缝里抓住她的手腕，"纽约现在有诊所了！"他恳切地低声说。她却皱着眉头，挣扎着摆脱卡尔的手："老爸，你松手！"

"我要送你去！他们能帮你！你不需要进监狱！那是——"

"天哪，够了，老爸！"埃尔维拉尖叫道，挣脱出来。

"不，不，求你了！"

女儿摔上了门。

瑞士管家一动不动地站在昏暗的走廊里，墙壁涂鸦的坟墓埋葬的是希望，他呆望了许久，最后沉痛地低下头。

公寓里隐约传来对话声，然后是女人的讥讽笑声，接着是一阵咳嗽。

卡尔转过身，震惊如匕首袭来。

"也许咱们现在可以谈谈了，"金德曼喘息着说，两手插在外衣口袋里，眼神哀伤，"对，我认为也许咱们现在可以谈谈了。"

第二章

语言和语言学研究院的院长是一位圆胖的银发长者，卡拉斯在他的办公室里，将磁带绕上空卷轴。他已经把两盘录音带剪成了不同的几卷，他开始播放，两个人戴着耳机，听着那个狂乱的声音嘶哑地胡言乱语。这一卷播完，卡拉斯把耳机挂在脖子上，问院长："弗兰克，这是什么？有可能是某种语言吗？"

米兰达院长也摘掉了耳机，他靠在桌边，抱着胳膊盯着地面，困惑地皱起眉头。"很难说，"他摇头道，"相当古怪。"他看着卡拉斯："从哪儿弄来的？"

"我在处理一个双重人格的病人。"

"开玩笑吧？是神职人员吗？"

"我不能说。"

"对，当然了。我理解。"

"那么，弗兰克，觉得怎么样？能帮我分析吗？"

米兰达若有所思地望向别处，慢慢摘掉眼镜，心不在焉地折好，放进绉绸上衣的胸袋。"不，不是我听过的任何语言。可是……"他微微皱起眉头，抬头望向卡拉斯，"再放一遍好吗？"

卡拉斯倒带重播，结束后问："有什么看法？"

"嗯，我必须说，确实存在人说话时的抑扬顿挫。"

卡拉斯胸中的期望陡然升起，他的双眼为之一闪，又本能地按捺下去，眼神随之黯淡。

"但我听不出到底是什么语言，神父，"院长继续道，"是古代语言还是现代的？"

"我不知道。"

"好吧，不如留给我吧，神父？我找几个手下一起研究研究。也许他们有人知道。"

"能帮忙复制一份吗，弗兰克？原始拷贝我想自己留着。"

"行啊，没问题。"

"我还有另外一盘磁带。你有时间吗？"

"当然有。录的是什么？"

"我先问你一个问题。"

"你说。"

"弗兰克，假如我给你两个不同的人的日常讲话片段，你能不能通过语义分析告诉我，它们有没有可能是同一个人的两种说话模式？"

"我想应该可以。嗯，肯定行。'词型—词例'比率①应该就能做到，如果有一千个单词左右的样本，测量对话中某些片段的出现频度就行了。"

"得出的结论足够有力吗？"

---

① "词型—词例"比率（Type-Token Ratio），词汇研究中测量词汇密度时使用的术语，指在样本中不同的词（词型）的全部数目与实际出现的词（词例）的全部数目的比率。

"相当有力。你要明白，这种测试能抵消基本词汇量的影响，因为它研究的不是单词，而是单词的表现形式，也就是语言风格。我们称作'多样性指数'。对外行来说很难理解，当然了，我们要的就是这个效果。"院长淘气地笑了笑，朝卡拉斯手中的磁带点点头，"那盘磁带上是另一个人的声音吗？"

"也不尽然。"

"也不尽然？"

"两盘磁带的声音和词语都来自同一个人。"

院长挑起眉毛："同一个人？"

"对，我说过了，这是个双重人格的病例。你能帮我比较一下吗，弗兰克？我是说，声音完全不同，但我很想知道对比分析的结果。"

院长像是被勾起了兴趣，甚至颇为高兴。他说："好，有意思！行，我们会帮你分析。我可以交给保罗，他是我最优秀的指导员，非常聪明。我估计他做梦都用的是印第安'密码语言'。"

"还有一个忙，一个大忙。"

"什么？"

"我希望你能亲自做这个比较分析。"

"什么？"

"对，而且要尽快，可以吗？"

院长听到了他声音里的紧迫感，看懂了他的眼神。"行，"他点点头，"我这就动手。"

卡拉斯回到耶稣会宿舍，在门缝里看见一张通知单：巴林杰医院的病历已经送到。卡拉斯赶到收发室，签字取走包裹，回到房间，在写字台前坐下就开始阅读。读到最后心理学家的会诊结论，希望和期待再次沦为失望和挫败："显示有负罪强迫症以及继发的歇斯底里—梦游症……"卡拉斯不需要读下去了，他停下来，用胳膊肘撑住写字台，长叹一声，慢慢把脸埋进双手。**不要放弃，留有余地，可以诠释**。根据病历，丽甘在医院观察时，皮肤上多次出现圣痕，但总结中提到丽甘的皮肤高度敏感，只需要在字迹显现前用手指在皮肤上划一遍就能产生那些神秘的字母，这个症状是所谓的划皮现象，丽甘的手被拘束带捆住后，这个神秘现象就立刻消失了，因此证明了以上推测。

他抬起头，盯着电话机。弗兰克。真有必要请他对比两卷磁带上的声音吗？要他停下？**对，应该叫他停下**，他得出结论。拿起听筒拨号，没人接电话，他留言请弗兰克给他回电话，然后筋疲力尽地起身，走进卫生间，往脸上泼了些凉水。"驱魔人必须谨慎，要确定患者的所有外显症状都得到了解释。"卡拉斯担忧地看着镜中的自己。他漏掉什么了吗？什么呢？德国泡菜的气味？他转身拽下架子上的毛巾擦脸。不，自我暗示就可以解释，他心想，有许多病例的报告指出，精神疾病能无意识地让身体散发出各种气味。

卡拉斯擦干手。撞击声。抽屉的开关。真的是心灵致动吗？真的吗？"你相信那些东西？"卡拉斯突然意识到自己的思路不清晰了，他把湿毛巾放回毛巾杆上。**疲惫，我太累了**。但他的内心还不肯放弃,不愿把这个孩子交给无端的揣测和臆断,还有人类史上背叛理智的血腥过往。

他离开宿舍,沿着远望街快步走到乔治城大学的劳因格图书馆,在《读者期刊文献指南》的P字部搜索,找到了他想找的东西,带着一本科学期刊坐下,这一期有德国精神病学家汉斯·班德的喧哗鬼现象调查报告。这一点没有疑问了,读完文章,他做出结论:心灵致动现象的确存在,有完整的存档记录,拍成过电影,也被精神病医院中的医生观察过。可是!文中提到的案例没有哪个能和恶魔附体扯上关系,在解释这一现象的假说里,最受认可的一个观点是:它是"意识导向的能量",由潜意识产生,通常——卡拉斯认为这点很重要——出现在"严重紧张,拥有高度愤怒和挫折感"的青少年身上。

卡拉斯用指节轻轻按摩疲惫的双眼,他还是觉得有所疏漏,于是重新梳理丽甘的所有症状,一个一个数过来,像是孩童一门心思要摸到尖桩篱栅上的每一根板条。卡拉斯心想:我错过了哪一条呢?

最后,他疲惫地做出结论,一条也没有。

他步行返回麦克尼尔家,威莉给他开门,领他去书房。书房门关着,威莉敲敲门。"是卡拉斯神父。"她通报道,房间里传来虚弱的一声"请进"。

卡拉斯走进书房,随手关上门。克丽丝背对他站着,一只手撑着额头,另一条胳膊撑住吧台。她没有转身,打招呼道:"神父,你好。"声音嘶哑,绝望而柔弱。

卡拉斯关切地走到她身旁:"你还好吧?"

"嗯,还行,神父。谢谢。"

卡拉斯皱起眉头,更加担心了:克丽丝的声音饱含紧张,遮住脸的手在颤抖。她放下手臂,转身抬头看着卡拉斯,露出憔悴的眼睛和满脸的泪痕。"怎么样?"她说,"有什么进展?"

卡拉斯端详着她,然后说:"是这样的,我一直在看医院的记录,然后——"

"然后?"克丽丝紧张地插嘴道。

"嗯,我认为——"

"你认为什么,卡拉斯神父?"

"唉,老实说,此刻我认为丽甘应该接受精神病特护。"

克丽丝无声地盯着卡拉斯,微微瞪大双眼,非常缓慢地摇头:"不可能!"

"她父亲在哪儿?"卡拉斯问。

"在欧洲。"

"你有没有告诉过他发生了什么?"

"没有。"

"呃,我认为如果他在这儿,也许能有所帮助。"

"听着,谁来也不会有帮助!"克丽丝忽然爆发道,声音响亮而颤抖。

"我认为你应该通知他。"

"为什么?"

"那会——"

"我请你来赶魔鬼,该死,不是多请一个回家!"她吼叫道,面容被怒火扭曲,"驱魔仪式到底怎么说?"

"我——"

"我和霍华德到底还能怎样?"

"我们等会儿再说——"

"要说现在就说,该死!现在扯霍华德能有什么用处?"

"好吧,有非常大的可能性,丽甘的失调症来自负罪感——"

"对什么的负罪感?"克丽丝吼道,眼神狂乱。

"可能——"

"离婚?怎么又是那些心理学屁话?"

"听——"

"丽甘有负罪感,是因为她杀了伯克·丹宁斯!"克丽丝尖叫道,两手握拳按住太阳穴,"她杀了他!她杀了他!他们会把她关起来;他们会把她永远关起来!天哪,我的天哪……"

她抽泣着瘫软下去,卡拉斯及时扶住她,领着她走向沙发。"会好的,"他只能一遍遍轻声安慰她,"会好的……"

"不,他们会……把她关起来,"她止不住哭泣,"关……关……!"

"会好的……"

卡拉斯扶着克丽丝在沙发上躺下,帮她伸展身体,然后坐在沙发边缘,用双手握住她的手。他思绪纷乱,想到金德曼,想到丹宁斯。克丽丝在抽泣。感觉这么超现实。"会好的……都会好的……放轻松……都会好的……"卡拉斯不停地说。

哭泣渐渐停止,卡拉斯扶她起身。他倒了一杯水给她,在吧台边的架子上找到一盒纸巾拿给她,然后在她身旁坐下。

"天哪,我很高兴。"克丽丝说,擤了擤鼻子。

"高兴?"

"对,我很高兴我终于说出来了。"

"呃,好吧,对……对,这很好。"

担子又转移到了神父的肩膀上。别再说了!你别再说了!他尝试提醒自己,但嘴里却说:"愿意跟我从头说说吗?"

克丽丝无声地点点头,然后虚弱地说:"好,好,我说。"她擦着一只眼睛,开始犹犹豫豫、断断续续地讲述:她讲到金德曼,讲到巫术著作被撕掉的那一条书页,还有她确定丹宁斯遇害那晚去过丽甘的卧室;她讲到丽甘异乎寻常的巨大力气和丹宁斯的人格——就出现在克丽丝认为她见到丽甘的头部转了一百八十度的时候。

她说完了,消耗完了全部能量,等待卡拉斯的回应。卡拉斯正要说出他的想法,但看着她的眼神和恳求的表情,他改口道:"你并不完全确定是她干的。"

"但伯克的头部也转了一百八十度。还有它说的那些话。"

"你的头部狠狠地撞在了墙上,"卡拉斯答道,"而且你受了惊吓,所以那是你想象出来的。"

克丽丝用垂死的双眼和卡拉斯对视,悄悄地说:"不。伯克说是她干的。她把伯克推出窗口,杀死了他。"

神父有一瞬间震惊了,他无声地看着克丽丝,但很快恢复镇定。"你女儿精神错乱,"他说,"因此她的陈述毫无意义。"

克丽丝垂首摇头。"我不知道,"她的声音几不可闻,"我不知道自己做得对不对。我认为是她干的,所以她也许还会杀死其他人。我不知道,"她用绝望而空洞的双眼看着卡拉斯,从喉咙深处用嘶哑的声音问,"我该怎么做?"

卡拉斯的内心瘫软下去。担子变成了浇注的水泥,干透后就会由他永远背负。"你已经做了你应该做的事情,"他说,"你说了出来,克丽丝。你告诉了我。现在由我决定到底怎么做最好。可以吗?全交给我处理。"

克丽丝用手背擦着另一只眼睛,点头道:"好,好的,当然好。这就再好不过了。"她勉强挤出笑容,又无力地说:"谢谢,神父。非常感谢。"

"觉得好些了?"

"对。"

"那你能帮我一个忙吗?"

"当然,你尽管开口。什么忙?"

"你出门去看场电影。"

克丽丝有几秒钟没反应过来,然后笑着摇摇头:"不,我最讨厌看电影。"

"那就去拜访朋友。"

克丽丝热切地看着他:"我的朋友就在这儿。"

"那是当然。你一定要休息一下。答应我?"

"好,我答应你。"

卡拉斯想到一件事,有了新的疑问。"你觉得书会不会是丹宁斯拿上楼的?"他问,"还是就在那儿?"

"我认为书本来就在楼上。"

卡拉斯望向旁边,点了点头。"我明白了,"他轻声说,然后突然起身,"好了,就这样吧。那么,你需要车吗?"

"不,你继续开吧。"

"那好。我回头再找你。"

克丽丝低下头,柔声说:"好的。"

卡拉斯离开克丽丝家,带着万般纷乱的思绪走上街道。丽甘杀了丹宁斯?太疯狂了!他想象着丽甘把丹宁斯推出卧室窗户,丹宁斯滚下陡峭而漫长的台阶,绝望地翻滚,直到他的世界陡然终结。不可能!卡拉斯心想。不可能!但是,克丽丝几乎百分之百确信!她的歇斯底里。对,绝对是因为这个!神父试图说服自己。只是歇斯底里时的臆想而已!可是……

卡拉斯经过克丽丝家旁边的陡峭阶梯,听见底下河边传来什么声音。他停下脚步,望向底下的切俄运河①。口琴。有人在演奏《红河谷》,卡拉斯从小最喜欢的歌曲。他站在那里聆听,直到底下的交通灯转换,忧郁的旋律被 M 街上重新响起的车声碾碎淹没,此时此刻的世界粗鲁地破坏了回忆,音乐声像是在喊救命,痛苦的鲜血滴在了汽车尾气上。

他把双手插进衣袋,视而不见地望着那段阶梯。思绪纷乱,再次想到克丽丝、丽甘和卢卡猛踢特朗基耶的尸体。他必须做点

---

① 切萨皮克和俄亥俄运河的简称,起自马里兰州的坎伯兰,迄于华盛顿特区。

什么。做什么呢？他难道能胜过巴林杰的医生？"你是真的神父还是选角部门派来的！"卡拉斯茫然点头，想起法国人阿希尔的附魔病例，他和丽甘一样自称魔鬼；失调症也和丽甘一样源于负罪感，是他对自己不贞于婚姻的懊悔。心理学家珍妮特通过催眠进行暗示，让他妻子出现在阿希尔的幻觉中，郑重其事地原谅他，从而治好了他。卡拉斯暗自点头。对，暗示能对丽甘起作用，但不能通过催眠。巴林杰的医生已经试过了。他确实相信，就像克丽丝一直坚持的看法，对丽甘有效的反暗示应该是驱魔仪式。丽甘知道驱魔是什么，也知道驱魔能起到什么效果。她对圣水的反应，是从书里看来的。那本书中有成功驱魔的例子。应该能起作用！一定可以！可是，如何从主教公署获得许可呢？如何能证明驱魔的正当性，但又不提及丹宁斯呢？卡拉斯不能对大主教撒谎。那么，有哪些事实可以用来说服大主教呢？太阳穴开始抽痛，卡拉斯抬起手揉搓额头。他需要睡觉；但他不能睡，现在没有这个时间。哪些事实呢？放在研究院的磁带？弗兰克能发现什么吗？真的存在能让他发现的东西吗？不。但谁知道呢？丽甘分不清圣水和自来水。没错。可是，假如她能读我的意识，又怎么会不知道哪样是哪样呢？他按住额头。头痛。困惑。振作，哥们儿！有人快死了！给我清醒点！

  回到宿舍房间，他打电话到研究院。弗兰克不在。他忧心忡忡地放下听筒。圣水。自来水。肯定有线索。他翻开《罗马礼典》，阅读"驱魔法则"："邪灵……欺骗性的答案……因此有可能使受害者看起来并未附魔……"这是什么意思？卡拉斯沉思着。他有一瞬间不耐烦了起来。你们到底想说什么？什么"邪灵"？

他砰地合上书，继续研究病历，拼命想找到也许能帮他说服大主教的材料。有了。没有癔症病史。这条算是有用，但说服力还不够。还有别的证据。他回忆着；差异性。是什么呢？他想到了。不算什么，但聊胜于无。他打电话给克丽丝·麦克尼尔，她听上去睡意蒙眬。

"你好，神父。"

"你在睡觉？真抱歉。"

"不，没事，神父。没关系。怎么了？"

"克丽丝，我想找那个……"卡拉斯用手指在档案中查找，找到了。"克莱因医生，"他说，"塞缪尔·克莱因。"

"克莱因医生？哦，他在大桥那头的罗斯林。"

"医疗大厦？"

"对，就是那儿。怎么了？"

"请给他打个电话，就说卡拉斯医生想见他，说我想看丽甘的脑电图。告诉他是卡拉斯医生。"

"明白了。"

卡拉斯挂断电话，摘掉罗马领，脱掉教士袍和黑裤子，换上卡其布裤子和套头衫，最后套上神职人员的黑色雨衣。他照了照镜子，却皱起眉头：不是神职人员就是警察，这两种人有着掩饰不住的气场。卡拉斯脱掉雨衣和鞋子，换上他唯一一双不是黑色的鞋：一双磨得很厉害的切尔顿白色网球鞋。

他开着克丽丝的跑车赶往罗斯林。他在 M 街等红绿灯过桥，望向左边车窗外,看见卡尔从迪克西酒铺门口的一辆黑色轿车上下来。

开车的是金德曼。

红灯转绿灯。卡拉斯开动汽车,转弯上桥,他望向后视镜。他们看见他了吗?应该没有。但他们两个人在一起做什么?和丽甘有关系吗?他有些担心。和丽甘还有……?

别多想!先做好手头的事情!

他在医疗大厦门口停车,上楼找到克莱因医生的办公室套间。医生正在看病人,护士把脑电图交给卡拉斯,他很快就站在一个隔间里,长而窄的纸带慢慢从指间滑过。

克莱因很快就来了,他的视线扫过卡拉斯的衣着:"你是卡拉斯医生?"

"对。"

"萨姆·克莱因。很高兴认识你。"

两人握手,克莱因问:"小女孩怎么样了?"

"有进展。"

"很高兴听你这么说。"

卡拉斯扭头继续看脑电图,克莱因陪他一起看,用手指勾出波形模式。"这儿,看见了?非常规则,没有任何起伏。"克莱因说。

"对,我也发现了。非常奇怪。"

"奇怪?怎么说?"

"假如这是个癔症患者,那就很奇怪。"

"什么意思?"

"哦，估计这一点很多人不知道，"卡拉斯答道，以固定的速度拉动纸带，"有一位叫伊特卡的比利时医生，他发现癔症会让脑电图产生相当奇特的波形，非常细微，但也非常有标志性。我想找的就是这个，但没有找到。"

克莱因无可无不可地哼了一声："原来如此。"

卡拉斯停下拉纸带的手，抬头看着他："为她做脑电图的时候，她肯定已经失常了，对吗？"

"对，我这么认为。对，肯定是。"

"她的结果这么规则，你难道不奇怪吗？即便是精神完全正常的受测对象，脑电波也会在普通范围内波动，但丽甘当时已经发病了，起伏不是应该更大才对吗？如果——"

"医生，西蒙斯夫人等得不耐烦了。"一名护士推开一条门缝，打断了他的话。

"好，这就来。"克莱因说。护士快步离开，他朝走廊迈了一步，然后抓着门框转过身。"说癔症，癔症到，"他干巴巴地说，"对不起，我得走了。"

他随手关上门。卡拉斯听着他沿过道走远，一扇门打开，然后是"哎呀呀，今天感觉怎么样，西蒙斯夫人……"，关门声截断了下面的话。卡拉斯继续研究脑电图，看完后将纸带折起来箍好，出去还给前台的护士。有问题。他可以拿这个去说服大主教，证明丽甘并非癔症发作，因此很可能真的被附魔了。可是，脑电图还有一个疑点：为什么完全没有波动？

卡拉斯驱车前往克丽丝的住处，到了远望街和三十三街路口的停车标识处，他抓着方向盘愣住了：金德曼那辆车停在卡拉斯和耶稣会宿舍之间，他坐在驾驶座上，胳膊肘搭在车窗外，两眼直视前方。卡拉斯连忙右转弯，免得被警探看见。他很快找到停车位，下车锁好车门，然后拐过路口，假装要回宿舍楼。**他在监视克丽丝的住处？**他有些担心。丹宁斯的幽魂又爬上他的心头。金德曼有没有可能认为是丽甘……

别急，哥们儿。别急！放松！

他走到金德曼的车旁，脑袋从乘客座的窗口探进去。"你好，警探，"他愉快地说，"是来找我还是在摸鱼？"

警探连忙回头，像是吃了一惊，然后绽放笑容："哎呀，卡拉斯神父，原来是你！很高兴见到你！"

不正常，卡拉斯想。**他有什么打算？别被他看出来你很紧张！镇静！**"知道你会被罚款吗？"卡拉斯指着一个标记说，"非周末的日子里，四点到六点间不得停车。"

"别担心，"金德曼粗声粗气地说，"我在和神父说话。乔治城的交警都是天主教徒。"

"最近怎么样？"

"实话实说，卡拉斯神父，普普通通。你呢？"

"没啥可抱怨的。那个案子破了吗？"

"哪个案子？"

"你知道的，电影导演。"

"哦，那个呀，"警探打了个不想谈的手势，"别问了！我说，你今晚有空吗？忙不忙？我有传记影院的入场券。演的是《奥赛罗》。"

"那得看是谁演的了。"

"谁演的？约翰·韦恩演奥赛罗，多里斯·戴演苔斯德蒙娜！高兴了吧？免费赠票，专门招待特别烦人的马龙神父！威廉·F.莎士比亚！谁主演谁不主演有什么关系！怎么样，去不去？"

"实在抱歉，今天真的没时间。我忙得都没时间喘气了。"

"看得出，"警探哀伤地说，同时打量着神父的面孔，"还是半夜三更不休息？你看上去糟透了。"

"我看上去总是很糟糕。"

"今天比平时更糟糕。来吧！休息一个晚上，咱们去乐乐！"

卡拉斯决定试探一下警探，碰碰他的神经。"你确定在演《奥赛罗》？"他问，直勾勾地看着金德曼的眼睛，"我敢发誓传记影院今天上的是一部克丽丝·麦克尼尔的片子。"

警探慌乱了一瞬间，马上说："不，你弄错了。肯定是《奥赛罗》。"

"哦，那你为什么来这儿转悠？"

"为了你！我来就是为了找你去看电影！"

"是呀，开车跑一趟比打个电话更简单。"

警探眉毛一挑，假装无辜，却不怎么能说服人："你的电话占线！"

耶稣会会士严肃地默默盯着他。

"怎么了？"金德曼问，"到底怎么了？"

卡拉斯伸手探进车里，抬起金德曼的一侧眼睑，仔细检查那只眼睛。"不是很确定,"他皱起眉头,"你看起来糟透了。你很可能得了渲染狂。"

"我都不懂这个词是什么意思,严重吗?"

"严重,但不致命。"

"到底是什么?吊着我的胃口会憋死我的!"

"自己查字典吧。"卡拉斯答道。

"我说,你不能这么没礼貌。偶尔你也得对恺撒低低头。我代表法律。我可以驱逐你出境,知道吗?"

"什么罪名?"

"精神病学家不该让别人担惊受怕。再说那些外邦人[①]——我实话实说——会很开心的。他们反正看你不顺眼,神父。不,说真的,你让他们难堪。谁会需要你呢?一个穿套头衫和运动鞋的神职人员!"

卡拉斯微笑着点点头:"我得走了,多保重。"他拍了两下窗框表示道别,转身慢慢朝宿舍楼的大门走去。

"找个心理分析师看看!"警探在他背后嘶哑地喊道。他和气的面容随即变得忧虑。他隔着挡风玻璃瞥了一眼克丽丝的住处,发动引擎离开。经过卡拉斯的时候,他鸣笛挥手致意。卡拉斯也挥挥手。他看着金德曼拐上三十六街,停下脚步,一动不动地站了几分钟,用颤抖的手轻轻揉搓眉头。真的会是她吗?真的会是丽甘用那么可怕的手段杀害了伯克·丹宁斯吗?他焦急地抬起头,

---

① 这里指非基督徒。

望向丽甘的窗口,心想:以上帝的名义,那里到底盘踞着什么东西?金德曼还能等多久才会要求盘问丽甘?他会遇见丹宁斯的人格吗?他能听见丹宁斯的人格说话吗?丽甘离被强行收入精神病院还有多少时间?或者离死亡还有多久?

他必须在主教公署立驱魔案。

他快步过街走到克丽丝的住处,揿响门铃。威莉开门请他进去。

"夫人在打瞌睡。"威莉说。

卡拉斯点点头:"很好,非常好。"他从她身边走过,上楼去丽甘的卧室。他在寻找可靠的证据。

他走进丽甘的卧室,看见卡尔坐在窗口的椅子上。卡尔像一块坚硬的乌木,抱着胳膊,一动不动地望着丽甘。

卡拉斯走到床边,低头观察。她的眼白仿佛浓雾;喃喃低语像是来自异界的咒语。卡拉斯慢慢俯身,开始解一条拘束带。

"不,神父!不要!"

卡尔跑到床边,用力拽开卡拉斯的胳膊:"很不好,神父!强壮!它非常强壮!"

卡拉斯在他眼中看到了发自内心的恐惧。他明白了,丽甘的异常力量乃是真实存在的。她确实有可能做那件事,有可能扭断丹宁斯的脖子。来,卡拉斯!快!找到证据!思考!

"Ich möchte Sie etwas fragen, Herr Engstrom!(德语:我想问你一件事,恩斯特伦先生!)"

发现的喜悦和上涌的希望犹如匕首,卡拉斯猛然扭头望向床上，看见恶魔向卡尔露出嘲弄的笑容。"Tanzt Ihre Tochter gern？"怪物奚落道，然后爆发出讽刺的狂笑。德语！它在问卡尔脚部畸形的女儿喜不喜欢跳舞！卡拉斯兴奋不已，但转身却发现卡尔的面颊涨得通红，他怒视丽甘，拳头攥得指节发白，听着持续不停的笑声。

"卡尔，你最好能出去一下。"卡拉斯建议他。

瑞士人摇摇头："不，我要留下！"

"你还是出去吧。"耶稣会会士坚定地说，视线不容置疑地看着卡尔。卡尔又抵抗了几秒钟，终于放弃，转身快步走出房间。门一关，狂笑就戛然而止，取而代之的是浓重的憋闷与沉默。

卡拉斯扭头看见恶魔盯着自己。它面露喜色。"哎呀，你回来了，"它用嘶哑的声音说，"我很惊讶。还以为圣水的尴尬事会打消你的勇气，让你不再回来，可惜我忘了你们神职人员根本不要脸。"

卡拉斯深吸几口气，强迫自己集中精神，保持头脑清醒。他知道附魔中的语言测试需要有意义的对话作为论据，以证明对方说的话并非源自埋藏于心的过往记忆。悠着点儿！慢慢来！记得那个女孩吗？巴黎的一名年轻女仆，据称附魔，谵妄时悄声念叨的词句被辨认出是古叙利亚语。卡拉斯强迫自己回想当时引发的骚动，但最后人们发现女孩曾在寄宿公寓打工，而公寓里住着一名研究神学的学生。每逢考试前夕，他经常在房间里和在上下楼梯时大声背诵古叙利亚语的课文，而女孩凑巧听到过。

别着急。别重蹈覆辙。

"会说德语吗？"① 卡拉斯小心翼翼地问。

"新把戏？"

"会说德语吗？"② 他重复道，依然因为那份渺茫的希望而心跳加速。

"当然。"③ 恶魔下流地看着他，"说来奇怪④，你不觉得吗？"

卡拉斯的心脏狂跳起来。不仅仅是德语，还有拉丁语！更重要的是符合语境！"我的名字是什么？"⑤ 他立刻问。

"卡拉斯。"

卡拉斯兴奋得精神为之一振。

"我在哪里？"

"在一个房间里。"

"那么这个房间在哪里？"

"在一幢屋子里。"

"伯克·丹宁斯在哪里？"

"他死了。"

"他是怎么死的？"

"他被发现的时候脑袋转了个圈。"

"谁杀死了他？"

"丽甘。"

---

① 此处卡拉斯是用德语问的。
② 此处卡拉斯仍是用德语问的。
③ 此处恶魔是用德语回答的。
④ 恶魔在此半句中转换成了拉丁语。
⑤ 此处卡拉斯是用拉丁语问的。

"她是怎么杀死他的?告诉我细节!"①

"哎呀,好啦,这次给你的好处够多了,"恶魔狞笑道,"对,绰绰有余了。不过要我说,有一点你肯定没想到——我是说,你毕竟是你——假如你用拉丁语提问,那么脑子里也会用拉丁语预设答案。"它哈哈大笑,"当然全都在潜意识里。对,卡拉斯,要是没有潜意识我们该怎么办呀?还不明白我的意思吗?我根本不会说拉丁语。我读了你的意识。我只是从你的脑子里拽出那些答案来!"

卡拉斯的信心瞬时崩塌,一瞬间变得沮丧;恼人的疑虑在大脑里扎根,弄得他既是心痒难耐,又是一筹莫展。

恶魔咯咯笑道:"哈,就知道你能想明白,卡拉斯。"它用嘶哑的声音说,"所以我才这么喜欢你,我的佳肴;对,所以我才珍爱所有讲求理性的人类。"

恶魔仰头狂笑。

耶稣会会士的大脑转得飞快,他拼命思索;寻找正确答案不止一个的问题。可是,也许我已经想到了所有的答案。考虑到这一点,他心想:那就问一个连我也不知道答案的问题!我可以事后再做验证,看它回答得对不对。

他等笑声平息,提出问题:

"印度洋最深处有多深?"②

---

① 从卡拉斯问的"我在哪里?"到卡拉斯问的"她是怎么杀死他的?告诉我细节!"之间的这些对话,卡拉斯和恶魔几乎都是用拉丁语对话的,除了恶魔用英文回答的"丽甘"除外。未特别标注交流语种的,默认为用英文交流。

② 此处卡拉斯是用拉丁语问的。

恶魔的眼睛闪闪发亮:"我姨妈的笔。"①

"用拉丁语回答。"②

"日安!晚安!"③

"如何——"④

恶魔的眼睛猛向上翻,胡言乱语的实体随之出现,卡拉斯只好住口。他不耐烦又灰心丧气,喝令道:"让我和恶魔说话!"

没有回答。唯有来自异国海岸的呼吸声。

"你是谁?"⑤卡拉斯的声音嘶哑而烦躁。

寂静。呼吸声。

"让我和伯克·丹宁斯说话!"

打嗝。喉咙里有痰的呼吸声。打嗝。

"让我和伯克·丹宁斯说话!"

令人痛苦的打嗝声有规律地重复着。卡拉斯垂首摇头,走过去坐进一张松软的椅子,闭上眼睛。紧张。难挨。等待……

时间流逝。卡拉斯昏昏欲睡。他猛然抬头。**保持清醒!**他眨着沉重的眼皮,望向丽甘。打嗝声停了。眼睛闭着。她睡着了?

他起身到床边查看,伸手试了试她的脉搏,俯身检查她的嘴唇。嘴唇干裂了。他直起腰,等了几分钟,最后转身走出房间,下楼去厨房找莎伦。他见到莎伦在餐桌边喝汤吃三明治。"卡拉斯

---

① 此处恶魔是用法语回的。
② 此处卡拉斯是用法语要求的。
③ 此处恶魔仍是用法语回的。
④ 此处卡拉斯说的是拉丁语。
⑤ 此处卡拉斯是用拉丁语问的。

神父,要给你弄点吃的吗?"她问,"你肯定饿了吧。"

"不用,我不饿,"他答道,"谢谢。"他坐下,从莎伦的打字机旁取过记事簿和铅笔。"她在打嗝,"他对莎伦说,"之前有没有开过康帕嗪?"

"开过,我们手头还有。"

他在记事簿上写字:"今晚给她上半个二十五毫克的栓剂。"

"好的。"

"她开始脱水了,"卡拉斯继续道,"因此我要给她换静脉注射。明早第一件事情,打电话给药房,请他们立刻送这些东西上门。"他把记事簿推向莎伦,"她现在睡着了,所以你可以去喂舒泰健了。"

莎伦点点头:"好,我会的。"她舀起一勺汤,把记事簿转过来,看着卡拉斯列的东西。卡拉斯看着她,忽然想到什么,皱起眉头。"你是她的家庭教师?"他问。

"对。"

"教过她拉丁语吗?"

"拉丁语?我不懂拉丁语。怎么了?"

"德语呢?"

"只教过法语。"

"什么水平的?'我姨妈的笔'这个水平的?"①

"差不多吧。"

---

① 前一个问句是用英语问的,后一个问句是用法语问的。

"但没教过德语和拉丁文？"

"绝对没有。"

"恩斯特伦，他们会不会偶尔讲德语？"

"哦，那是当然。"

"在丽甘面前？"

莎伦站起身，耸耸肩。"呃，应该吧。"她拿着盘子走向水槽，说，"我想肯定有过。"

"你学过拉丁语吗？"卡拉斯问她。

莎伦笑着答道："我？拉丁语？不，没有。"

"但你认得出大概的音调？"

"嗯，应该吧。"

她沥干汤碗，放回架子上。

"她有没有在你面前讲过拉丁语？"

"丽甘？"

"对，她生病之后。"

"不，没有。"

"那其他语言呢？"

莎伦关掉水龙头，思索片刻："呃，也许只是我的想象，但是……"

"但是什么？"

"呃，我认为……"莎伦皱起眉头，"我敢发誓我听见过她用俄语说话。"

卡拉斯一惊，喉咙发干："你会说俄语？"

"嗯，是的，能说几句，大学里学过两年，就那么多。"

卡拉斯的肩膀耷拉下去。拉丁语确实是她从我脑子里偷走的。他两眼无神，把额头埋进手掌，陷入怀疑：心灵感应在承受极大内压时相当常见，往往使用房间内其他人懂的语言说话："……和我想的事情一样……""日安……""我姨妈的笔……""晚安……"[①]想着这些，卡拉斯悲伤地看着鲜血变回了葡萄酒[②]。

该怎么办？去睡一觉。睡醒了再来努力……再来尝试……他站起身，疲惫地看着莎伦。莎伦背靠水槽，抱着胳膊站在那儿，好奇地望着他。"我回宿舍去，"他告诉她，"丽甘醒了就打电话给我。"

"好的，一定。"

"还有康帕嗪，记住了？不会忘记吧？"

莎伦摇摇头："不会，我这就去准备。"

卡拉斯点点头，双手插在口袋里，低下脑袋，努力思考还有什么没交代莎伦的。永远有事情该做而没做，所谓百密永远有一疏。

"神父，到底是怎么一回事？"他听见莎伦严肃地问，"到底是怎么了？小丽身上究竟发生了什么？"

卡拉斯抬起烦恼而憔悴的双眼。"我不知道，"他空洞地答道，"我真的不知道。"

他转身离开厨房。

穿过门厅的时候，卡拉斯听见背后传来急促的脚步声。

[①] 从"日安……"到"晚安……"，用的是法语。
[②] 基督教圣餐礼中，葡萄酒经过神父祝圣后化为基督的圣血。

"卡拉斯神父!"他转过身,看见卡尔拿着他的套头衫喊道。

"真是抱歉,"管家把套头衫递给他,"早该拿给你的,都怪我忘记了。"

卡拉斯接过套头衫。呕吐的污渍早已消失,套头衫散发着宜人的香味。"让你费心了,卡尔,"神父诚恳地说,"谢谢。"

"谢谢你,卡拉斯神父。"他的声音在颤抖,眼中饱含泪水,"谢谢你肯帮助丽甘小姐。"卡尔侧过头,难为情地转身离开门厅。

卡拉斯望着他的背影,想起卡尔在金德曼车中的情形。为什么?越来越神秘,越来越困惑。卡拉斯疲倦地转身开门。已经是夜晚了,他绝望地从黑暗踏入黑暗。

过街回到宿舍楼,睡意越来越浓,但他决定还是去一趟戴尔的房间。他敲敲门,听见一声,"进来皈依吧!",于是推门走进房间,看见戴尔趴在 IBM 电动打字机上打字。卡拉斯一屁股坐在戴尔的小床上,戴尔没有停下打字的手。

"喂,乔!"

"说吧,我听着呢。什么事?"

"知不知道有谁做过正式的驱魔?"

"乔·路易斯,马克斯·施梅林。一九三八年六月二十二日。[①]"

[①] 乔·路易斯(Joe Louis, 1914—1981),美国著名拳击运动员。马克斯·施梅林(Max Schmeling, 1905—2005),德国著名拳击运动员。1936 年 6 月 19 日,路易斯在比赛进行到第十二回合时被施梅林击倒落败。在两年后 1938 年 6 月 22 日的第二次交锋中,路易斯在第一回合仅用 124 秒便击倒施梅林,不仅成功复仇,还导致施梅林入院三周。美国有超过 64% 的广播听众收听了这场比赛的直播,因当时的德国正在希特勒的统治之下,所以路易斯的压倒性胜利更显得意义重大。

"乔，严肃点儿。"

"不，你严肃点儿。驱魔？你开什么玩笑？"

卡拉斯没有吭声，面无表情地看着戴尔继续打字，最后站起身走向门口。"对，乔，"他说，"我在开玩笑。"

"我也这么觉得。"

"回头校园见。"

"这个笑话就更好笑了。"

卡拉斯顺着走廊回到自己的房间，一低头看见地上有张粉红色的字条，他捡起字条。弗兰克来过电话，纸上写着他家里的号码。"请打给……"

卡拉斯拿起电话，拨打研究院院长家里的号码，等待时，他低头看着自己没拿电话的右手——手因为绝处逢生的希望而颤抖。

"哈啰？"接电话的是个童声，是个小男孩。

"你好，我找你父亲。"

"好的，稍等片刻。"电话里咔嗒一声，立刻被拿了起来。还是刚才的男孩："请问您是谁？"

"卡拉斯神父。"

"卡雷兹神父？"

"卡拉斯。卡拉斯神父……"

电话又被放下了。

卡拉斯抬起颤抖的手，用指尖轻轻抚摸眉头。

电话里的噪声。

"卡拉斯神父？"

"对,你好,弗兰克。我找过你。"

"哦,对不起。我一直在家里研究你的磁带。"

"有结果了吗?"

"对,有了。说起来,真是够奇怪的。"

"对,我知道,"卡拉斯尽量掩饰声音里的紧张情绪,"你有什么看法?发现什么了?"

"嗯,先说'词型—词例'比率……"

"如何,弗兰克?"

"我手头的样本数量不足,所以不能百分之百肯定,你明白吧,但我敢打八九成的包票——以这些材料而言我能有多肯定就有多肯定——总之,磁带上的两个声音,我可以说,很可能是两个不同的人格。"

"很可能?"

"哎,我可不想上法庭宣誓保证。其实两者之间的区别实在非常细微。"

"非常细微……"卡拉斯茫然重复道。*好吧,现实就是现实。*"那些胡言乱语呢?"他问,"是什么语言吗?"

弗兰克咯咯直笑。

"有什么好笑的?"耶稣会会士阴沉地问。

"这其实是什么拐弯抹角的心理学测试吧,神父?"

"什么意思?"

"我想你大概把磁带和什么其他东西弄混了。这——"

"弗兰克,到底是不是语言?"卡拉斯打断他。

"哦，我得说这确实是一种语言，没错。"

卡拉斯绷紧了身体："你开玩笑？"

"不，不是开玩笑。"

"什么语言？"

"英语。"

卡拉斯有好几秒钟说不出话，终于能开口的时候，他几乎就要发怒："弗兰克，我们的通话质量似乎很成问题，要么请你解释一下你的笑话好吗？"

"你手头有磁带录音机吗？"弗兰克问道。

录音机就在写字台上。"有，我有。"卡拉斯说。

"你这台有没有反向播放功能？"

"什么意思？"

"有没有？"

"等一下。"卡拉斯怒气冲冲地放下电话，拿开磁带录音机的盖子，寻找按钮，"有，有这个功能。弗兰克，这到底要干什么？"

"把你的磁带放进机器，然后反向播放。"

"为什么？"

"因为你那儿闹捣蛋鬼①了。"弗兰克开心地道，"听我的，倒着放，我明天再跟你说。晚安，神父。"

"晚安，弗兰克。"

"玩得开心。"

---

① 捣蛋鬼（Gremlin），源自爱尔兰传说，现在经常将它和机械故障联系在一起。

"哈，好的。"

卡拉斯挂断电话。他满腹疑惑，找到胡言乱语的磁带，绕上磁带录音机。他先正向播放，边听边点头。没错，就是胡言乱语。

他让磁带播到头，然后反向播放。他听见自己的声音倒着流出来，然后是丽甘——或是别的什么人——在用英语说话！

……梅林梅林卡拉斯放过我们让我们……

英语。虽然没有意义，但确实是英语！

她是怎么做到的？他诧异地想着。

他从尾听到头，倒带又听一遍，然后是第三遍。最后，他终于意识到整个对话的顺序是反过来的。

他停止播放，倒带，取出铅笔和纸张，坐在写字台前，从头播放磁带，将字词抄录成文，他时断时续地抄录着，几乎不停地中断又继续。完成以后，他又拿过一张纸，倒转顺序再抄录一遍。最后，他向后一靠，开始阅读：

……危险。尚未来临。（无法解读）将死去。时间不够了。现在（无法解读）。让她死吧。不，不，好极了！在身体里感觉好极了！我能感觉！有（无法解读）。（无法解读）总比虚空好。我害怕那神父。给我们时间。害怕那神父。他（无法解读）。不，不是这个：是（无法解读），是那位（无法解读）。他有病。啊，血，感觉这血，它如何（歌唱？）。

卡拉斯在磁带上问:"你是谁?"回答是:

我谁也不是。我谁也不是。

卡拉斯又问:"这是你的名字?"回答:

我没有名字。我谁也不是。许多。放过我们。让我们在身体中温暖着。不要(无法解读)从身体到虚空,到(无法解读)。走开。走开。放过我们。卡拉斯。梅林。梅林。

他读了一遍又一遍,其中的语气和不止一个人在说话的感觉让他毛骨悚然,直到不断重复使得这些字词变得普通,他放下手稿,揉搓面颊,按摩眼睛,整理思路。不是未知的语言。能够流利地倒着书写算不上超自然现象,甚至算是挺常见的。但倒着说话需要调整和改变发音,只有在反方向播放录音时才能听得出意思,即便是一个过度刺激下的智慧体——荣格描述的加速运作的潜意识思维——也很难做到这样的事情吧?不,是别的……在记忆边缘的什么东西。

他想了起来,到书架前找书:荣格的《所谓超自然现象的心理学与病理学分析》[①]。好像有类似的内容,他心想,迅速在书里查找。是什么呢?

---

① 英文名叫:*Psychology and Pathology of So-called Occult Phenomena*。

找到了：一项关于自动性书写①的试验，试验对象似乎能够用易位构词法②回答研究者的提问。易位构词！

他把书摊在写字台上，俯身阅读试验报告的片段：

第三天

人是什么？Tefi hasl esble lies。

这是个易位构词的字谜吗？是的。

它包括多少个单词？五个。

第一个单词是什么？看。

第二个单词是什么？呀呀呀呀呀。

看？是要我自己解读吗？试试看！

试验对象找出了答案："The life is less able.（生命是有穷之物。）"他为答案中蕴涵的大智慧而震惊，这似乎向他证明了一个独立于他本人的智慧的存在。因此，他继续问下去：

你是谁？克莱利亚（Clelia）。

你是女人？是的。

你生活在地球上吗？不。

你会来地球生活吗？是的。

---

① 自动性书写（Automatic writing），也称无意识书写，指不经思考的书写动作，尤指经由自然产生的自由联想或由灵媒、精神压力所致的书写现象。
② 易位构词法（Anagram），通过颠倒字母而成的词或短语，例如 now 作 won、lived 作 devil 等。

何时？六年后。

你为什么和我说话？ E if Cledia el.

对象解读出这个易位构词的字谜，答案是："I Clelia feel.（我克莱利亚愿意。）"

第四天

回答问题的是我吗？是的。

克莱利亚在吗？不。

那么谁在？没有人。

克莱利亚真的存在吗？不。

那么昨天我和谁说话了？和没有人。

卡拉斯没有读下去。他摇摇头，这里没有超自然能力，有的只是意识的无穷潜力。他摸出一支香烟，坐下点燃。"我谁也不是。许多。"奇怪。她说话的内容是从哪儿来的，他思考着。与克莱利亚来自同一个地方？萌发人格？

"梅林……梅林……""啊，血……""他有病……"

他眼神彷徨，望着手边的《撒旦书》，翻到起始的题词："勿要让恶龙引我的路……"他吐出一口烟，闭上眼睛。他举起拳头按住嘴，咳嗽了几声，他感觉到喉咙又干又痛，于是在烟灰缸里揿熄香烟。他筋疲力尽，慢吞吞地笨拙起身，关灯，合上百叶窗，踢掉鞋子，脸朝下趴在床上。凌乱的记忆片段划过脑海。丽甘。

丹宁斯。金德曼。怎么办？他必须帮忙！怎么帮？拿手头这点东西去找大主教？恐怕不行。不可能说服大主教立案。

他想脱衣服，想爬到被单底下去。

太累了。重负。他想自由自在。

"……放过我们！"

卡拉斯开始坠入花岗岩般的坚实梦乡，嘴唇微微翕动，无声地说："放过我吧。"他突然抬起头，被腺样体肥大的呼吸声和玻璃纸揉皱的声音惊醒，他睁开眼睛，看见房间里有个陌生人。这是一位稍微有点儿超重的中年神父，脸上有雀斑，稀疏的红发向后梳，盖住脱发的头顶。他坐在松软的拐角椅上，看着卡拉斯，正在拆高卢香烟的包装纸。他微笑道："哎呀，哈啰。"

卡拉斯转动双腿，坐了起来。

"好，哈啰，再见，"卡拉斯怒道，"你是谁，他妈的为什么在我房间里？"

"呃，不好意思，我敲过门，但没人回答，我看见门开着，打算进来等你，结果你居然在！"这位神父朝靠在墙边的一对拐杖打个手势，"你看到了，我没法在走廊里久等。我可以站上很久，但到了某个程度就必须坐下啦。希望你能原谅我。啊，对了，我是埃德·卢卡。校长神父建议我来找你。"

卡拉斯皱起眉头，歪着头问："你说你叫卢卡？"

"对，大家都叫我卢卡。"神父说，笑着露出被尼古丁染黑的大牙。他取出一支烟，伸手到口袋里摸打火机，"介意我抽烟吗？"

"不，抽吧。我也抽烟的。"

"哦，那就好，"卢卡看着椅子旁的小桌，烟灰缸里塞满了烟头。他把烟盒伸向卡拉斯，"试试高卢？"

"谢谢，不用了。你说是汤姆·伯明翰叫你来的？"

"亲爱的老汤姆。对，我们是'好哥们儿'。我们在里吉斯是高中的同班同学，后来一起在哈德孙的圣安德鲁教堂修戒。对，汤姆推荐我来见你，于是我搭灰狗巴士从纽约来了。我是福德姆大学的。"

卡拉斯突然有了兴致，他说："噢，纽约！和我请求调任有关吗？"

"调任？不，我完全不知道这件事。找你是为了私事。"神父说。

卡拉斯的肩膀随着希望一起耷拉了下去。"哦，那好吧。"他没精打采地说。他起身走向写字台后的直背木椅，转过来坐下，用医生的眼神打量卢卡。仔细观察之下，卡拉斯发现他的黑色制服看上去有些肥大，皱巴巴的，甚至可以说是褴褛，肩膀上有头皮屑。神父从烟盒里取出了香烟，正在用不知何时像魔术师变魔术似的掏出来的芝宝打火机点烟，高高的火苗在跳跃；他吐出一口蓝灰色的烟气，心满意足地看着烟气飘散，他拖着口音说："哎呀，没有什么比一支高卢更让人放松的了。"

"你紧张吗，埃德？"

"有点儿。"

"那好，咱们直话直说吧。埃德，请你告诉我，要我怎么帮助你？"

卢卡关切地看着卡拉斯。"你看上去累极了，"他说，"也许咱们该明天再见面？你说呢？"他马上又说："对，肯定应该明天再见！帮个忙，把拐杖拿给我好吗？"

他向着拐杖伸出一只手。

"不，不用！"卡拉斯对他说，"没关系，埃德！我没事！"

卡拉斯俯身向前，双手夹在两膝之间，扫视着神父的面孔："拖延往往意味着抗拒。"

卢卡挑起眉毛，眼中闪着的或许是好笑："咦，是吗？"

"对，是的。"卡拉斯的视线落向他的双腿。

"是这个让你抑郁？"卡拉斯问。

"你说什么？啊，我的腿！哦，当然了，有时候。"

"先天的？"

"不，不是，是有一次摔的。"

卡拉斯端详着访客的面容，看着那一丝若有若无的隐秘笑容。他在哪儿见过吗？"真是太糟糕了。"卡拉斯同情地喃喃道。

"唉，我们继承的不就是这么一个世界嘛。"卢卡答道，高卢香烟挂在嘴角，他用两根手指夹住香烟，吐出一口烟，叹道，"唉，是呀。"

"好吧，埃德，咱们别兜圈子了好吗？你从纽约一路来这儿肯定不是为了跟我踢皮球，所以咱们就有啥说啥吧。来，从头开始。说吧。"

卢卡微微摇头，望向别处。"嗯，好吧，说来话长。"他刚开口，就用拳头按住嘴唇，然后是好一阵咳嗽。

"喝点什么？"卡拉斯问。

神父含着泪水摇头道："不，不用，我没事的，"他边咳边说："真的！"那阵咳嗽过去了。他垂下视线，从上衣前襟扫掉烟灰。"真是坏习惯！"他嘟囔道，卡拉斯发现他的黑色教士衬衫上似乎有块蛋黄的污渍。

"好吧，到底是什么问题？"卡拉斯问。

卢卡抬起眼睛看着他："你。"

卡拉斯吃了一惊："我？"

"对，达明，你。汤姆非常担心你。"

卡拉斯目光炯炯地看着卢卡，忽然开始明白了，因为卢卡的眼睛和声音中都含着深深的同情："埃德，你在福德姆大学是做什么的？"

"咨询。"神父说。

"咨询。"

"对，达明，我是心理学家。"

卡拉斯愣住了。"心理学家。"他茫然重复道。

卢卡望向旁边。"唉，好吧，我该怎么说呢？"他不情愿地吐出一口长气，"我也说不准。很麻烦，真的很麻烦。哎，那好，总之应该试一试。"他轻声说，俯身在烟灰缸里揿熄烟头。"但你也是专家，"他抬起头，"有时候开诚布公是最好的。"神父又对着拳头咳嗽。"该死！真抱歉！"一阵咳嗽过去，卢卡忧郁地看着卡拉斯，"你看，主要是你和麦克尼尔一家的那些事情。"

卡拉斯诧异道："麦克尼尔一家？你怎么可能知道？汤姆绝对

不可能告诉别人。不，不可能。那样会伤害到他们家。"

"我有我的情报源。"

"什么情报源？比方说谁？比方说什么？"

"有关系吗？"神父说，"不，完全没关系。有关系的是你的健康和你的情绪稳定，两者显然本来就受到了威胁，麦克尼尔家的事情更是雪上加霜，因此教省命令你停止接触。这是为了你好，卡拉斯，也是为了教会好！"神父浓密的眉毛皱得几乎碰到了一起，他垂着头，所以眼神和表情像是在威胁卡拉斯。"停止！"他警告道，"以免引起更严重的灾难，以免情况更加恶化！我们现在可容不得半点亵渎了，达明，对不对？"

卡拉斯困惑地看着来访者，被震惊了。

"亵渎？埃德，你在说什么呀？我的精神健康和他们有什么关系？"

卢卡向后靠去。"天哪，别傻了！"他讽刺地说，"你加入耶稣会，撇下可怜的老母亲孤独而贫困地死去？一个人因为这些在潜意识里还能憎恨什么？当然是天主教教会了！"他再次向前俯身，弓着背咬牙切齿道，"别装傻！远离麦克尼尔家！"

卡拉斯眼神冷峻，怀疑地侧着头，站起身低头盯着对方，用嘶哑的声音喝令道："你到底是谁？到底是谁？"

卡拉斯书桌上的电话响了，声音很轻，卢卡神父警觉地瞥了一眼。"当心莎伦！"他严厉地警告道，铃声突然变响，卡拉斯陡然惊醒，明白刚才是在做梦。他头昏眼花地爬起来，跌跌撞撞地去开灯，然后走到写字台前拿起听筒。是莎伦。现在几点了？他问。刚过三点。你能立刻来一趟吗？呵，天哪！卡拉斯在内心哀叫，但还是说："好。"他当然会去。他再次感觉到无路可逃、窒息和受困的感觉。

他冲进铺着白色瓷砖的卫生间，往脸上泼了些冷水，擦干，突然想起了卢卡神父和那个梦。有什么含义？也许什么也没有。回头再想吧。即将出门的时候，他在门口停下，转身拿起黑色羊毛套头衫穿上，呆呆地看着拐角椅旁的小桌。他深吸一口气，慢慢地向前走了一步，伸手从烟灰缸里捡起一个烟头，一动不动地看了几秒钟，诧异得无法动弹，是个高卢香烟的烟头。思绪飞转。假设。冰冷。急切想着一句话："当心莎伦！"卡拉斯把烟头放回烟灰缸里，跑出房间和走廊，冲上远望街。空气潮湿而凝滞。他经过那段阶梯，斜着穿过马路，看见莎伦在麦克尼尔家敞开的门口等着他。她显得害怕而惶惑，一只手拿着手电筒，另一只手抓着裹住肩膀的毛毯边缘。"对不起，神父，"他进屋的时候，莎伦用沙哑的声音悄悄说，"但我觉得你该看看这个。"

"看什么？"

莎伦无声地关上门。"给你看你就知道了，"她耳语道，"咱们安静点。我不想吵醒克丽丝。不能让她看见。"她招招手，卡拉斯跟着她蹑手蹑脚地上楼，走向丽甘的卧室。进了房间，卡拉斯感觉寒气逼人。这里冷如冰窟。他困惑地望向莎伦，莎伦点头耳语道："开了，神父，开了，暖气开着。"两人转身望向丽甘，在昏暗的台灯光线下，丽甘的眼白闪着怪异的光芒。她像是陷入了昏迷。呼吸沉重。一动不动。鼻饲管插着，舒泰健缓缓流入她的身体。

莎伦悄悄走到床边，卡拉斯跟着她，冷得迈不开步。他们在床边站住，他看见丽甘的前额沁出汗珠；向下看，她的手紧紧地抓着拘束皮带。莎伦俯身，轻轻拉开丽甘的睡衣，女孩枯干的胸膛、凸出的肋骨、仅剩下数周甚至数日的生命落在卡拉斯眼里，怜悯铺天盖地而来。他感到莎伦痛苦地看着自己。"不知道会不会再出现，"她悄声说，"但请你看着，一直看她的胸口。"

她转动手电筒，照着丽甘赤裸的胸口，卡拉斯困惑地跟着她望过去。寂静。丽甘带着气音的呼吸。注视。寒冷。突然，卡拉斯皱起眉头，他看见丽甘的皮肤上有动静：淡淡的红色，但边际分明。他凑近细看。

"来了，出现了。"莎伦焦急地悄声说。

卡拉斯胳膊上的鸡皮疙瘩突然立了起来，不是因为寒冷，而是因为他在丽甘胸膛上看见的东西：皮肤上血红色的凸起字迹清晰可辨。两个字：

救命

他目瞪口呆地看着那两个字，莎伦吐着白气悄声说："神父，那是她的笔迹。"

当天上午九点，达明·卡拉斯找到乔治城大学的校长，请求启动举行驱魔仪式的程序。他得到许可后，立刻去找教区大主教，大主教全神贯注地听卡拉斯说完他必须吐露的实情。"你相信这是真正的附魔？"大主教最后问。

"我的谨慎判断认为情况符合《法典》规定的条件。"卡拉斯没有正面回答。他还不敢真的相信。带着他来到此处的并不是理智，而是怜悯和希望，他想通过暗示治愈那个女孩。

"你想自己主持驱魔仪式？"大主教问。

卡拉斯一时间情绪高昂，仿佛看见通向广阔天地的大门敞开着，他终于有希望逃脱千钧重负，重负来自他对他人的关怀和每天清晨都越来越稀薄的信念。"是的，阁下。"他答道。

"你的健康状况如何？"

"我很健康，阁下。"

"你以前有没有参与过这类事情？"

"不，没有。"

"嗯，那必须考虑一下了，最好找个经验丰富的人。这种人现在统共也没几个，但似乎有一位刚刚从海外传教回来，让我先问问看。一旦有进展了我就打电话给你。"

卡拉斯离开后，大主教拨通乔治城大学校长的电话，他们当天第二次谈起卡拉斯。

"他确实很熟悉背景情况，"谈到某个时候校长说，"所以我认为只是从旁协助应该不会有什么危险。再说本来也应该有精神病学家在场。"

"驱魔人呢？有想法吗？我完全没概念。"

"说到这个，可以找兰克斯特·梅林。"

"梅林？我好像记得他在伊拉克。在哪儿读到过他在尼尼微主持挖掘。"

"对，摩苏尔以南。但他的工作已经结束了，迈克。三四个月前回来的,他在伍德斯托克。"

"教书?"

"不,写另一本书。"

"上天保佑!可是,你不觉得他年纪太大了?他身体怎么样?"

"肯定不错,否则怎么跑来跑去挖坟墓,你说呢?"

"对,有道理。"

"再说了,迈克,他有经验。"

"这个我就不清楚了。"

"反正传言如此。"

"什么时候的事情?"

"大概十年还是十二年前,好像在非洲。驱魔仪式进行了好几个月,听说那东西险些要了他的命①。"

"呃,如果是这样,他不一定还愿意再主持了吧?"

"我们教会里的人都很听话,迈克。反叛的全是你们世俗的神职人员。"

"谢谢你的提醒。"

"好了,你怎么看?"

"还是交给你和教省决定吧。"

在那个静静等待的黄昏,一名准备踏入神职的年轻学生走在伍德斯托克神学院的校园里。他在寻找一位瘦削、灰发的年迈耶

---

① 关于梅林神父在非洲驱魔的故事,可参见两部驱魔人前传影片。

稣会会士。学生在一条树林小径上找到了老人,将一份电报递给他。老人沉静地感谢他,随后继续沉思,接着在他热爱的大自然中散步。他不时驻足,倾听知更鸟婉转啁啾,凝望艳丽的蝴蝶盘旋树梢。他没有打开电报,他知道电报里说的是什么。他在尼尼微宫殿的残垣断壁中就知道了,他已做好准备。

他继续他的告别。

第四部

"容我的呼求达到你面前……"

"住在爱里面的,就是住在神里面,神也住在他里面。"
——《圣经·新约·约翰一书》第4章第16节

第一章

安静的办公室里,漆黑中只听得到呼吸声,金德曼在伏案沉思。他将台灯调得只剩一缕光线。他的面前摆着录音带、誊本、法庭证据、警局档案、犯罪实验室的报告,还有潦草写就的笔记。他心情阴郁,仔细地把这些东西拼贴成一朵玫瑰花,像是要掩盖它们引出的丑恶结论——他无法接受的结论。

恩斯特伦是无辜的。丹宁斯遇害的时候,他正在探视女儿,给女儿购买毒品的钱。他对行踪说谎是想保护女儿,同时不让妻子知道真相,因为妻子以为埃尔维拉早已死去,不知道女儿的痛苦和堕落。

金德曼不是听卡尔说的。他们在埃尔维拉门外走廊里相遇的那天晚上,管家执拗地保持沉默。金德曼告诉他女儿,她父亲卷入了丹宁斯的案件,埃尔维拉这才吐露实情。有目击证人能够证明恩斯特伦的无辜。无辜,但还是对克丽丝·麦克尼尔一家的事情保持沉默。

金德曼对拼贴皱起眉头:结构有什么地方不对劲。他移动一朵花瓣,那是一份宣誓证词的一角,朝右下方移动了少许。

玫瑰花。埃尔维拉。他郑重警告她,要是两周内不向戒毒诊所报到,他就会没完没了地申请令状查她,直到找到能逮捕她的证据。但他并不相信她真会去。有些时候，他会直视法律，就像它是正午的太阳，希望自己暂时失明，让某些事情自生自灭。恩斯特伦是无辜的。那还有谁呢？金德曼困难地呼吸着，他换了个坐姿，闭上眼睛，幻想自己躺进温热的浴缸。脑内关门大甩卖！他为自己拉了条横幅：新结论即将开幕！一件不留全部出清！然后坚决地加上：一件不留！警探睁开眼睛，重新浏览令人困惑的事实。

条目：导演伯克·丹宁斯的死亡似乎与圣三一堂渎神事件有关。两者均牵涉到巫术，不明身份的渎神者很可能是杀害丹宁斯的凶手。

条目：一名巫术方面的专家，耶稣会的神父，多次拜访麦克尼尔家。

条目：圣三一堂在经牌中发现的打印有渎神字句的纸片，检查潜指纹后发现在卡片两面均有模糊的印痕。有些来自达明·卡拉斯；但还有另外一组指纹没有找到主人，从其尺寸来看，可以认为它们属于一个手非常小的人，非常可能是一名孩童。

条目：经牌里字条上的打字字迹经过了分析，与莎伦·斯潘塞未完成的那封信上的打字字迹经过了对比——莎伦将信纸从打字机中抽出来，揉成团后丢向废纸篓，没有丢进，当时金德曼正在询问克丽丝。他捡起纸团，带出克丽丝家。信件和经牌字条的打字字迹出自同一台打字机。然而，依照报告所说，打字者不是同一个人。渎神词句的打字者的力量远比莎伦·斯潘塞更大。另外，由于莎伦·斯潘塞并不是看着键盘打字的生手，而是技巧相当熟练的行家，因此经牌字条的打字者具有超常的力量。

条目：伯克·丹宁斯，假如他不是死于事故，那么就是被具有超常力量的人杀死的。

条目：恩斯特伦不再是嫌疑人。

条目：国内航空订票记录显示克丽丝·麦克尼尔带女儿去过俄亥俄州代顿市。金德曼知道她女儿有病，被带去过医院。代顿的医院肯定是巴林杰。金德曼查过，医院证实她女儿曾经入院观察。院方拒绝透露病情，但肯定是严重的精神失常。

条目：严重的精神失常往往能导致超常力量。

金德曼叹口气，闭上眼睛，摇摇头。他又得出了相同的结论。他睁开眼睛，望着拼贴玫瑰的中心：一份全国性杂志的褪色封面，封面上是克丽丝和丽甘。他审视着女孩：甜美，脸上有几颗雀斑，用缎带扎着马尾辫，笑起来时能看到她缺了一颗门牙。他望向窗外的黑夜，细雨已经开始落下。

他下楼走进车库，坐上无标记的黑色警车，开过雨中反光的湿滑街道，来到乔治城大学，把车停在远望街的东头。他在车里坐了好几分钟，默默望着丽甘房间的窗户。他应该上去敲门，要求见她吗？他垂下头，揉搓眉头。威廉·F.金德曼，你有病！他心想，你生病了。回家，吃药，睡觉，快好起来！他再次抬头望向丽甘的窗户，悲伤地摇摇头。他不肯让步的逻辑引他来到这个地方。一辆出租车在屋前停下，他移动视线，发动引擎，打开挡风玻璃的雨刷，恰好看见一位高大的老人走下出租车。他付钱给司机，转过身，站在雨雾缭绕的路灯灯光下，抬起头一动不动地望着克丽丝家的屋子,仿佛被冻在时间中的忧郁旅人。出租车开走,拐上三十六街,警探打开大灯闪了几下,示意出租车停下。

同一时刻,克丽丝家的屋子里,卡拉斯和卡尔死死按住丽甘瘦弱的手臂,让莎伦为她注射氯氮,算上这一针,过去两小时内已经注射了四百毫克。卡拉斯知道这个剂量大得可怕;但安静了许多小时之后,恶魔人格忽然在狂躁中醒来,这次发作过于猛烈,丽甘接近枯竭的身体机能就快支撑不住了。

卡拉斯已经筋疲力尽。早晨离开主教公署,他先到克丽丝家通报进展,为丽甘进行静脉注射,然后回到宿舍的房间倒头就睡。还没睡足两小时,电话铃就催他起身。莎伦说丽甘依然没有恢复知觉,而且脉搏越来越慢。卡拉斯带着急救包跑回克丽丝家,掐捏跟腱,测试痛觉反应。完全没有反应。他使劲儿按她的手指甲,还是毫无反应。他开始着急:虽然他知道癔症发作和恍惚状态之下,患者有时候会失去痛觉,但此刻他害怕的是昏迷,丽甘很容易在昏迷中慢慢"滑"向死亡。他测量血压:高压九十、低压六十;然后是心率:六十。他守在房间里,每十五分钟量一次血压和心率,一个半小时过后,他发现血压和心率始终稳定,说明丽甘的状态不是休克,而是昏迷。他教莎伦继续每小时检查一次,然后回去继续睡觉,但没多久又被电话吵醒。主教公署通知他,兰克斯特·梅林将担任驱魔人,卡拉斯负责协助。

这个消息让他喜出望外。梅林!哲学家、古生物学家梅林!成就斐然、引领时代的智者!他的著作在教会内引起了大骚动,因为他用科学术语诠释信仰,说物质依然在演化,注定要成为属灵的，在时间的尽头，所谓的"奥米伽点"①时加入基督。

卡拉斯立刻打电话给克丽丝，却发现大主教已经亲自通知她说梅林明天将会抵达。

"我跟大主教说他可以住在我家，"克丽丝说，"应该只是一两天的事情，对吧？"

卡拉斯迟疑片刻，然后静静地说："我不知道。"他又犹豫了一下，然后说："你必须放低期望。"

"你想说也许根本不起作用，对吧？"克丽丝答道，听上去有点儿扫兴。

"我的意思不是肯定不会起作用，"卡拉斯安慰她，"我只是想说也许需要时间。"

"多久？"

"视情况而定。"卡拉斯知道驱魔仪式往往要持续几周甚至几个月，也知道仪式经常会彻底失败。他更担心的是彻底失败，担心要是暗示无法治疗疾病，重负最后又会落回他的肩上。"有可能需要几天或几周。"他这么告诉克丽丝，而克丽丝喃喃道："但她还剩下多少时间呢，卡拉斯神父？"

挂断电话，他感到了沉重的压力，备受折磨。他躺在床上，

---

① 奥米伽点（Point Omega），这一概念由法国人德日进提出，他认为奥米伽点是超生命、超人格的汇合点，是上帝的代名词，也是耶稣基督的位格；奥米伽点既是宇宙万物一系列进化的终点，又是超越宇宙进化的独立存在，宇宙中的进化对它没有任何影响。德日进（Pierre Teilhard de Chardin，1881—1955），法国哲学家，古生物学家，耶稣会神父。德日进在中国工作多年，是中国旧石器时代考古学的开拓者和奠基人之一。

想着梅林。梅林！兴奋和希望慢慢渗入心头，但越来越沉重的忧虑又随之而来。他自己应该才是驱魔的理想人选，但大主教并没有这么选择。为什么？因为梅林更有经验？他闭上双眼，想到驱魔人的选择标准是"虔诚"和"极高的道德品质"；《马太福音》里有一节，门徒问耶稣他们为何在驱魔中失败，耶稣答道："是因你们的信心小[①]。"教省大主教知道他的问题，乔治城大学的校长也知道，是他们告诉了教区大主教吗？

卡拉斯沮丧地辗转反侧，感到自己没有价值和缺乏能力，遭到了拒绝。不知为何，这种感觉刺得他很痛。最后，睡眠终于流淌进空虚，填补了他内心的缝隙和裂纹。

电话铃再次吵醒他，克丽丝打来电话说丽甘突然癫狂发作。他返回克丽丝家，检查丽甘的脉搏——非常有力。他给了一剂氯氮，不久又是一剂。最后，他下楼走进厨房，坐下和克丽丝喝咖啡。克丽丝在读一本梅林的著作，那是她请书店送上门的。"远远超出我的理解，"她轻声说，但仍然显得深受触动，"不过有些篇章实在美丽——非常了不起。"她翻回几页，找到做过标记的一个段落，隔着桌子递给卡拉斯。

"你看这段。读过吗？"

"不知道，让我看看。"

卡拉斯接过那本书，读了下去：

......对于包围我们的物质世界，每个人都拥有类似的体

[①] 出自《圣经·新约·马太福音》第17章第20节。

验：秩序、恒定、新陈代谢。它的每一个部分都那么脆弱和短暂，永动和变迁是其基本属性，但世界依然顽强存在。永恒性的法则维持着世界，尽管它每时每刻都在死去，但又无时无刻不在复生。崩解的确存在，但新的组织形式也应之而生，一个死亡是千个生命的开端。每个小时的降临，见证的既是无所不包的世界的瞬逝，也是它的长存和确凿。世界犹如水面的倒影，景色不变，但逝水恒流。太阳落下又升起，黑夜吞没白昼，又为白昼接生，每一日都是崭新的一日，仿佛它从未黯淡熄灭。春分夏至，秋去冬来，之后春又重生，但更添几分确然，春天用再度降临战胜了坟墓，但是从第一个小时起，春天又在回归它的坟墓。我们哀悼五月鲜花的绽放，因为它注定枯萎；但我们知道五月迟早会在永不停歇的神圣循环中重生，向十一月发起报复——这些，教我们在希望的高峰上要保持清醒，在弃绝的深渊中也要永不消沉。

"是呀，真美。"卡拉斯叹服道，他给自己倒了杯咖啡，楼上恶魔的愤怒叫声愈加响了。

"杂种……人渣……虔诚的伪君子！"

"以前她总在我的盘子里放一枝玫瑰花……早晨……我去工作前。"克丽丝茫然地说。

卡拉斯抬起头，疑惑地看着克丽丝，克丽丝答道："是丽甘。"

她低下头："唉，我知道了。我忘了。"

"忘了什么？"

"忘了你没有见过她。"

她擤了擤鼻子,擦干眼泪。

"咖啡里要加点白兰地吗?"

"谢谢,不用了。"

"咖啡不够力道,"她用颤抖的声音说,"我似乎需要来点白兰地。失陪一下。"她起身走出厨房。

卡拉斯独自坐在那儿,阴沉地喝着咖啡。教士袍底下套着运动衫,他觉得很暖和;没有能够安慰克丽丝,他自己很无用。儿时的记忆悲伤地泛了上来,他想到了雷吉,雷吉是他养的杂种狗,在破败公寓的一个纸箱里变得越来越虚弱和茫然;雷吉因为发烧而颤抖和呕吐,卡拉斯用毛巾把它包裹起来,想让它喝热牛奶,直到邻居路过,看着雷吉说:"你的狗得了犬热病,你尽快让它解脱吧。"某天下午放学……上街……小朋友两两排成队,走到街角……母亲在那儿等他……惊讶……悲伤的表情……她把一个亮闪闪的半美元硬币塞在他手里……狂喜……这么多钱!她的声音柔和而脆弱:"雷吉死了……"

他低下头,盯着热气腾腾的苦涩咖啡,觉得这双手没有安慰和治疗的力量。

"……伪善的杂种!"

恶魔,还在怒吼。

"尽快让它解脱吧……"

他连忙起身,返回丽甘的卧室,按住丽甘,让莎伦注射氯氮,总剂量现在已经到五百毫克了。莎伦为丽甘擦拭打针的地方,卡拉斯困惑地看着丽甘，因为这些狂乱辱骂针对的并不是在场的任何人，而是某个隐身人——或者不在场的人。

他抛开这个念头。"我去去就来。"他对莎伦说。

他很担心克丽丝，下楼走进厨房，发现她独自坐在桌前，向咖啡里加白兰地。"神父，你确定不喝点？"她问。

卡拉斯摇摇头，走到桌边，疲倦地坐下，用胳膊肘撑住台面，把脸埋在手里，听着调羹搅拌咖啡的瓷器叮当声。"和她父亲谈过了吗？"他问。

"嗯，他打过电话，"克丽丝说，"想和小丽说话。"

"你怎么说？"

沉默。又是一阵叮当声。他抬起头，看见克丽丝望着天花板。他也注意到了：叫骂终于停歇。

"看来氯氮起效了。"他松了一口气。

门铃声响起。他望向大门，又看看克丽丝，克丽丝挑起一侧眉毛，疑惑地迎上他猜测的眼神。金德曼？

时间一秒一秒过去，两人坐在那里听着。没人过去开门。威莉在自己房间里休息，莎伦和卡尔还在楼上。克丽丝紧张难耐，忽然起身走进客厅，跪在沙发上掀开窗帘，隔着窗户向外偷看。不，不是金德曼。感谢上帝！她看见了一位高大的老人，身穿磨得露出线头的旧雨衣，戴着黑色软呢帽，在雨中耐心地低头等待，他拎着一个黑色手提箱。手提箱轻轻摆动，有一个瞬间，带扣将街灯的光亮反射向她的眼睛。到底是谁？

门铃再次响起。

克丽丝迷惑地爬下沙发,走进门厅。她把前门打开一条缝,眯着眼睛望向屋外的黑暗,一丝雨雾蒙上她的眼睛。男人的帽檐遮住了面容。"呃,哈啰,你找谁?"

"麦克尼尔夫人?"阴影中传来一个声音,温和而优雅,又饱满得犹如丰收的麦穗。

克丽丝点点头,陌生人伸手摘下帽子,她一瞬间就被那双眼睛征服了:眼中闪着智慧和仁慈的光芒,将宁静倾注进她的心灵,眼神仿佛一条能够疗伤的温暖河流,河流既源自他,也源自某个超越他的地点,从容却又势不可当,永不枯竭。

"我是兰克斯特·梅林神父。"

克丽丝望着这张瘦削的苦行僧面容,望着刀削斧凿的颊骨,她愣了几秒钟,然后赶忙开门。"我的天哪,快请进!天哪,请进!上帝呀,我……说真的!我不知道我……"

他走进门厅,克丽丝关上门。

"我是说,我还以为你明天才会来!"克丽丝终于说完。

"对,我知道。"她听见他这么回答。

克丽丝转过身面对他,看见他侧着头站在那里,眼望上方,像是在倾听什么——不,更像是在感觉什么——感觉视线之外的某个存在,他知晓和熟识的某种遥远感觉。她不解地看着他。他的皮肤像是被远离她的异乡阳光蹂躏过。

他在干什么?

"我替你拿包吧,神父?"

"不用了,"神父和蔼地说,他还在感觉和探查,"箱子就像是我胳膊的一部分:非常老……非常旧。"他低下头,眼睛里含着温暖而疲惫的笑容,"我已经习惯这个重量了……卡拉斯神父在吗?"

"在,他在。他在厨房里。梅林神父,你吃过晚饭了吗?"

梅林没有回答,而是短暂地望向楼上,因为他听见了开门的声音:"吃过了,在火车上吃了些。"

"真的不想再吃点什么了?"

没有回答。此时传来关门的声音。梅林温暖的视线又落在克丽丝身上。"不了,谢谢你,"他说,"谢谢关心。"

克丽丝还有点儿慌乱。"天哪,都怪下雨,"她胡乱说,"要是知道你来,我肯定会去火车站接你。"

"没关系的。"

"等出租车等了好久吧?"

"几分钟吧。"

"神父,让我替你拿!"卡尔快步奔下楼梯,从神父不再抗拒的手里接过箱子,拎着箱子走进走廊。

"我们在书房帮你支了一张床,神父,"克丽丝不知该说什么好,"挺舒服的,我想你会需要私人空间。我带你去吧,"她走了两步,又停下,"还是先和卡拉斯神父打个招呼?"

"我想先见见你女儿。"

"现在?神父,你说现在?"克丽丝疑惑地说。

梅林又带着那种冷漠的专注神情向上看:"对,现在。最好是现在。"

"天哪,我肯定她睡着了。"

"恐怕没有。"

"呃，要是——"

楼上突然传来声音，吓得克丽丝一缩身子，那是恶魔的吼声。犹如雷鸣，但又发闷而嘶哑，像是被活埋的人的叫声放大了一万倍。一个声音在喊："梅——林——！"然后是卧室墙壁被撞击的一声空洞巨响。

"全能的上帝！"克丽丝低声说，一只惨白的手紧紧按住胸口。她惊恐地望向梅林。神父还站在原处，还望着楼上，神情紧张但又安详，眼中没有一丝惊讶。不只是这样，克丽丝心想，他似乎认出了对方。

又是一声巨响，墙壁为之摇撼。

"梅——林——！"

梅林慢慢前行，忘记了克丽丝，她惊讶得说不出话；忘记了卡尔，他奔出书房，面露难以置信的神色；忘记了卡拉斯，他困惑地冲出厨房；噩梦般的撞击声和粗哑叫声不绝于耳。梅林平静地走上台阶，雪花石膏般质地的纤细手臂扶着栏杆。

卡拉斯到克丽丝身边站住，两人在楼下看着梅林走进丽甘的卧室，然后转身关门。房间里安静了一小会。恶魔突然爆发出险恶的笑声，梅林走出房间，他关上门，快步走向楼梯。卧室门在他背后打开，莎伦探出脑袋，望着梅林的背影，面露奇怪的表情。

梅林快步走下楼梯，向等候他的卡拉斯伸出手。

"卡拉斯神父！"

"神父，你好。"

梅林用双手握住卡拉斯的手,紧紧攥住,严肃而关切地打量卡拉斯的面容,楼上的狂笑声变成了针对梅林的恶毒咒骂。"你看起来非常疲倦,"梅林说,"累吗?"

"一点也不。"

"很好,你有雨衣吗?"

"不,我没有。"

"那就穿我的吧,"灰发神父解开湿漉漉的雨衣,"我得请你回一趟宿舍,达明,给我准备一套教士袍,还要两身白色罩衣[①]、一条紫色圣带[②]、圣水和两本《罗马礼典》,要全本的。"他把雨衣递给困惑的卡拉斯:"我想我们必须开始了。"

卡拉斯皱起眉头:"你说现在?立刻?"

"对,我想是的。"

"不需要先听我介绍背景?"

"为什么?"

卡拉斯意识到他不知道该怎么回答。他避开那双让他不安的眼睛。"好的,神父,"他说着穿上雨衣,转身说,"我这就去拿。"

卡尔跑过来,赶在卡拉斯之前帮他开门。两人短暂对视,卡拉斯走进雨夜。梅林扭头看着克丽丝:"我应该先问你一声的,你不介意我们马上开始吧?"

克丽丝一直在看着他,决定、指示和命令像阳光似的照亮了

[①] 白色罩衣(Surplice),教士和唱诗班穿的白色、宽松的衣服。
[②] 圣带(Stole),天主教神职人员执行宗教仪式时,佩于颈间的丝带(围巾),加在白衣之外,象征神权。

整幢屋子,她感觉一下子轻松了许多。"不,我很高兴,"她感激地说,"但是,梅林神父,你肯定很累了吧。"

年迈的神父看见她焦虑地瞥了一眼在楼上吼叫的恶魔。"要喝杯咖啡吗?"她的声音充满坚持,还有一丝恳求,"滚烫的,刚煮好的。喝点好吗?"

梅林看见她的双手轻轻绞紧又松开,看见她乌黑发青的眼圈。"好的,我很乐意,"他热切地说,"谢谢你。"某些沉重的东西被他扫到一旁,吩咐它在那儿等着:"如果不太麻烦你的话。"

克丽丝领着神父走进厨房,没多久,他就捧着一杯黑咖啡靠在了烤炉边。"加点白兰地,神父?"克丽丝举起酒瓶。

梅林低下头,毫无表情地看着咖啡。"唉,医生都说我不该喝,"他说,"可是,感谢上帝,我的意志力很薄弱。"

克丽丝愣了一下,不确定他的意思,直到他抬起头,她看见神父眼睛里的笑意。梅林向她伸出咖啡杯:"好的,谢谢,我要。"

克丽丝笑着倒了些烈酒。

"你的名字可真好听,"梅林看着她倒酒,嘴里说,"克丽丝·麦克尼尔。不是艺名吧?"

克丽丝向自己的咖啡里也加了几滴白兰地,摇头道:"不是,我的真名可不是萨迪·格卢茨[①]。"

"这个就必须要感谢上帝了。"梅林嘟囔道,垂下视线。

[①] 萨迪·格卢茨(Sadie Glutz, 1948—2009),原名苏珊·阿特金斯(Susan Atkins),美国邪教组织"曼森家族"的早期成员,参与了对好莱坞著名导演罗曼·波兰斯基(Roman Polanski)第二任妻子、好莱坞女星莎伦·泰特(Sharon Tate)的谋杀。

克丽丝温暖地笑着坐下:"兰克斯特呢,神父?非常少见。有什么缘故吗?"

"好像是一艘货船。"梅林嘟囔道,眼神茫然。他把咖啡杯举到嘴边,喝了一口,"还是一座大桥?对,应该是大桥。"他望向克丽丝,眼神开心得让人悲伤,"哎呀,'达明',"他说,"真希望我有个达明这样的名字。多好听。"

"那是从哪儿来的,神父?那个名字?"

"达明?他是一位神职人员,倾尽生命照料莫洛卡伊岛上的麻风病人。最后自己也染了这个毛病。①"梅林望向别处,"多好的名字呀,要是我能叫达明,就算姓格卢茨我也愿意。"

克丽丝被他逗乐了,精神松弛下来,和梅林随便闲聊了几分钟。莎伦走进厨房,梅林起身离开。他似乎一直在等她,因为莎伦一进来,他就拿着杯子去水槽边,洗干净杯子,小心翼翼地搁在碗架上。"太棒了,正是我需要的。"他说。

克丽丝也站起来:"我带你去你的房间。"他说谢谢,跟她走进书房。"要是有什么需要,神父,"克丽丝说,"千万别客气。"

他用手按住克丽丝的肩头,轻轻捏了一下,要她安心。克丽丝感觉到温暖和力量流进身体,同时还感到了平静和一种久违的感觉——什么呢?她思考着。安全感?对,大概就是。"您太仁慈了。"她说。他的眼睛露出笑意,说:"谢谢你。"他松开手,目送

---

① 达明神父(Father Damien, 1840—1889),出生于比利时的天主教神父。1873年,他自愿去麻风病患者聚居的莫洛卡伊岛,在岛上传教和护理麻风病人,后来在染上麻风病后依旧坚持传教,于1889年病死在岛上。2009年10月11日,达明神父被教宗本笃十六世封圣,成为天主教圣人。

她离开，痛楚突然爬上他的面庞。他走进书房，关上门，掏出裤袋里一个标着"拜尔阿司匹林"的小瓶，倒出一粒硝化甘油，小心地放在舌下。

克丽丝走进厨房，站在门口望向莎伦。莎伦站在烤炉旁，手掌按着过滤器，等咖啡重新加热。她脸色有些不安，眼神茫然。克丽丝关切地走过去："亲爱的，你也该去休息一下了。"

莎伦有几秒钟没吭声，她慢慢地转过头，愣愣地看着克丽丝："你说什么？"

克丽丝打量着她紧张而茫然的表情。"楼上刚才发生什么了，莎伦？"她问。

"哪儿发生什么了？"

"梅林神父走进丽甘卧室以后。"

"哦，对……"莎伦微微蹙眉。她收回茫然的视线，盯着空中某处，疑惑地回忆道，"呃，事情很怪。"

"很怪？"

"很奇怪。他们只是……"她顿了顿，"呃，他们只是互相瞪了一阵子，然后丽甘——那个怪物——说……"

"说什么？"

"说，'这一次，输的会是你。'"

克丽丝看着她，等她说下去："然后呢？"

"没有然后了，"莎伦回答，"梅林神父转身离开了房间。"

"他是什么表情？"克丽丝问。

"很怪。"

"天哪,莎伦,你就没别的词了吗?"克丽丝叫道,正想接着说点儿别的,却注意到莎伦走了神,她侧过脑袋,仿佛在听什么声音。克丽丝跟着她的视线抬起头,也听到了:寂静,恶魔的怒吼突然停止,但有什么东西……另外某种东西……正在积累。

她们用余光对视一眼。

"你也感觉到了?"莎伦问。

克丽丝点点头。屋子里多了某种东西。张力。空气逐渐变得厚重,律动,像是互反的能量在慢慢累积。轻快的门铃声显得很虚幻。

莎伦转身走开:"我去开。"

她来到门厅,打开门。来的是卡拉斯,他抱着个纸板洗衣箱说:"谢谢,莎伦。"

"梅林神父在书房。"莎伦说。

卡拉斯快步走向书房,轻轻敲了两下,抱着纸箱进去。"对不起,神父,"他说,"我有点儿——"

卡拉斯停下了。梅林身穿长裤和 T 恤,跪在租来的床边祷告,前额深深贴着握紧的双手。卡拉斯像是生了根似的呆站片刻,仿佛是一拐弯撞见了年轻时的自己,男孩的胳膊上搭着祭童袍,他匆忙走过,没有认出自己。

卡拉斯的视线移向打开的纸箱,看着上浆衣物上的雨点。他走到沙发边,无声地取出箱子里的东西,然后脱掉雨衣,挂在椅背上。他又望向梅林,看见对方在胸前画十字,连忙转开视线,俯身拿起尺码较大的那件棉质白衣,套在教士袍外面。他听见梅林起身，走向他。他拉好白衣，转身面对老神父，梅林在沙发前停下，眼睛爱怜地扫过纸箱里的衣物。

卡拉斯拿起一件套头衫。"我觉得你应该先穿这个再穿长袍，神父，"他把衣服递过梅林，"她的房间有时候会变得非常冷。"

梅林低头看着套头衫，用指尖轻轻摸了摸说："你想得真周到，达明。谢谢你。"

卡拉斯从沙发上拿起给梅林准备的教士袍，看着他穿上套头衫——直到这个时刻，看着这个再平凡不过的动作，卡拉斯突然意识到了这个男人令人惊诧的冲击力；还有当下这个时刻；还有克丽丝家是多么寂静，沉甸甸地压下来，让他无法呼吸，让他丧失了对现实的物质世界的感觉。有人在拽他手里的教士袍，他这才回过神来。是梅林。梅林开始穿教士袍说："你熟悉有关驱魔的规则吧，达明？"

"对，我熟悉。"

梅林扣上教士袍的纽扣："有一点尤其重要，就是必须避免与恶魔交谈……"

恶魔！ 卡拉斯心想。

多么就事论事的语气。他为之震惊。

"有关的事情可以问，"梅林继续道，"但除此以外就很危险了。极度危险。"他从卡拉斯手中接过白色罩衣，套在教士袍外。"特别要记住，别去听他说的任何话。恶魔是谎言家，会用谎话迷惑我们，还会把谎话夹在真话里攻击我们。从心理层面攻击我们，达明，非常有力。别去听，记住这一点，别去听。"

卡拉斯将领带递给他，驱魔人又说："现在你还有什么想问的吗，达明？"

卡拉斯摇摇头："没有了。我给你说说丽甘表现出的多重人格吧，也许会有帮助。目前似乎一共出现了三个。"

"只有一个。"梅林轻声说，将领带绕在脖颈上。他拿起《罗马礼典》，分了一本给卡拉斯，"诸圣祷文[①]我们可以跳过。达明，圣水拿来了吗？"

卡拉斯从衣袋中摸出用软木塞封住的细长水瓶。梅林接过去，朝着房门庄重地点点头："你带路吧，达明。"

楼上，莎伦和克丽丝在丽甘卧室的门口等待。她们神情紧张，身穿厚实的毛线衫和外套，听见开门声，转身望向楼下，见到卡拉斯和梅林庄严地走向楼梯。他们的样子多么惊人，克丽丝心想：梅林那么高大，卡拉斯仿佛石雕的黑色脸膛衬着祭童般的纯洁白衣。克丽丝看着他们一步一步走上楼梯，尽管理性说他们并没有超乎尘世的力量，但内心还是深深地为之折服，内心深处像是有个声音在说他们确实有力量。她觉得心跳越来越快。

来到门口，两位耶稣会会士停下脚步。卡拉斯看见克丽丝的毛线衫和外套，皱起眉头说："你们要进去？"

"你觉得不应该？"

"请不要进去，"卡拉斯警告她，"千万不要进去。别犯错。"

克丽丝疑惑地望向梅林。

[①] 诸圣祷文，即呼求诸圣徒的连续性祷文。

"卡拉斯神父说得对。"驱魔人静静地说。

克丽丝又看了一眼卡拉斯,垂下头。"好吧,"她沮丧地说,靠在墙上,"我在这里等你们。"

"你女儿的中间名是什么?"梅林问。

"特蕾莎。"

"多可爱呀。"梅林诚恳地说。他和克丽丝对视片刻,让她安心,然后扭头望着房门,克丽丝又感觉到了那种张力——缠结的黑暗在房间里渐渐凝聚。

在这扇门的另一侧。梅林点点头。"好了。"他轻轻说。

卡拉斯打开门,扑面而来的恶臭和冰凉险些逼得他后退。卡尔蜷缩在角落里的一把椅子上。他身穿褪色的橄榄绿猎装外套,满怀希望地望着卡拉斯,卡拉斯的视线立刻投向床上的恶魔。恶魔闪闪发亮的眼睛望着他背后的走廊,死死地盯着梅林。

卡拉斯走向床脚,高大挺拔的梅林慢慢走到床边停下,低头望着对方的仇恨。憋闷的凝重笼罩了房间。丽甘伸出狼一样发黑的舌头,舔着皲裂而肿胀的嘴唇,声音像是一只手抚摸揉皱的羊皮纸。"好哇,骄傲的人渣!"恶魔声音粗哑地说,"终于!你终于来了!"

年老的神父抬起手,在床的上方画个十字,然后向整个房间重复这个动作。他回过身,拔掉圣水瓶的塞子。

"啊哈,来吧!圣尿!"恶魔叫道,"圣人的精液!"

梅林举起圣水瓶,恶魔那张脸变得狂怒而扭曲,用激昂的声音喊道:"啊,有胆子吗,杂种?有胆子吗?"

梅林开始泼洒圣水,恶魔猛地仰起头,嘴唇和颈部肌肉因为愤怒而颤抖。"啊,洒吧!洒吧,梅林!浸湿我们!用你的汗淹死我们!你的汗水是神圣的,圣梅林!弯下腰放个喷香的屁吧!弯下腰亮一亮圣臀吧,让我们崇拜它!喜爱它!吻它!舔它!祝福——"

"安静!"

这两个字仿佛雷霆。卡拉斯吓得一抖,扭头敬畏地看着梅林,梅林居高临下地盯着丽甘。恶魔安静下来,回敬梅林的视线。

但眼神变得畏缩,惊愕,警醒。

梅林一丝不苟地盖上圣水瓶,还给卡拉斯。精神病学家把瓶子放进口袋,望着梅林在床边跪下,闭上眼睛,低声祈祷。"我们在天上的父……"他念道。

丽甘向梅林吐痰,一团黄色的黏液落在梅林脸上,慢慢地滑下驱魔人的面颊。

"愿你的国降临……"梅林依然垂首,他一刻不停地祷告下去,手从衣袋中抽出手帕,不慌不忙地擦净污物。"不叫我们遇见试探。"他声调柔和地完成了他的部分。

"救我们脱离凶恶。"卡拉斯回应道。

卡拉斯抬头瞥了一眼。丽甘的眼球向上翻转,只露出白色的虹膜。卡拉斯一阵不安,他感觉到有东西在房间里凝集。他低头继续看《罗马礼典》,跟上梅林的祷告:

"我们的主耶稣基督的父神,我呼叫你的圣名,谦卑地求乞你施恩,降我以援手,对抗折磨你的造物的不洁恶灵;经由基督我们的主。"

"阿门。"卡拉斯回应道。

梅林站起身,虔诚地祝祷道:"上帝,人类的创造者和守护者,求你垂看,怜悯你的仆人,丽甘·特蕾莎·麦克尼尔,她陷于人类古老敌人的缠绕,那是我们种类的仇敌,是……"

卡拉斯听见丽甘发出咝咝声,不由抬头去看,见到她直挺挺地坐着,翻着两个白眼球,舌头飞快地伸出缩回,头部像眼镜蛇似的缓缓前后摇摆。卡拉斯又觉得一阵不安袭来,他低头看着礼典。

"搭救你的仆人。"梅林祈祷道,他站着诵读礼典。

"她倚靠你,我的上主。"卡拉斯回应道。

"要她找到你,上帝,如找到坚固的塔。"

"在仇敌面前。"

梅林开始念下一行——"让她制服仇敌的力量"——卡拉斯听见身后的莎伦猛吸了一口气,他扭头去看,见到她目瞪口呆地望着床。他困惑地转过身,感觉就像被闪电击中。

床头正在离开地面!

卡拉斯目不转睛地盯着这个场面,不敢相信自己的眼睛。四英寸。半英尺。一英尺。接着,床脚的两条床腿也开始腾空。

"天上的神哪!"[①]卡尔惊恐地低声说。卡拉斯看着床脚浮到床头的高度,没有听见卡尔的惊呼,也没有看见卡尔在胸口画十字。

---

① 卡尔此处用的是德语。

这不可能！他心想。

床继续向上浮起了一英尺，停在那里，缓缓上浮下沉，像是漂在一潭死水之中。

"卡拉斯神父？"

丽甘摆动身体，咝咝作响。

"卡拉斯神父？"

卡拉斯转过身。驱魔人平静地看着他，朝着卡拉斯手里的礼典点点头："回应，达明，谢谢。"

卡拉斯茫然地看着他，不明白他在说什么，也没听见莎伦逃出了房间。

"让她制服仇敌的力量。"梅林轻柔地重复道。

卡拉斯慌忙低头看着礼典，心跳仿佛雷声，他咬牙回应道，"要邪恶的子嗣无力伤害她。"

"耶和华呀，求你听我的祷告。"梅林继续道。

"容我的呼求达到你面前。"

"主与你同在。"

"也与你的灵同在。"

梅林开始念诵一段很长的祷文，卡拉斯的视线又落在床上，落在他对上帝的信心上，落在漂浮于半空的超自然力量上。喜悦充满他的身心。在这里！在这里！就在我眼前！他听见开门声，扭头去看。莎伦和克丽丝冲进房间，克丽丝停下脚步，无法相信这个场面，她惊呼道："耶稣基督！"

"全能的父，不朽的神……"驱魔人以平平常常的姿态抬起手，不慌不忙地在丽甘的额头画了三次十字,嘴里念着礼典上的文字:"神差他的独生子到世间来,击败吼叫的狮子……"

哞哞声停下了,丽甘的嘴大张成"O"形,发出让人胆战心惊的阉牛嘶吼声。

"从毁灭和正午的魔鬼的爪牙中,救出这依你形象造的人……"

牛叫声越来越响,撕扯血肉,骨头也随之震颤起来。

"上帝,万物的创造者……"梅林例行公事般地抬起手,将领带的一端按在丽甘的脖颈上,继续祈祷道,"由你的大能,撒旦从天上坠落,犹如闪电,将惊怖击中荒废在你的葡萄园中的野兽……"

牛叫声停止了。刚开始安静得让人耳鸣,接着,丽甘从嘴里呕出浓稠而腐臭的绿色液体,液体缓慢而有节奏地喷涌,首先沾满她的嘴唇,然后一股股流向梅林的手。梅林没有松手,继续说,"由你有力的手驱除丽甘·特蕾莎·麦克尼尔身上的残忍恶魔……"

卡拉斯隐约感觉到门被打开,克丽丝冲出房间。

"赶走这逼迫无辜人的……"

床开始慢悠悠地晃动,然后上下振动,突然又猛烈抖动和晃动,呕吐物连续不断地涌出,梅林冷静地调整姿势,但领带一直按在她的脖子上。

"要你的仆人满是勇气,敢反对那戕害信众的恶龙……"

骚动忽然停止,卡拉斯像是被催眠了,盯着睡床如羽毛般缓缓飘落,最后啪的一声落在地毯上。

"上帝,愿你……"

卡拉斯麻木地转动视线。梅林的手他已看不到。手被埋在汩汩而下的呕吐物之中。

"达明?"

卡拉斯抬起头。

"耶和华呀,求你听我的祷告。"驱魔人温和地说。

卡拉斯慢慢地转头对着床说:"容我的呼求达到你面前。"

梅林抬起领带,后退半步,他的喝令震动了整个房间:"我驱赶你,污鬼,连同敌人的每一股邪恶力量!地狱的每一个妖魔鬼怪!每一个凶残的同伴!"梅林的手垂在身边,呕吐物滴到了地毯上,"以基督的名义命令你,让风停让海止的基督!……"

丽甘停止呕吐,静静地坐在那里一动不动,眼白对梅林闪着凶光。卡拉斯在床脚注视着她,震惊和兴奋开始消退,意识活跃起来,不受控制地逼着他去看逻辑的疑惑角落:喧哗鬼、心灵致动、青春期内应力和精神能量。他想到一件事,皱起眉头,走到床边,俯身抓住丽甘的手腕。他发现了他担心的事情——和西伯利亚的萨满巫师一样,她的脉搏快得难以想象。他顿时失去了普照的阳光,他看着手表数心跳,像是在和自己的生命搏斗。

"以神的名义命令你,将你掷出天上的神的名义!"梅林强有力的祝祷在卡拉斯的意识边缘引起共鸣,声音无情地炸响,脉搏随之越来越快。卡拉斯望向丽甘。她依然沉默,依然一动不动。缕缕臭气从呕吐物飘进冰冷的空气中,仿佛那是冒着恶臭的祭品。

卡拉斯胳膊上的汗毛开始竖起，因为丽甘的头部开始以噩梦般的慢动作一格一格地转动，仿佛她是个人体模型，发出机械部件生锈的叽叽嘎嘎声音，直到两个恐怖的惨白眼球盯着他的眼睛。

"因此，就在害怕中颤抖吧，撒旦……"梅林接着说。

丽甘的头部又慢慢转向梅林。

"你腐败大义！你带来死亡！你背叛神国！你抢夺生命！你……"

卡拉斯警惕地左右张望，灯光开始闪烁，然后逐渐黯淡，最后变成脉动着的怪诞琥珀色。他打个寒战，房间比刚才更冷了。

"'你是杀人犯的王公！你是所有淫邪事的创造者！你是全人类的公敌！你……"梅林说完，一声闷响摇撼房间，随后又是一声。接着变成了有节律的声音，穿透墙壁、地面和天花板，到处都是，以沉重的节奏搏动，像一颗无比巨大的患病心脏在跳动。

"离去，怪物！你的住所是孤绝！你的家园是毒蛇的巢穴！趴下和毒蛇爬行！这是上帝的命令！以血……"

撞击声越来越响，不祥的感觉越来越多。

"我命令你，远古的毒蛇……"

越来越快……

"以生者和死者的裁判者的名义，以你的创造者的名义，以宇宙万物的创造者的名义……"

莎伦开始尖叫，用拳头压住耳朵，撞击声变得震耳欲聋，此刻又陡然加速，节拍令人心惊胆战。

丽甘的脉搏快得恐怖，已经迅速得无法测量。床的另一边，梅林冷静地伸出手,用拇指在丽甘被呕吐物覆盖的胸膛上画十字。撞击声吞没了他的祷告。

卡拉斯感觉丽甘的脉搏忽然变慢,梅林念着祈祷词,在丽甘额头画十字,这时噩梦般的撞击声也骤然停歇。

"天上和地上的主,天使和天使长的主……"卡拉斯能听见梅林的祈祷声了,丽甘的脉搏持续下降……

"傲慢的杂种,梅林!渣滓!你会输!她会死!这母猪会死!"闪烁的灯光逐渐变亮,恶魔重新出现,对梅林狂吼道,"放荡的孔雀!古代的异端!居然相信宇宙有朝一日会成为基督!我命令你,抬头看我!对,抬头看我,你这渣滓!"恶魔猛地挺身,朝着梅林的脸吐口水,粗哑地叫道:"让主人治好你的瞎眼!"

"上帝,万物的创造者……"梅林继续祈祷,平静地拿出手帕,擦掉口水。

"遵从他的教导哇,梅林!下手吧!把你神圣的阴茎插进小猪的嘴里,洁净它吧,拿你那条皱皱巴巴的圣物擦拭她吧,这就能治好她了,圣梅林!奇迹呀!奇迹……"

"救你的仆人脱离……"梅林还在祈祷。

"伪善的家伙!你根本不关心这头母猪。你什么也不关心!你把她当成你我之间的竞赛!"

"我谦恭地……"

"谎言!撒谎的杂种!告诉我们,梅林,你的谦恭在哪里?沙漠?废墟?你逃去躲避同类的坟墓里?你躲避不如你的人,躲避智力不如你、思想有障碍的人?你替人类说话,你这信神的污物?……"

"脱离……"

"你的家园是孔雀的巢穴,梅林!你的住所就是你自己!回山上和你唯一的同伴说话去吧!①"

梅林不为所动,继续祈祷,侮辱如洪水般涌来。"饿了吗,圣梅林?来吧,饮神酒吃神食吧,我给你吃你的神吃的东西!"恶魔用嘶哑的声音讽刺道,抬起身体,泻出粪便,"吃吧,这是我的身体!为这祝圣吧,圣梅林!"

卡拉斯压下恶心,将注意力集中在梅林吟诵的《路加福音》段落上:

"他说:'我名叫群。'这是因为附着他的鬼多。鬼就央求耶稣,不要吩咐他们到无底坑里去。那里有一大群猪在山上吃食。鬼央求耶稣,准许他们进入猪里去。耶稣准了他们,鬼就从那人出来,进入猪里去。于是那群猪闯下山崖,投在湖里淹死了。放猪的……"②

"威莉,告诉你一个好消息!"恶魔粗声粗气地说。卡拉斯抬头看见威莉站在门口,怀里抱着毛巾和床单。"告诉你救赎的消息!"怪物幸灾乐祸地叫道,"埃尔维拉活着!她活着!她是个……"

威莉震惊地愣住了,卡尔转身对她叫道:"不,威莉!不要听!"

---

① 典出《圣经·旧约·出埃及记》,摩西在西奈的山上听神的诫令。
② 出自《圣经·新约·路加福音》第8章第30—33节。

"毒虫，威莉，一个没希望的——"

"威莉，不要听！"卡尔喊叫道。

"想知道她住在哪儿吗？"

"不要听！不要听！"卡尔推着威莉出了房间。

"母亲节去看她，威莉！给她惊喜！去——"恶魔突然停下，盯着卡拉斯。

卡拉斯在检查丽甘的脉搏，发现跳得很有力，再打一针氯氮也没问题。他走向莎伦，请她准备注射。"卡拉斯，你要她吗？"恶魔叫道，"她是你的了！对，这只圈养的婊子属于你！你愿意怎么骑就怎么骑！哈，她每天夜里都幻想你，卡拉斯！对，就是你，还有你那条又长又粗的圣鸡巴！"

莎伦脸色通红，听着卡拉斯交代她准备氯氮，不敢和他对视。"多准备一个康帕嗪栓剂，以免她继续呕吐。"他补充道。

莎伦对着地面点点头，始终看着别处。从床边走过时，她还是没有抬起头，丽甘对她喊道："荡妇！"然后一挺身，冲着她的脸喷出一股呕吐物。莎伦站在那里，动弹不得。丹宁斯的人格忽然现身，高喊："圈养的婊子！"

莎伦逃出房间。

丹宁斯人格做个厌烦的鬼脸，四下里打量一番，开口问道："有没有人能行行好把窗户开条缝？这房间真他妈的臭！简直——！不不不，千万别！"它改口道，"看在老天的面子上，别开窗，否则又有人会他妈摔死！"它嘿嘿笑了几声，朝卡拉斯挤挤眼睛，随即消失。

"神驱逐你……"梅林看着礼典说。

"哦,是吗,梅林?"

恶魔实体再次出现,梅林继续祝祷,使用领带,不停画十字;恶魔的实体没完没了地辱骂他。

太久了,卡拉斯非常担忧:这次发作持续得太久了。

"老母猪来了!小猪的老妈来了!"

卡拉斯转身看见克丽丝拿着棉签和一次性注射器走近。她低着头,恶魔拼命辱骂她,卡拉斯走过去,皱起眉头。

"莎伦在换衣服,"克丽丝解释道,"卡尔在——"

卡拉斯用一句"好的"打断她,两人走向床边。

"哎呀呀,神的好手艺来了,老母猪!来呀!"

克丽丝努力不听也不看,卡拉斯抓住丽甘不做抵抗的胳膊。

"看哪,这个脏货!看哪,杀人的母狗!"恶魔骂道,"现在开心了吧?都是你干的好事!没错,你和你的职业最重要;你的职业比你丈夫重要,比她重要,比……"

卡拉斯扭头看她。克丽丝完全呆住了。"继续!"卡拉斯命令她,"不要听!继续!"

"你离婚去找神父,了不起呀?神父也帮不了你!小母猪疯了!你还不明白吗?是你把她逼疯的,害得她杀人……"

"我不行!"克丽丝面容扭曲,盯着颤抖的注射器,她使劲摇头,"我做不到!"

卡拉斯抢过她手里的注射器:"没事,你来给她消毒!擦胳膊!就这儿!"

"等她进了棺材，臭母狗，用……"

"不要听！"卡拉斯再次提醒克丽丝。恶魔猛地转过头，布满血丝的凸出眼睛里怒火燃烧："还有你，卡拉斯！对，还有你！"

克丽丝用棉签给丽甘的胳膊消毒。"快出去！"卡拉斯命令道，将针头插进消毒过的皮肤。

克丽丝飞奔而去。

"是呀，我们知道你对当母亲的都很好，亲爱的卡拉斯！"恶魔嘶哑地说。耶稣会会士为之畏缩，一时间无法动弹。他慢慢拔出针头，望着只剩下眼白的眼睛。丽甘嘴里流淌出欢快的慢拍歌声，声音甜美而清澈，像是出自唱诗班的男童。

"皇皇圣体尊高无比，我们俯首致钦崇……"这是天主教祝福仪式中的一首赞美诗。卡拉斯面无血色地听着歌声飘扬。怪异的歌声令人不寒而栗，犹如一台吸尘器，卡拉斯感觉今晚的恐怖正在被吸进去，细节清晰得可怕。他抬起头，看见梅林拿着毛巾，疲惫而温柔地擦掉丽甘脸上和脖子上的呕吐物。

"古教旧礼已成陈迹……"梅林一边擦污物一边祈祷。

歌声。*谁的声音？*卡拉斯心想。然后是画面片段：丹宁斯……窗户……他筋疲力尽，看见莎伦进屋，拿过梅林手上的毛巾。"交给我吧，神父，"她说，"我没事了。我来给她换衣服，擦擦身子，然后注射康帕嗪。好吗？你们二位出去待一会儿吧。"

两位神父离开房间，走进温暖、昏暗的走廊，疲惫地靠在墙上，低着头抱起手臂，听着房间里发闷的怪异歌声。打破沉默的是卡拉斯，他说："你说——之前你说过，只有……一个实体。"

"是的。"

两人压低声音说话，低垂着头颅，仿佛在告解。

"其他的只是各种形式的攻击，"梅林解释道，"实体只有一个……仅仅一个，是个恶魔。"沉默片刻后，梅林坦率地说："我知道你有所怀疑。但我遇到过一次这个恶魔。他很强大，达明，非常强大。"

寂静。卡拉斯再次开口："我们不是说恶魔无法触及受害者的意愿吗？"

"对，确实如此。这里不存在罪错①。"

"那附魔的目的何在呢？有什么意义？"

"谁能知道？"梅林回答，"谁真能希望知道？不过我认为，恶魔的目标不是被附魔的人；而是我们……旁观者……屋子里的每个人。我还认为——我认为意义在于让我们绝望；否认我们自身的人性，达明：将自己视为完全的野兽，彻底的卑下之物，腐败堕落，没有尊严，丑陋，低劣。最核心的也许是：我们不值得被救。因为我认为信仰根本与理性无关，而是与爱有关，是接受上帝也爱我们的可能性。"

梅林停顿片刻，然后用更慢的语速带着一丝自省说："当然，谁也不敢说他真的知道。但有一点很清楚，至少对我来说，那就是恶魔知道向何处发起攻击。对，他真的知道。很久以前，我拼命想去爱我身边的人。可那些人……让我反感。我怎么可能爱他

---

① 基督教认为，魔鬼不能违背人类的意愿强迫人类犯罪，只能通过诱惑的方式让人类犯罪、堕落。

们?这就是我的想法。这个念头折磨着我,达明,让我开始对自己绝望,然后很快,对神也绝望了。我的信仰四分五裂。"

卡拉斯惊讶地扭头看着梅林。"然后发生了什么?"他问。

"嗯……最后,我意识到上帝要的肯定不是心理学上做不到的事情;他要的爱本来就在我的意愿之中,不该当作一种情绪去感受。不,绝对不应该。他要的是我应该怀着爱做事;我应该怀着爱去服务别人;服务那些让我反感的人,我认为这才是最伟大的爱的行动。"梅林垂下头,用更轻柔的声音说,"达明,我知道你肯定觉得再明显不过了。我知道。但那时候我却看不见这个答案。多奇怪的睁眼瞎呀。有那么多丈夫和妻子,"他悲伤地说,"认定他们的爱已经不在,因为见到爱人时心跳不再加速!唉,亲爱的上帝!"他摇摇头,然后又点点头。"达明,我认为……附魔确实存在;不像某些人认为的像一场战役;没那么多;直接干涉的事例极其稀少,就像这里……这个女孩……这个可怜的孩子。不,我倾向于认为附魔往往存在于小事之中,达明:就像毫无理由的仇视和误解,就像朋友交谈时偶尔漏出的残酷字眼,就像恋人之间。这些就够了,我们不需要撒旦挑起战争;战争是我们发起的……我们自己……"

轻快的歌声继续飘出卧室。梅林抬起头看着房门,侧耳倾听片刻。"即便从这里——从邪恶里——最终也会产出美好,以某种我们永远无法理解甚至也无法看到的方式。"梅林停顿片刻。"也许邪恶亦是良善的熔炉,"他沉思道,"也许就连撒旦——撒旦,他自己也无法控制——有时也要依照上帝的意愿行事。"

他没有继续说下去，两人沉默地站在门口，卡拉斯陷入重重思绪，直到又一件坏事跳进脑海。"一旦恶魔被驱逐出去，"他问，"怎样才能确保它不再回来呢？"

"我不知道，"梅林答道，"但这种事似乎从没有发生过。没有，从来没有。"梅林抬起一只手捂住脸，使劲捏了捏眼角。"达明……多好的名字呀。"他喃喃自语。卡拉斯从声音里听到了疲倦，还有别的情绪，像是焦虑，像是在忍耐痛苦。

梅林突然从墙边起身，用手捂着脸，说声抱歉，快步走向洗手间。出什么事情了？卡拉斯心想。驱魔人的信仰是那么强烈而简单，令他忽然间既嫉妒又羡慕。他扭头望向房门，歌声已经停止。这个夜晚终于要结束了。

几分钟过后，莎伦拎着一捆散发着恶臭的被褥和衣物走出卧室。"她睡过去了。"说完，她飞快地移开视线，沿着走廊离开。

卡拉斯做了一次深呼吸，重新走进卧室。感觉寒冷。闻到臭味。他慢慢走到床边。丽甘，睡着了，终于睡着了。终于，卡拉斯心想，我也可以休息了。他弯腰抓住丽甘细瘦的手腕，抬起另一条手臂，看着手表秒针的转动。

"你为什么这么对我，迪米？"

神父的心脏冻住了。

"为什么这么对我？"

卡拉斯无法动弹，不能呼吸，不敢抬头去看这个发出哀恸声音的形体，看清那双眼睛是不是真的存在。那双谴责的眼睛，孤独的眼睛，是他母亲的眼睛。*他母亲的！*

"你撇下我去当神父,迪米;还送我进精神病院……"

不要看!

"现在又要驱赶我?……"

这不是她!

"为什么这么对我?……"

他的脑袋在抽痛,心脏悬在喉咙里,卡拉斯紧闭双眼,那个声音变得越来越有乞求的含义、越来越恐惧、越来越含着哭腔。"你一直是个好孩子,迪米。求求你,我害怕!不要赶我出去,迪米!求求你!"

你不是我的母亲!

"外面什么也没有!只有黑暗,迪米!孤独!"

"你不是我的母亲!"卡拉斯咬着牙激动地说。

"迪米,求求你!……"

"你不是我的母亲!"卡拉斯痛苦地喊道。

"哎呀,看在老天的分上,卡拉斯!"

丹宁斯的人格出现了。

"我说呀,把我们从这儿赶出去实在是太不公平了!"丹宁斯人格巧舌如簧,"说真的,请允许我为自己辩解一下,单是为了公平就应该让我待在这儿。我承认。但你要知道,这条小母狗毁了我的躯体,我认为允许我住在她身体里显然非常正当,你不这么想?天哪,看在基督的面子上,卡拉斯,看我一眼,这都不行吗?来吧!我没什么机会抛头露面说话。你就给我转过来吧,我保证不咬人不呕吐也不会做那些粗鲁的事情。你看,这是我呀。"

卡拉斯睁开眼睛,看见了丹宁斯的人格。

"好哇,这就好多了,"丹宁斯的人格继续道,"你看,是她杀了我。才不是咱们的好管家,卡拉斯——是她!哈,就是她,没错!"它点头强调道,"就是她!你看哪,我在吧台喝我的小酒,对吧,觉得好像听见了呻吟声。楼上她的卧室。唉,怎么说呢,我总得去看看她为啥哼哼吧?于是我就上楼了,然后你猜怎么着?她捏住我的喉咙,小贱人!"声音变得哀怨而可怜,"基督呀,我这辈子也没见过这么大的力气!她嚷嚷什么我搞了她老妈还说我该为离婚负责。反正听不太清楚。然后我告诉你,亲爱的,她把我从他妈的窗户那推了出去!"嗓音变得嘶哑而尖利,"她杀了我!他妈的杀了我!你说把我赶出去很公平吗?卡拉斯,回答我!公平吗?"

卡拉斯咽了口唾沫,用沙哑的声音说:"好,如果你真的是伯克·丹宁斯——"

"我不一直在说我是吗?你他娘的聋了不成?"

"好,如果你真的是,那请你告诉我,你的头部是怎么拧过去的?"

"该死的耶稣会!"它低声咒骂。

"怎么了?"

它眼神闪烁:"哦,头部是吗?该死的头部是吗?对,非常该死。"

"到底是怎么发生的?"

它转过头去:"哦,实话实说,谁他妈在乎?前还是后,都是细枝末节,你明白的,鸡毛蒜皮。"

卡拉斯低下头,再次抓住丽甘的手腕,看着手表数脉搏。

"迪米,求你了!不要让我一个人!"这是他的母亲的声音。

"你不只是神父,你还是医生。我住在好屋子里,迪米,没有蟑螂,不像我一个人住的破烂公寓!"

卡拉斯看着手表,尽量屏蔽那个声音,但他再次听见了哀哭。

"迪米,求求你!"

"你不是我的母亲。"

"唉,就是不肯面对现实吗?"这次是恶魔,口沫横飞,"蠢货,你相信梅林的话?你相信他是圣人,是好人?哈,根本不是!他骄傲,不值得拯救!我会证明给你看的,卡拉斯!我会杀了这头小母猪,证明给你看的!对,她会死,你和梅林的上帝都救不了她!她会因为梅林的骄傲和你的无能而死!**庸医!你不该给她注射氯氮!**"

卡拉斯诧异地抬头看着那双眼睛,它们闪着胜利的光芒,带着刺人的蔑视神色,然后又低头看着手表。"注意到她的脉搏了吗,卡拉斯?注意到了吗?"

卡拉斯担心地皱起眉头。脉搏跳得很快,而且——

"虚弱?"恶魔嗓音嘶哑,"啊哈,对。现在只是有点儿虚弱而已。一丁点儿。"

卡拉斯松开丽甘的手腕,连忙拿起床头的急救包,取出听诊器戴上,按在丽甘的胸口上。恶魔开心大叫:"你听,卡拉斯!好好听!"

卡拉斯听着心跳，越来越担心：丽甘的心音微弱而无力。

"我不让她睡觉！"

卡拉斯浑身发冷，抬头看着恶魔。

"对，卡拉斯！"它粗嘎地叫道，"她不能睡觉！听见了吗？我不会让小母猪睡觉！"

卡拉斯呆呆地看着恶魔仰天狂笑。他没有听见梅林回来的声音，直到驱魔人站在他的身旁，打量他的面容。"出什么事情了？"梅林问。

"是恶魔，"卡拉斯愣愣地答道，"说它不会让丽甘睡觉。"他向梅林投去被击败的眼神，"她的心跳开始无力了，神父。要是她不尽快得到休息，就会死于心力衰竭。"

梅林皱起眉头，神情肃穆："能给她用药吗？用药物让她入睡？"

"不，那很危险。她也许会陷入昏迷。"卡拉斯望向丽甘。她发出母鸡似的咯咯叫声。"要是血压继续下跌……"他没有说完。

"你有什么办法？"梅林问。

"没有，"卡拉斯焦虑地看着梅林，"我不知道，我说不准。我是说，也许最近医学有了新进展。我去找个心脏方面的专家来！"

梅林点点头，说："好，那就最好了。"

卡拉斯下楼，发现克丽丝守在厨房里，食品储藏室旁边的房间传来威莉的抽噎声和卡尔安慰她的声音。卡拉斯对克丽丝说他必须立刻找人帮忙，但他对丽甘的险情尽量含糊其辞。克丽丝放手让他处理，卡拉斯打电话给一位朋友，他是乔治城大学医学院著名的心脏病专家,他从睡梦中叫醒专家,简明扼要地描述了病情。

"马上就到。"专家说。

不到半个小时,他就赶到了克丽丝家。走进卧室,寒冷和恶臭让他惊诧,对丽甘的病情感到困惑、害怕和同情。他走进房间的时候,丽甘正在低声胡言乱语,为她做检查的时候,她一会儿唱歌,一会儿发出各种动物的叫声。最后,丹宁斯的人格出现了。

"啊,真是糟糕,"它对专家哀叹道,"真是可怕!天哪,真希望你能做点什么!你有办法吗?可是我们没地方去,你要知道,都得怪……唉,该死的硬脑壳魔鬼!"专家量着丽甘的血压,惊恐地看着她。丹宁斯人格抬头盯着卡拉斯,抱怨道:"你到底在干什么?看不出这小婊子应该进医院吗?她该进精神病院,卡拉斯!你清楚得很!老天在上,咱们就别搞这套他娘的巫医把戏了!她要是死掉,你很清楚都得怪你!对,全是你的错!明白吗,上帝亲自膏立的大卫①那么固执,不代表你就应该一样傲慢!你是医生!你该清楚,卡拉斯!你就低头吧,亲爱的心肝,有点儿同情心吧。这年头找个好地方住真不容易!"

恶魔重新出现,狼一般地嗥叫。专家面无表情地解开血压计,惊魂未定地朝卡拉斯点点头,他诊断完了。

两人回到走廊里,专家盯着卧室门看了好一会儿,然后问卡拉斯:"神父,这到底是在搞什么?"

---

① 大卫王(前1040—前970),以色列王国的第二任国王。

卡拉斯避开他的视线。"我不能说。"他轻声回答。

"不能还是不肯？"

卡拉斯扭头看着他。

"也许都有，"他说，"她的心脏怎么样？"

专家神情严肃："她必须停止现在的行为。必须睡觉……在血压陡降前睡觉。"

"迈克，有什么我能做的吗？"

"祈祷。"

卡拉斯目送专家离开，他的每一条血管和神经都在祈求休息、希望和奇迹，但他知道哪一样都不会降临。他闭上眼睛，痛苦地回想着，"你不该给她注射氯氮！"他用拳头压住嘴唇，发出悔恨和自我谴责的叫声。他深呼吸一次，两次，然后睁开眼睛，推开丽甘的卧室门，他的手和他的灵魂一样沉重。

梅林站在床边，观望丽甘像马似的嘶鸣。他听见卡拉斯进门，扭头探询地看着卡拉斯。卡拉斯痛苦地摇摇头。梅林点点头，脸上先露出悲哀的神情，然后是释然，转身面对丽甘时，只剩下了坚毅的决心。

梅林在床边跪下。"我们的父……"他起了头。

丽甘冲他喷吐漆黑发臭的胆汁，然后粗哑地说："你会输！她会死！她会死！"

卡拉斯拿起他那本礼典。他打开书，抬头盯着丽甘。

"搭救你的仆人。"梅林祈祷道。

"在敌人面前。"

去睡觉！丽甘！去睡觉！卡拉斯的意志在咆哮。

但丽甘没有睡。

黎明时没有睡。

正午时没有睡。

日落时没有睡。

星期天也没有睡，脉搏升到每分钟一百四十下，而且越来越弱，癫狂发作片刻不停，卡拉斯和梅林继续重复礼典仪式，一分钟也没睡，卡拉斯拼命寻找让她安静的方法：宽幅拘束带，让丽甘的动作减到最少；让所有人都暂时离开房间，看去除外界刺激能不能让癫狂发作停止。这些方法都没能奏效。丽甘的叫声和动作开始减弱，还好血压尚算平稳。但还能撑多久？卡拉斯痛苦地想。啊，上帝，不要让她死！他在心底里一遍遍对自己大叫。不要让她死！让她睡觉吧！让她睡觉！痛苦的默祷不断重复，仿佛一场连祷。

不要让她死！让她睡觉！让她睡觉吧！

星期天晚上七点，卡拉斯和梅林并排坐在丽甘的卧室里，两人沉默不语。卡拉斯被恶魔的攻击搞得筋疲力尽、心力交瘁：他缺乏信仰、他是庸医、他抛开母亲去追寻理想，还有丽甘，都是他的错。

"你不该给她注射氯氮……"

两位神父刚结束一轮礼典仪式，此刻在休息，听着丽甘用甜美的男童声音唱《天赐神粮》[①]。两人很少离开房间，卡拉斯回去过

---

① 《天赐神粮》（*Panis Angelicus*），赞美诗之一。

一次，更衣和洗澡。寒冷让他们很容易保持清醒，从当天早晨开始，房间里的气味变成了令人反胃的腐烂臭鱼味。

卡拉斯瞪着遍布血丝的眼睛，发狂般看着丽甘，他觉得好像听见了什么声音，吱嘎作响的声音。他眨眼时又是一声。他这才意识到，声音来自他起皱的眼睑。他扭头看着梅林。在这段漫长的时间里，年迈的驱魔人很少说话：偶尔讲一两个儿时的小故事，怀念过往琐碎的生活细节。他养过一只名叫克兰西的鸭子。卡拉斯非常担心他，他的年龄，缺少睡眠，以及恶魔的言语攻击。梅林闭上眼睛，下巴快要贴到胸口。卡拉斯扭头望向丽甘，拖着疲惫的身体走到床边，检查脉搏，测量血压。他将血压计的黑色束布绕上她的胳膊，不停地眨眼，让模糊的视线变得清晰。

"今天是母亲节，迪米。"

卡拉斯有几秒钟无法动弹，感觉心脏就快在胸膛里爆炸。他慢慢地抬起头，望进那双眼睛——已经不再属于丽甘，而是一双饱含谴责的悲伤眼睛，他母亲的眼睛。

"我对你不好吗？为什么留我一个人等死，迪米？为什么？你为什么……"

"达明！"梅林紧紧抓住卡拉斯的胳膊，"你出去休息一会，达明。"

"迪米，求你了！"

"不要听，达明！去，快去！"

莎伦进屋来换被褥。

"去，休息一会儿，达明！"梅林催促道。

卡拉斯觉得喉咙口被堵住了，转身离开丽甘的卧室。他在走廊里站了一小会儿，虚弱而犹豫。咖啡？他想喝咖啡，但更想洗澡。他离开克丽丝家，回到耶稣会宿舍的房间。卡拉斯看了一眼床，就改变了轻重顺序。别洗澡了，朋友！睡吧！半个小时！他去拿听筒，想请接待台到时候叫醒他，但电话恰好响起。

"呃，哈啰。"他哑着嗓子说。

"有人找你，卡拉斯神父，是金德曼先生。"

卡拉斯屏息片刻，然后无可奈何地吐气。"好吧，就说我马上出来。"他无力地说。挂断电话，卡拉斯看见桌上有一条无过滤嘴的骆驼香烟，上面放了张戴尔的字条。

　　还愿灯前的礼拜坐垫上发现一把花花公子俱乐部的钥匙。
是你的吗？可去前台领取。

乔

卡拉斯笑嘻嘻地放下字条，很快换了身衣服，出门走向接待台。金德曼坐在电话接线台前，正在精心摆弄一个插满鲜花的花瓶。他转身看见卡拉斯，手里握着一枝粉色的山茶。

"啊，神父！卡拉斯神父！"金德曼笑呵呵地打招呼，他看见神父的疲惫面容，表情顿时变成了关切。他把山茶花插回花瓶里，走过来迎接卡拉斯。"你看上去糟透了！出什么事了？成天绕着跑道傻跑，结果成这样子了？别跑了，神父，人反正总是要死的。

听着，跟我来！"他抓住卡拉斯的胳膊，拖着他走向通往街道的大门。"有一分钟吗？"他问，两人走出大门。

"几乎没有，"卡拉斯嘟囔道，"什么事情？"

"聊几句。我需要建议，没别的，就是建议。"

"关于什么？"

"等一分钟再说。咱们先散散步，呼吸呼吸新鲜空气，享受一下。"他挽起神父的胳膊，拉着他穿过远望街。"你看，多美呀！多么灿烂！"他指着即将沉入波托马克河的太阳说，笑声和大学生的喧闹声从三十六街拐角的露天酒吧传来。一个学生用力拍打另一个学生的手臂，两人嬉闹着扭打。"哎呀，大学……"金德曼看着生机勃勃的年轻人叹道，"没念过……但真想……"他扭过头，皱着眉头看着卡拉斯，"我说，你的样子真的很糟糕，"他说，"出什么事情了？生病了？"

金德曼什么时候才愿意说正经事？卡拉斯心想。

"不，只是太忙了。"他答道。

"那就悠着点儿吧，"金德曼喘息道，"悠着点儿。说起来，看过大剧院芭蕾舞团吗，最近在水门剧院演出的那个团？"

"没有。"

"啊，我也没有。不过我想去看。那么优雅……那么漂亮！"

他们来到了电车库房的低矮石墙边，日落的景色一览无余，两人停下脚步，卡拉斯抬起胳膊放在矮墙上，视线离开落日，看着金德曼。

"好吧，你到底想问什么？"卡拉斯问。

"啊，神父，"金德曼叹息道，他转过身，双手扣在一起，放在石墙上，忧郁地望着河对岸，"我恐怕有个问题。"

"职业上的？"

"嗯，部分是。只有部分是。"

"是什么？"

"好吧，基本上……"金德曼犹豫片刻，然后说，"呃，基本上是伦理问题，可以这么说，卡拉斯神父。这个问题……"警探的声音小了下去，他转身背靠石墙，皱着眉头望着人行道，"实在没有人可以和我讨论，尤其不能让我们头儿知道，明白吗？我真的做不到。我没法告诉他。所以我想……"他的眼睛突然一亮，"我有个姨妈——这事我非说不可，有趣极了。她呢，有好多年很害怕——非常害怕——我舅舅。可怜的女人，连一个字都不敢和他说，更别说大声讲话了。所以只要生他的气了，她就跑进卧室的壁橱，摸着黑——你没法相信这个！——摸着黑，一个人，身边是蛀虫和衣物，咒骂——真的是咒骂——我舅舅，说她对他的真实看法，一口气就是二十分钟。真的！我是说，她会大喊大叫！等她出来，感觉好些了，她还会去亲亲他的脸。这算什么，卡拉斯神父？好的治疗手段吗？"

"非常好，"卡拉斯勉强笑笑，"这么说来，我就是你的壁橱了？你是这个意思吗？"

"算是吧，"警探沉重地说，"但更加严肃，而壁橱必须和我说实话。"

"有香烟吗？"

警探瞪着他,满脸的难以置信:"我这么个身体,难道还能抽烟?"

"不,不能。"卡拉斯喃喃道,他扭头望着波托马克河和墙头上的双手,这是为了止住双手的颤抖。

"什么医生嘛!老天千万别让我在树林里病倒,身边不是阿尔贝·施魏策尔①而是你!你是不是还拿青蛙治疣子,卡拉斯医生?"

"是癞蛤蟆。"卡拉斯没什么兴致地答道。

金德曼皱起眉头:"你今天怎么不那么开心了?卡拉斯神父。出什么事情了?怎么了?来,告诉我。"

卡拉斯低下头,沉默片刻,然后轻声说:"好了,有什么想问壁橱的就说吧。"

警探叹了口气,扭头望着波托马克河。"我想说的是……"他开口道,然后用大拇指挠挠眉头,想了想继续说,"我想说的是——呃,就说我在跟的一个案子吧,卡拉斯神父。谋杀案。"

"丹宁斯的?"

"不,不,完全是你不知道的一个案子,神父。咱们完全是在讨论假设。"

"明白了。"

"看起来像是巫术仪式的谋杀案,"警探沉思道,慢而仔细地挑选合适的字眼,"就说有一幢屋子,一幢假设性的屋子,屋子

---

① 阿尔贝·施魏策尔(Albert Schweitzer, 1875—1965),法国神学家、哲学家、医学家及音乐家。1953年获得诺贝尔和平奖。

里住了五个人,其中之一肯定是凶手,"他做了个平砍的手势表示强调,"我知道这一点,确实知道,知道这是事实。"他停下,慢慢吐出一口气,"但问题在于,所有证据——唉,都指向一名儿童,卡拉斯神父。一个小女孩,十一二岁,还不懂事呢,说是我的女儿都可以。对,我知道,听起来很荒谬……可笑……但确实是事实。然后呢,卡拉斯神父,一位非常著名的天主教神职人员走进这幢屋子——记住这个案件完全是我的假设——我通过同样是假设性的天赋得知,这位神父治愈过某种特定类型的疾病。说起来,是一种精神疾病,我顺便提到这个只是为了满足你的好奇心。"

卡拉斯沉痛地垂首点头。"好,你继续说,"他呆呆地说,"还有什么?"

"还有什么?还有很多呢。证据表明,这种疾病与撒旦崇拜有关,还有力量……对,大得难以置信的力量。这个……假设存在的女孩,怎么说呢?有能力……把一个男人的头部扭得转上半圈。"警探也在垂首点头,"对……是呀,她能做到。现在呢,问题来了……"警探停下来,在沉思中咧咧嘴,继续道:"你看……你看,神父,但这女孩没有责任。她失去了本性,神父,完全不是她自己了,况且她还小!只是个孩子!卡拉斯神父!一个孩子!但是,她得的这种疾病……也许很危险。她有可能还会杀死别人。谁知道呢?"警探扭过头,眯着眼睛望向对岸,"这是个问题。"他哀伤地说,"我应该怎么做?当然,我的意思是假设性的。我该忘了它?统统忘掉,希望她能"——金德曼停了停——

"好起来？"他摸出手帕，擤了擤鼻子。"唉，天哪，我真的不知道，实在不知道该怎么办。真是个可怕的抉择。"他在手帕上寻找没被弄脏过的地方，"对，非常糟糕。恐怖。我实在不愿意做这个抉择。"他又擤了一次鼻子，轻轻擦了擦鼻孔，然后把湿漉漉的手帕塞进口袋。"神父，面对这么一个案件，怎么做才正确？"他转向卡拉斯，"当然，是我们的假设。你认为怎么做才正确？"

有一个瞬间，愤懑如潮水般淹没了卡拉斯，他对累积的重担产生了沮丧而疲惫的怒意。他等情绪退去，冷静下来以后，坚定地看着金德曼的双眼，轻声答道："我会把事情交给更高的权威。"

"我相信更高的权威这会儿就在那里。"

"是的，而我会放手由他处理。"

两人对视良久。金德曼点点头，说："好的，神父。好的，好的，我知道你会这么回答。"他又望向落日。"多么美丽呀，"他说，"是什么让我们觉得日落美丽但比萨斜塔不美呢？还有蜥蜴和犰狳，也是一个谜呀。"他拉开袖口，看一眼手表，"好啦，我得走了。金夫人得唠叨我说晚饭全凉透了！"他转身面对卡拉斯，"神父，谢谢你。我感觉好些了……好多了。对了，能帮个忙吗？捎个信儿？要是你遇见一位姓恩斯特伦的先生，告诉他——嗯，就说，'埃尔维拉进诊所了，她挺好。'他会明白的。能帮我这个忙吗？我是说，要是天晓得为啥你会遇见他的话。"

卡拉斯有点儿困惑，但还是说："行啊。"

"我说，神父，咱们找一天晚上看电影吧？"

耶稣会会士低下头，喃喃道："很快。"

"你怎么像是拉比提到弥撒，总是很快很快。听着，神父，请再帮我一个忙。"卡拉斯抬起头，看见警探严肃地看着他。"你别再绕着跑道傻跑了。好好走路，神父，走路就行，悠着点儿。能听我这个劝告吗？"

卡拉斯露出一丝微笑："好的。"

警探把双手插进衣袋，认命地低头看着人行道。"唉，我知道了，"他疲惫地叹息道，"很快，总是很快。"他抬脚要走，忽然停下，离开前，抬起手捏了捏神父的肩膀，"伊莱娅·卡赞①，你的导演，向你送上问候。"

卡拉斯望着金德曼缓缓走下街道，心头泛起喜爱，还有惊讶：人的心灵会像迷宫似的百转千回，还会在不可能的时刻得到救赎。他抬起头，望着河流上空沐浴在粉色辉光中的云朵，视线落向西方，云朵在世界尽头飘荡，闪着微弱的光芒，仿佛被记住的承诺。他以前总能在这种景象中见到上帝的存在，在云朵的颜色变化间感觉到上帝的气息，他曾经热爱的诗句冒出来折磨他：

  荣耀归属我主，为那驳杂的万物——

  为那花牝斑纹的二色苍穹；

  为着泳中鳟鱼的点点玫瑰痣；

  新炭色的栗树皮，燕雀的翅；

---

① 伊莱娅·卡赞（Elia Kazan，1909—2003），希腊裔美国著名导演，177页提到的《码头风云》一片的导演。

……………

我主创造万物，永恒美满；
当将他的荣光赞颂。①

他想到赞美诗里一个曾让他满心喜乐的句子：主呀，我曾经热爱您的房子之美。悲伤和失落的痛苦涌上喉头，就要来到眼角，他用拳头压住嘴唇，垂下眼睛克制住这些情绪。

卡拉斯等待片刻，不敢再眺望落日。

而是望向丽甘的窗口。

莎伦开门让他进去，说没有任何变化。她提着一包恶臭的衣物，告退道："我得去楼下的洗衣房。"

卡拉斯目送她离开。他想喝咖啡，却听见恶魔恶毒地咒骂梅林。他走向楼梯，忽然想起金德曼要他带给卡尔的口信。卡尔在哪儿？他转身想问莎伦，看见她拐弯转出了去地下室的楼梯。他走向厨房，去找管家。卡尔不在，厨房里只有克丽丝一个人。她坐在早餐桌前，用胳膊肘撑着台面，双手捂住太阳穴，低头在看……那是什么？卡拉斯悄悄走近，停下脚步。剪贴簿？贴住的照片、剪下的纸片。

"对不起，"卡拉斯柔声问，"卡尔在他的房间里吗？"

克丽丝抬起头，无力地摇摇头。"他出去办事了，"她嘶哑地

---

① 出自英国诗人、耶稣会神父杰拉尔德·曼利·霍普金斯（Gerard Manley Hopkins, 1844—1889）的诗歌《斑驳之美》（*Pied Beauty*），包慧怡译。

轻声说。卡拉斯听见她在抽泣。"有咖啡,神父,"克丽丝喃喃道,"马上就滤好了。"

卡拉斯扭头去看过滤指示灯,他听见克丽丝从桌边起来,转身时看见她快步走过他身旁,她别开脸不让他看见。他听见一声颤抖的"抱歉",她匆匆忙忙离开厨房。卡拉斯低头看着剪贴簿。生活照,一个小女孩,非常漂亮。卡拉斯痛苦地意识到她正是丽甘:一张,吹鲜奶蛋糕上的蜡烛;一张,穿短裤T恤坐在湖边的码头上,对着镜头快活地挥手。T恤上印了什么字。营……他认不完全。对面一页贴了张格子纸,用孩童的笔迹写着:

不想只是用黏土
而是用所有最美丽的东西
例如彩虹,
白云和鸟儿歌唱的方式,
只有用这些,我最亲爱的妈妈,
把所有这些加起来,
我才有可能真的雕塑一个你。

底下写着:"我爱你!母亲节快乐!"铅笔写的签名,"丽"。

卡拉斯闭上眼睛。他无法忍受这场偶然的相遇。他疲倦地转身,等待咖啡滤好。他垂着头,抓紧台面边缘,再次闭上眼睛。别多想!他命令自己,别多想!但他做不到,他听着咖啡过滤时的滴落声和沸腾声,双手开始颤抖,怜悯突然喷涌而出,盲目地变成狂怒,因为女孩的疾病和痛苦,因为孩童遭受的折磨和肉体的脆弱,因为死亡的残酷和蛮横。

"不想只是用黏土……"

愤怒渐渐退潮,剩下惋惜和无助的挫折感。

"而是用所有最美丽的东西。"

他不能继续等咖啡了。他必须行动,必须做些事情,必须帮助别人,必须尝试。他走出厨房,经过客厅时,隔着打开的房门看见克丽丝在沙发上抽泣,莎伦试图安慰她。他别开视线,爬上楼梯,听见恶魔对梅林咆哮,"早就输了!你早就输了,你也知道!你这渣滓,梅林!杂种!回来!给我回来……"

卡拉斯不想再听。

"鸟儿歌唱的方式……"

卡拉斯走进丽甘的卧室,这才想到他忘了穿套头衫。他冷得微微颤抖,望向丽甘。丽甘侧着头,没有面对他,恶魔的声音不停怒吼。

他慢慢走过去,坐进椅子,拿起一条毛毯。他太疲惫了,所以直到此刻才注意到梅林不在视线之内。坐了几秒钟,卡拉斯想到应该测量丽甘的血压,于是疲惫地起身,摇摇晃晃地走向丽甘,但突然震惊地愣住了。梅林面朝下趴在床边的地上。卡拉斯跪下,翻过梅林的身体,看见梅林青紫色的面颊,他连忙去摸脉搏。在痛苦中煎熬了一个瞬间之后,卡拉斯意识到梅林已经离开人世。

"圣放屁精!死了,居然敢死了?死了?卡拉斯,给我治好他!"恶魔怒吼道,"把他给我救活,我们还没完,我们……"

心力衰竭。冠状动脉。"我的上帝呀！"卡拉斯悄声哀叫，"上帝呀，不！"他闭上眼睛，不敢相信这是真的，他绝望地摇头，一阵哀恸突然袭来，他野蛮地掐住梅林惨白的手腕，仿佛是想从肌肉中挤出丢失的生命力量。

"虚伪的……"

卡拉斯跌坐下去，深吸一口气。他看见地上掉着些小药片。他捡起一片，痛苦地意识到梅林早就知道自己的病情。硝化甘油，他早就知道。卡拉斯的眼圈变得通红，他看着梅林的面庞，想起他对自己说的话："去休息一会儿，达明。"

"虫子都不肯吃你的腐尸，你……"

卡拉斯听见恶魔的辱骂，他抬起头，控制不住的凶残狂怒让他颤抖。

不要听！

"同性恋……"

不要听！不要听！

卡拉斯愤怒得前额青筋迸起，他拿起梅林的双手，在梅林胸前摆成交叉的十字。他听见恶魔嘶哑地叫道："快把他的鸡巴握在手里！"一团腐臭的黏痰落进逝世神父的眼眶。"最后的仪式！"恶魔嘲笑道，然后仰天狂笑。

卡拉斯怔怔地盯着那团黏痰，他无法动弹，除了自己怒涛般的血液奔涌声，他什么也听不见。他颤抖着慢慢抬起头，动作无法连贯，憋得发紫的狰狞面容被仇恨和愤怒笼罩。"婊子养的！"卡拉斯怒骂道，尽管他没有移动，但身体似乎开始伸展，颈部肌肉像钢缆似的绷紧。恶魔停止狂笑,刻毒地看着他。"你要输了!"卡拉斯嘲笑道,"窝囊废。你从来就是个窝囊废!"丽甘向他喷出呕吐物。他置之不理。"是呀,你对付小孩是很有一套!"他咬牙切齿地说,"还是小女孩!好哇,来呀!有本事找个块头大的试试看!来呀!"他伸出双手,它们像是巨大的肉质钓饵,慢慢引诱着恶魔,邀请着恶魔。"来呀!来呀,窝囊废!试试我呀!离开这女孩,控制我!进入我的身体!"

下一个瞬间,卡拉斯的上半身猛地挺起,头部向后仰起,面对天花板,然后痉挛般地向前向下摆动,五官不停抽搐,被难以想象的恨意和愤怒扭曲;他强有力的大手伸出去,想要扼住尖叫的丽甘的喉咙,但动作一顿一顿的,像是有看不见的力量在抵抗。

克丽丝和莎伦听见了这些声音。她们在书房里,克丽丝坐在吧台前,莎伦在吧台里调酒,听见丽甘房间里的骚动,她们抬头望向天花板:丽甘的惊恐尖叫,然后是卡拉斯的怒吼,"不!"接着是踉跄的脚步声,猛烈撞击家具的声音,撞墙的声音。可怕的破碎声——玻璃被打破的声音——吓得克丽丝一抖,碰翻了酒杯。片刻之后,她和莎伦跑上楼,冲进丽甘的卧室。她们看见窗户的百叶窗被扔在地上,从铰链上被扯了下来!窗户的玻璃彻底碎了!

两人惊恐地跑向窗口,但克丽丝看见梅林躺在地上,她惊呼一声,停下脚步,跑过去在梅林身旁跪下。"我的上帝!"她哭叫道,"莎伦!过来!快过来——"

莎伦的尖叫声打断了她。克丽丝面无血色地抬起头，看见莎伦在窗口望着底下的阶梯，双手捂着面颊。

"莎伦，怎么了？"

"是卡拉斯！卡拉斯神父！"莎伦歇斯底里地叫道，转身冲出房间，脸色惨白。克丽丝站起身，快步走到窗口，望向下方，感觉心脏都要跳到体外了。M街陡峭的阶梯底端，鲜血淋漓的卡拉斯扭曲着身体躺在那里，人群正在慢慢聚集。

她惊恐地望着底下，一只手捂住面颊，她想移动嘴唇，想说话，但做不到。

"妈妈？"

背后响起一个细小无力的含泪的声音。克丽丝扭过半个头，瞪大眼睛，不敢相信她听见了什么。声音再次响起，是丽甘。"妈妈，怎么了？快过来！我害怕，妈妈！求求你，妈妈！求求你，快过来！"

克丽丝转过身，看见女儿疑惑的泪水；她立刻冲到床边，哭泣道："小丽！天哪，我的宝贝，我的宝贝！天哪，小丽！是你！真的是你！"

楼下，莎伦冲出克丽丝家，狂奔到耶稣会的宿舍楼。她语气急切地求见戴尔。戴尔很快就出现在了接待台。她告诉他发生了什么。他震惊地看着莎伦。"叫救护车了吗？"他问。

"我的天！没有！我没想到！"

戴尔立刻吩咐接线员叫救护车，然后和莎伦一起跑出宿舍楼。

两人穿过马路,跑下阶梯。

"让我过去,谢谢!请让我过去!"戴尔挤过围观者,听见无数冷漠的评判。"怎么了?""有人从台阶摔下来了。""对,他肯定喝醉了,没看见他都吐了?""走吧,亲爱的,我们要迟到了。"

戴尔终于挤过人群,这是一个令人心跳停止的瞬间,他感觉自己凝固在了永恒的悲恸之中,连呼吸都变得那么痛苦。卡拉斯身体扭曲,躺在地上,一团血以头部为中心正渐渐扩大。他下颚松弛,眼里闪着奇异的光芒,直勾勾地望着上方,像是在耐心地等待神秘彼岸的星辰召唤他。他的视线扫到戴尔,眼睛里升起一丝得意,还有圆满,还有胜利。

然后是恳求和催促。

"让开,退后!都退后!"警察来了。戴尔跪下,伸手轻轻抚摸他遍布瘀青和割伤的面颊。这么多的伤口,嘴角淌出一股鲜血。"达明……"戴尔哽咽了,再也说不下去,他在卡拉斯眼中看见了微弱的渴望,还有热切的求乞。

戴尔凑近卡拉斯:"能说话吗?"

卡拉斯慢慢抬起手,抓住戴尔的手腕,捏了一下。

戴尔忍住泪水。他凑得更近,贴着卡拉斯的耳朵轻轻说:"达明,是不是想做告解了?"

又捏了一下。

"你是否悔过,为你一生中所有的罪错,还有你对全能上帝的冒犯?"

卡拉斯的手慢慢松开,然后又捏了一下。

戴尔直起腰,慢慢在卡拉斯的胸口画个十字,痛苦地念着赦罪词:"我赦免你……"

一大滴眼泪淌出卡拉斯的眼角,戴尔感觉卡拉斯抓得更紧了,并不放松,他念完赦罪词:"奉圣父、圣子、圣灵之名。阿门。"①

戴尔再次俯身,凑近卡拉斯的耳朵。他等待片刻,咽下哽在喉咙里的泪水,轻声说:"你……?"他突然停下。手腕上的压力忽然轻了。他抬起头,看见一双充满宁静的眼睛;还有别的:像是心灵在最后一刻追求的喜乐。眼睛依然在凝视,但凝视的已经不属于这个世界,不是现世。

戴尔温柔地慢慢阖上他的眼睛,他听见远方传来救护车的声音。他开口道:"再见。"然后就再也说不下去了。他低下头,开始哭泣。

救护车抵达现场,急救人员将卡拉斯放上担架,抬进车厢,戴尔跟上去,坐在医生身旁。他俯身握住卡拉斯的手。

"现在你已经无能为力了,神父,"实习医生和善地说,"别让自己太难过,不要来了。"

戴尔望着那张伤痕累累的瘦削脸庞。他摇摇头,静静地说:"不,我要去。"

实习医生抬头望向救护车后门,耐心等候的司机挑起眉毛,看着他们。实习医生点点头,后门徐徐升起,最终关上。

莎伦站在人行道上,麻木地目送救护车慢慢开走。她听见旁

---

① 这段和上段中的赦罪词都是拉丁语。

观者的低声对话。

"发生什么了？"

"呃，谁知道呢？"

救护车的笛声荡漾在河面上空的夜色里，然后突然停止。

司机想起时间已经不重要了。

尾　声

六月的阳光穿过窗户，照进克丽丝的卧室，克丽丝叠好一件女式衬衣，摆在手提箱里衣物的最顶上，然后合上箱盖。她快步走到门口。"好了，就这些。"她对卡尔说，瑞士管家到床前扣好箱子。克丽丝走出卧室，顺着走廊走向丽甘的卧室。"嘿，小丽，你怎么样了？"她喊道。

两位神父的逝世、当时的震惊，还有金德曼的详细询问已经过去了六周。依然没有确定的答案，只有难以言喻的猜测，还有克丽丝一次次流着眼泪从梦中惊醒。梅林死于冠状动脉疾病，但卡拉斯呢……"费解呀，"金德曼喘息着说，"不，不是那个女孩。"这是他的结论。女孩不可能下手，因为她被拘束带牢牢地捆在床上。因此，是卡拉斯自己扯开百叶窗，跳出窗户寻死。但为什么呢？企图逃离什么可怕的东西？不，金德曼很快排除了这个可能性，因为要是想逃跑，大可以夺门而出。更何况卡拉斯绝不是会选择逃跑的那种人。那么，他为什么跳窗找死呢？

对于金德曼来说，答案随着戴尔的描述逐渐浮出水面，卡拉斯的情绪充满冲突：他对母亲的愧疚，她的死亡，他的信仰问题。金德曼又加上几点：卡拉斯多日缺少睡眠，对丽甘濒临死亡的关切和愧疚，恶魔以他母亲的形式发起攻击，最后是梅林突然死亡造成的震惊。他悲哀地做出结论：卡拉斯的理智终于崩溃，被再也无法承受的负罪感压成碎片。另一方面，调查丹宁斯的神秘案件时，警探从关于附魔的材料中得知，驱魔人时常会被魔鬼附体，所需要的环境与这次非常类似：强烈的负罪感和希望得到惩罚的心理需求，再加上自我暗示的力量。这些条件在卡拉斯身上全都具备——虽说戴尔始终不肯接受。

在丽甘的康复期间，戴尔一次又一次拜访克丽丝，问丽甘记不记得那晚在卧室里发生了什么。但答案永远是一个摇头或一声否定，直到最后结案。

克丽丝探了下头接着进了丽甘的卧室，看见女儿抓着两个毛绒玩具，带着孩童式的不满看着床上已经塞得满满当当的手提箱。她们要搭下午的航班去洛杉矶，留下莎伦和恩斯特伦夫妻收拾屋子，卡尔将开着红色捷豹横穿全国回家。"箱子装得怎么样了，宝贝？"克丽丝问。丽甘仰起脸看她，她还有点儿苍白，有点儿憔悴，有点儿黑眼圈。"放不下！"她皱起眉头，噘着嘴说。

"哈，总不能全带上，亲爱的。留下交给威莉吧。快点，宝贝；咱们得抓紧时间，否则会误飞机的。"

"那好吧。"

"这才是我的乖宝贝。"

克丽丝离开女儿下楼。刚走完最后一级台阶,门铃恰好响起,她过去开门。

"嗨,克丽丝,"来的是戴尔神父,"过来和你告别的。"

"太谢谢了。我正想给你打电话呢,请进。"

"不用啦,克丽丝,我知道你赶时间。"

她抓住戴尔的手,拖着他进屋:"这是什么话!我正打算喝杯咖啡。陪我喝一杯。"

"呃,你确定……"

她说她很确定。两人走进厨房,在桌边坐下,喝咖啡,开玩笑,莎伦和恩斯特伦夫妻忙前忙后。克丽丝提起梅林,说在葬礼上见到那么多各国显要人士,她是多么敬畏和惊讶。两人沉默片刻,戴尔哀伤地盯着杯子。克丽丝读懂了他的心思。"她还是不记得,"她柔声说,"真抱歉。"

戴尔没有抬起眼睛,只是略略点头。克丽丝瞥了一眼她的早餐盘。今天既紧张又兴奋,她没来得及吃东西。玫瑰还在原处,她拾起玫瑰,沉思着摆弄花朵,拈着梗茎晃动。"他都没见过真正的她。"她喃喃道。最后,她抓着玫瑰花,抬头望向戴尔。戴尔正盯着她。"你觉得究竟发生了什么?"他轻声问,"我是说,你不是信徒,以你的角度看,你认为她真被魔鬼附体了吗?"

克丽丝思考片刻,低下头,心不在焉地摆弄那朵花。"我也说不清,戴尔神父,我实在不知道。说到上帝,怎么说呢?假如真有上帝,他每晚肯定得睡个一百万年,否则就会脾气暴躁。明白我的意思吗？没人陪他聊天。可说到魔鬼呢……"她抬头看着戴尔，"好吧，那就完全是另一码事了。我能够承认魔鬼，说起来，我大概真的相信。知道为什么吗？因为恐惧永远在打广告。"

戴尔微笑着看着她，隔了几秒钟，静静地说："可是，假如全世界那么多的邪恶让你觉得存在魔鬼，那你认为全世界那么多的良善又说明什么呢？"

克丽丝和戴尔对视。这句话让她皱起眉头思索，最后别开视线，轻轻点头。"有道理，"她喃喃道，"我没这么想过。"卡拉斯之死带来的悲伤和震惊仿佛忧郁的雾霭，在她心头弥漫，但此刻她尽量望向那一缕希望和光明的预兆，她想起戴尔曾对她说的话。卡拉斯在校园公墓的葬礼结束后，戴尔送她去开车。"愿意去我家坐坐吗？"她问。"喔，我当然乐意，但庆礼我不能不去。"他答道。她困惑地看着戴尔，戴尔解释道："每逢耶稣会会士去世，我们都要举办庆礼，因为这是他的一次启程。"

"你说过卡拉斯神父有信仰问题？"

戴尔点点头。

克丽丝微微垂首，摇摇头。"我不敢相信，"她呆呆地说，"我没见过有谁的信仰比他更强烈。"

"夫人，出租车到了。"

克丽丝从沉思中回过神。"谢谢，卡尔。我们来了！"她和戴尔同时起身，"不，神父，你坐着吧。我上楼去叫小丽。"

戴尔茫然地点点头。"好的。"他想到卡拉斯大喊的那一声"不！"——多么令人困惑，还有他跳窗前奔跑的脚步声。肯定有什么原因，他心想。是什么呢？克丽丝和莎伦的回忆都很模糊。戴尔再次想起卡拉斯眼中那份神秘的喜悦——还有别的什么，他忽然想了起来：某种闪耀着的强烈情绪……什么呢？他不确定，但他感觉像是胜利，像是得意。不知为何，想到这个似乎让他轻松了，他感觉轻松多了。

他走进门厅，双手插在衣袋里，靠在门口，看着卡尔帮司机把行李装进豪华轿车的后备箱。戴尔擦擦额头——天气又潮又热。他听见下楼的脚步声，转身去看，克丽丝和丽甘手牵手下楼，走到他身旁。克丽丝亲吻他的面颊，握住他的手，温柔地看着他哀伤的双眼。

"都会好的，克丽丝。我能感觉到，一切都会好的。"

克丽丝说："那好，"她低头看着丽甘，"亲爱的，这是戴尔神父，和戴尔神父打个招呼。"

"很高兴认识你，戴尔神父。"

"我也非常高兴认识你。"

克丽丝看看手表："我们得走了，神父。"

"那就再见了。噢，对了，等一等！我险些忘了！"神父从外衣口袋里掏出一件东西，"这是他的。"

克丽丝低头去看，戴尔摊开的掌心里是一枚带挂链的圣章。"圣克里斯托弗[①]，我想你应该愿意留着做个纪念。"

克丽丝盯着圣章陷入沉思，微微皱起眉头，像是想下定什么

[①] 圣克里斯托弗（Saint Christopher，？—约251），名字的含义为背负基督者，天主教和东正教的圣人，传说曾背着耶稣扮成的小孩子过河。

决心;她慢慢地伸出手拿起圣章,放进上衣口袋,对戴尔说:"谢谢,神父。对,我很愿意。"然后说:"走吧,亲爱的。"她去拉女儿的手,却看见丽甘皱着眉头在打量神父的罗马领,像是突然想起了被遗忘的重要事情。她忽然向神父伸出双臂。神父弯下腰,丽甘用双手搂住他的肩膀,亲吻他的面颊,然后松开手,困惑地望向别处,像是不明白自己为什么要这么做。

克丽丝的眼睛突然湿了,她别开视线,然后拉住女儿的手,用嘶哑的声音轻轻说:"啊,好了,我们真的要走了。来,亲爱的,和戴尔神父说再见。"

"再见,神父。"

戴尔微笑着摆摆手指表示再见:"再见,回家一路平安。"

"神父,我到了洛杉矶会打电话给你的。"克丽丝扭头道。后来,她会猜想戴尔说的"家"到底是什么意思。

"你多保重。"

"你也是。"

戴尔目送他们离开。司机打开车门,克丽丝转身挥手,送出一个飞吻。戴尔也挥挥手,望着她钻进车里,在丽甘身旁坐下。轿车驶离路边,丽甘隔着后车窗奇怪地盯着戴尔,直到车辆转弯,离开他的视线范围。

马路对面传来刹车声,戴尔扭头去看:一辆警车。金德曼爬出警车,快步绕过车头,走向戴尔,挥了挥手:"我是来说再见的。"

"正好错过。"

金德曼停下脚步,垂头丧气地说:"真的?已经走了?"

戴尔点点头。

金德曼转过身，悔恨地看着远望街，又转向戴尔，垂首摇头。"哎呀！"他嘟囔道，抬头看着戴尔，走过来郑重其事地说，"女孩怎么样？"

"看起来挺好，真的挺好。"

"啊，那就好。非常好。唉，这是最重要的。"警探抬起胳膊，看看手表。"算了，回去做事了，"他说，"去做事了。再见，神父。"他转身走向警车，但只走了一步就停下，扭头试探着望向神父："你看电影对吧，戴尔神父？喜欢看电影吗？"

"咦？当然了。"

金德曼转过身，走向戴尔。"我有招待券，"他严肃地说，"说起来，我有明晚传记剧院的招待券。愿意去吗？"

"什么片子？"

"《呼啸山庄》。"

"谁主演的？"

"谁主演？"警探的眉毛都要拧到一起去了，他粗声粗气地说，"桑尼·博诺演希思克利夫，谢儿演凯瑟琳·厄恩肖。你到底去不去？"

"看过了。"戴尔不动声色地说。

金德曼没精打采地瞪了他几秒钟，移开视线，怀念地嘟囔道："怎么都这样！"他抬起头，对戴尔露出微笑，然后踏上人行道，挽住戴尔的胳膊，拉着他在街头漫步。"我记得《卡萨布兰卡》里有句台词，"他乐呵呵地说，"电影最后，汉弗莱·博加特对克劳德·雷恩斯说：'路易——我认为这是一段美好友谊的开始。'"

"说起来，你真有点儿像博加特。"

"你倒是注意到了。"

在遗忘之中，他们尝试回忆。

作者按

对乔治城大学的布局,我做了几项改动,特别是语言与语言学研究院的位置。另外,远望街并没有克丽丝家的屋子,耶稣会宿舍楼也不在我描述的位置。托名兰克斯特·梅林的散文片段不是我的创作,而是摘自约翰·亨利·纽曼主教名为《第二个春天》的布道词。

THE EXORCIST
40TH ANNIVERSARY EDITION

By WILLIAM PETER BLATTY
Copyright: ©1971, 2011 BY WILLIAM PETER BLATTY
This edition arranged with BRANDT & HOCHMAN LITERARY AGENTS, INC.
through BIG APPLE AGENCY, INC., LABUAN, MALAYSIA.
Simplified Chinese edition copyright:
2023 Beijing Time-Chinese Publishing House Co.,Ltd
All rights reserved.

图书在版编目（CIP）数据

驱魔人 /（美）威廉·彼得·布拉蒂著；姚向辉译. — 北京：北京时代华文书局，2020.6

书名原文：THE EXORCIST
ISBN 978-7-5699-3433-5

Ⅰ.①驱… Ⅱ.①威…②姚… Ⅲ.①长篇小说—美国—现代 Ⅳ.①I712.45

中国版本图书馆 CIP 数据核字（2020）第093424号

北京市版权局著作权合同登记号　图字：01-2019-5288

拼音书名｜QUMOREN

出 版 人｜陈　涛
责任编辑｜姜锦赫
责任校对｜李一之
营销编辑｜俞嘉慧　赵莲溪
装帧设计｜黄　海
责任印制｜訾　敬

出版发行｜北京时代华文书局 http://www.bjsdsj.com.cn
　　　　　北京市东城区安定门外大街138号皇城国际大厦A座8层
　　　　　邮编：100011　电话：010-64263661　64261528

印　　刷｜北京盛通印刷股份有限公司　010-52249888
　　　　　（如发现印装质量问题，请与印刷厂联系调换）

开　　本｜880 mm×1230 mm　1/32　　印　张｜13.25　字　数｜273千字
版　　次｜2023年10月第1版　　　　　 印　次｜2023年10月第1次印刷
成品尺寸｜145 mm×210 mm
定　　价｜78.00元

版权所有，侵权必究